HEYNE BÜCHER

Von Heinz G. Konsalik
sind als Heyne-Taschenbücher erschienen:

Die Rollbahn · Band 01/497
Das Herz der 6. Armee · Band 01/564
Sie fielen vom Himmel · Band 01/582
Der Himmel über Kasakstan · Band 01/600
Natascha · Band 01/615
Strafbataillon 999 · Band 01/633
Dr. med. Erika Werner · Band 01/667
Liebe auf heißem Sand · Band 01/717
Liebesnächte in der Taiga · Band 01/729
Der rostende Ruhm · Band 01/740
Entmündigt · Band 01/776
Zum Nachtisch wilde Früchte · Band 01/788
Der letzte Karpatenwolf · Band 01/807
Die Tochter des Teufels · Band 01/827
Der Arzt von Stalingrad · Band 01/847
Das geschenkte Gesicht · Band 01/851
Privatklinik · Band 01/914
Ich beantrage Todesstrafe · Band 01/927
Auf nassen Straßen · Band 01/938
Agenten lieben gefährlich · Band 01/962
Zerstörter Traum vom Ruhm · Band 01/987
Agenten kennen kein Pardon · Band 01/999
Der Mann, der sein Leben vergaß · Band 01/5020
Fronttheater · Band 01/5030
Der Wüstendoktor · Band 01/5048
Ein toter Taucher nimmt kein Gold · Band 01/5053
Die Drohung · Band 01/5069
Eine Urwaldgöttin darf nicht weinen · Band 01/5080
Viele Mütter heißen Anita · Band 01/5086
Wen die schwarze Göttin ruft · Band 01/5105
Ein Komet fällt vom Himmel · Band 01/5119
Straße in die Hölle · Band 01/5145
Ein Mann wie ein Erdbeben · Band 01/5154
Diagnose · Band 01/5155
Ein Sommer mit Danica · Band 01/5168
Aus dem Nichts ein neues Leben · Band 01/5186
Des Sieges bittere Tränen · Band 01/5210
Die Nacht des schwarzen Zaubers · Band 01/5229
Alarm! – Das Weiberschiff · Band 01/5231
Engel der Vergessenen · Band 01/5251
Die Verdammten der Taiga · Band 01/5304
Das Teufelsweib · Band 01/5350
Im Tal der bittersüßen Träume · Band 01/5388
Liebe ist stärker als der Tod · Band 01/5436
Haie an Bord · Band 01/5490
Niemand lebt von seinen Träumen · Band 01/5561
Das Doppelspiel · Band 01/5621
Die dunkle Seite des Ruhms · Band 01/5702
Das unanständige Foto · Band 01/5751
Der Gentleman · Band 01/5796
Konsalik – der Autor und sein Werk · Band 01/5848
Der pfeifende Mörder / Der gläserne Sarg · Band 01/5858
Die Erbin · Band 01/5919
Die Fahrt nach Feuerland · Band 01/5992
Der verhängnisvolle Urlaub / Frauen verstehen mehr von Liebe · Band 01/6054
Glück muß man haben · Band 01/6110
Der Dschunkendoktor · Band 01/6213
Das Gift der alten Heimat · Band 01/6294
Das Mädchen und der Zauberer · Band 01/6426
Frauenbataillon · Band 01/6503
Heimaturlaub · Band 01/6539
Die Bank im Park / Das einsame Herz · Band 01/6593
Eine Sünde zuviel · Band 01/6691
Die schöne Rivalin · Band 01/6732
Der Geheimtip · Band 01/6758
Russische Geschichten · Band 01/6798
Nacht der Versuchung · Band 01/6903
Saison für Damen · Band 01/6946
Das gestohlene Glück · Band 01/7676
Geliebter, betrogener Mann · Band 01/7775

HEINZ G. KONSALIK

BITTERSÜSSES 7. JAHR

Heiterer Roman

WILHELM HEYNE VERLAG
MÜNCHEN

HEYNE ALLGEMEINE REIHE
Nr. 01/5240

25. Auflage

Wilhelm Heyne Verlag GmbH & Co. KG, München
Printed in Germany 2000
Umschlagillustration: ZEFA Visual Media/Steve Thomioo/Sharpshooters
Umschlaggestaltung: Nele Schütz Design, München
Gesamtherstellung: Ebner Ulm

ISBN 3-453-00601-1

ERSTES KAPITEL

Es begann eigentlich damit, daß Peter Sacher in seinem Beruf Erfolg hatte.

Erfolg ist etwas sehr Schönes. Er füllt die Kassen, deckt den Tisch, erfüllt die Sehnsucht nach englischen Maßanzügen und Saphirnerzcapes, läßt karätige Brillanten funkeln und Villen am Rhein bauen, lockt nie gekannte Freunde an, vermehrt die Verwandtschaft geradezu mathematisch potentiell und richtet einen Wall stiller Neider auf.

Das alles hatte Peter Sacher erreicht. Es war ein äußerer Glanz, von dem seine besonders guten Freunde sagten: »Es ist unverständlich, wie man als Architekt soviel verdienen kann! Seine Bauten sind nicht weltbewegend, seine Ideen nicht besonders originell, seine Auftraggeber keine Krösusse, und trotzdem lebt er wie ein Pascha!«

Alles schien also geregelt zu sein. Geld, Erfolg, liebwerte Freunde, nur Sabine Sacher, Peters Frau, wurde merkwürdig schweigsam, wenn die Rede auf Peter Sachers Erfolgsserie kam.

»Tja«, pflegte sie dann zu sagen, »er hat viel zu tun. Sehr viel.« Es klang fast traurig. Wehmut schwang in der Stimme mit, und mancher, der es vernahm, machte sich seine Gedanken.

Überraschende abendliche Besucher fanden Sabine allein in der flachdachigen Villa am Rhein vor. Sie saß am offenen Kamin, starrte in die prasselnden Flammen, trank einen Portwein und machte den Eindruck einer verwünschten Prinzessin, die auf den sie erlösenden Prinzen wartete.

»Peter, ach, der hat eine Besprechung in Duisburg«, sagte sie zu dem Besuch entschuldigend. Oder: »Peter ist nach Brüssel geflogen. Er soll einen Wohnblock bauen!« Oder: »Peter kommt in einer Woche erst wieder. Wißt ihr, in Kopenhagen will man ein Feriendorf bauen.«

Immer war Peter weg, mit dem Flugzeug, mit der Bahn, mit seinem schnellen Sportwagen, einmal sogar mit einem Hubschrauber, von dem aus er sich ein großes Terrain zur Bebauung von Bungalows ansehen wollte.

War er aber zu Hause – und Sabine sah diese Stunden wie Feiertage an –, dann lag er auf der Couch, las im »Fachblatt für Architekten« oder im »Haus- und Grundbesitzer-Boten«, ärgerte sich über einen vom Bauamt umgezeichneten Bauplan oder sprach von den schönen Frauen, die er auf der Promenade von Scheveningen gesehen hatte.

Auch an diesem schicksalhaften Tage lag er auf der Couch, las die Zeitung und amüsierte sich über die neueste Affäre einer Filmdiva. Sabine, die im Hintergrund des Zimmers mit einigen Gläsern klapperte, hörte er gar nicht. Erst als sie sich kräftig räusperte, schrak er zusammen und merkte, daß er ja noch eine Frau hatte, die im tiefsten Inneren glücklich war, daß er heute nicht in München oder Ascona, sondern zu Hause auf der Couch lag.

Männer, die auf Couchen liegen, haben immer etwas Hilfloses an sich.

Peter Sacher stand deshalb auf. Was ihm gerade in den Kopf schoß, war durchaus nicht hilflos, sondern rechtfertigte eine aufrechte Haltung. Er trat an seinen Schreibtisch, stützte sich auf das Telefon, spielte mit dem Brieföffner und legte die Stirn in Falten.

»Findest du auch, daß die Abende so lang sind?« fragte er ein wenig unbeholfen.

»Ich?« Sabine sah zu ihm hinüber. Das Strickzeug, das sie gerade aufgenommen hatte, fiel in ihren Schoß. Dabei bemerkte sie, daß seine Hose wieder aufgebügelt werden mußte. Peter selbst sah so etwas nicht. »Na ja. Wir haben uns in der letzten Zeit reichlich wenig zu sagen.«

»Wenig zu sagen.« Peter schüttelte den Kopf. »Diese Formulierung ist zu allgemein. Unsere Interessen gehen auseinander, das ist es. Mit meinem Beruf will ich dich nicht belasten, vom Haushalt verstehe ich nichts, an Briefmarken hast du kein Interesse, dir beim Wickeln die Strickwolle zu halten, finde ich reichlich dumm, bei klassischer Musik gähnst du, ins Kino gehen«, er hob die Hand und machte ein saures Gesicht, »und das Theater? Operette ist mir zu flach, und du schläfst bei Faust ein.« Er hob beide Arme. »Ich weiß wirklich nicht, was wir beide besprechen sollten.«

»Leider.« Sabine legte ihre Strickarbeit zur Seite. »Was machen eigentlich die Männer, die zwanzig Jahre verheiratet sind?«

»Entweder haben sie ihren Stammtisch, oder sie sind Trottel!«

»Wie schön.« Sabine wandte sich ab. Bitterkeit stieg in ihr

hoch. Schärfer, als sie es wollte, sagte sie: »Dann hast du ja noch dreizehn Jahre Zeit.«

»Sabine! Bitte!« Peter legte den Brieföffner hin. »Ich weiß, daß dich meine Gegenwart langweilt, aber wir wollen wenigstens den Schein einer guten Gemeinsamkeit aufrechterhalten! Ein Korsett der strammen Haltung.«

Er trat an das große Fenster hinter dem Schreibtisch, zog den Vorhang etwas zurück und blickte hinaus auf den Vorgarten und die abendliche stille Uferstraße.

Das Haus der Sachers lag etwas außerhalb der Stadt nach Kaiserswerth hin, unmittelbar an der Rheinpromenade, die von Düsseldorf den Strom hinabführt, bis sie sich in flachen Wiesen verläuft. Vom Vorgarten des weißen, flachen Hauses mit den großen Fensterflächen waren es nur wenige Schritte zum Ufer, und es roch herb nach Tang und Wasser.

Langsam, tief liegend, zogen am Tag die Schleppkähne über den Rhein, und abends, wenn Peter und Sabine auf ihrer Terrasse saßen unter dem bunten Schirm, dessen schwerer Betonfuß auf breiten, weißen Steinplatten stand, dröhnten die Sirenen der Dampfer durch das Sommerdunkel und klang das Plätschern der Brecher an das steingefaßte Ufer bis hinein ins Schlafzimmer.

Das Haus selbst lag in einem großen Garten, der sich parkähnlich bis zu einer Chaussee erstreckte und einen kleinen Pavillon verbarg. Er wurde an warmen Sommerabenden bei Gesellschaften benutzt und hatte daher den Namen ›Kaffeeklatsch-Tempel‹ erhalten. Aber auch wenn Peter absolute Stille suchte, weil er an einem schwierigen Entwurf arbeitete, zog er sich hierhin zurück.

Sonst war der große Garten das Reich Sabines. Hier konnte sie den Blumen die Liebe geben, die Peter vor lauter Arbeit und Terminen nicht empfangen konnte oder wollte, wie es Sabine bald schien, wenn sie seine Gleichgültigkeit ihren zärtlichen Ansätzen gegenüber sah.

Nachdenklich blickte Peter aus dem Fenster auf den Strom; die Nacht war hell, und die Wellen blinkten.

»Ich habe mir gedacht, daß wir nächste Woche Ferien machen«, sagte Peter zögernd und nestelte an der Gardine. Aus den Fransen drehte er kleine Würstchen. »Wo sollen wir die Wochen verleben? See? Gebirge? Großstadt? Landluft? Einsamkeit? Gesellschaft? Mir ist alles gleich. Du kannst es dir aussuchen. Ich will nur Tapetenwechsel.«

»Mir wäre am liebsten die See.«

Natürlich, ihm ist es gleich, grübelte Sabine. Nur Tapetenwechsel will er haben. Nach einem Jahr Herumirren in der Welt! Ob See, Gebirge oder ewiges Eis. Er sieht mich sowieso nicht, wie er mich das ganze Jahr über nicht vermißt hat. Er wird mit mir durch die Dünen wandern, er klettert mit mir auf die Berge, sitzt in den Hotels oder fährt mit einem Boot über die Lagunen, und das alles mit der gleichen Miene, als gehe es ihn nichts an, als sei er weit von allen Dingen entfernt, als sei er auch jetzt nicht dort, wo er ist. Und nach diesen sechs Wochen ›Erholung‹ fährt man dann wieder nach Hause, läßt die Fotos entwickeln (die man routinemäßig macht, weil sie eben zum anständigen Urlaub gehören), klebt sie in ein Album und zeigt sie später den neugierig anschwirrenden Bekannten und Verwandten. »O ja, es war schön. Es war herrlich. Unvergeßliche Tage.«

Dann legt man sie wieder weg, irgendwo in eine Ecke, und mit ihnen legt man die Verbindlichkeit der Erinnerung ab, gähnt und fühlt sich viel müder als vor der Ferienreise. Und vor allem viel langweiliger, weil man ja nichts anderes erlebt hat als sechs Wochen sich selbst.

Wir leben uns auseinander, dachte Sabine erschrocken und wandte sich wieder Peter zu. Sie sah seinen Rücken und die langen graumelierten Haare. Er war einmal ein netter Mann. Vor sieben Jahren. Er konnte tanzen, bis die Füße brannten, er konnte plaudern, daß allein der Klang seiner Stimme genügte, um glücklich zu werden.

Heute? Sabine lehnte sich an das große, offene Bücherregal und schüttelte den Kopf. Sie begriff es einfach nicht. Was von Peter geblieben war, war ein vorzüglicher Maßanzug, ein selbstsicheres Benehmen, ein vorbildliches Zurschaustellen ihrer glücklichen Ehe in der Gesellschaft, und ab und zu ein Kuß vor dem Schlafengehen, der soviel bedeutete wie: »Das hast du heute gut gemacht! Ich danke dir.«

Einem Pferd streichelt man die Nüstern und klopft ihm auf die Kruppe. Ehefrauen sollen sich mit einem Küßchen begnügen als Dank für das Abendessen, für die Ruhe, für den Kaffee, für irgend etwas, was ›ihm‹ zusagte.

Und dann ging man in die Schlafzimmer, zog sich aus, betrachtete sich im großen Spiegel und sagte sich immer wieder, daß man doch noch nicht so alt sei, um ausschließlich nur den Erinnerungen zu leben, kroch dann ins Bett, wehmütig, Jugend und Schönheit zu verschlafen und immer wieder nach einer Antwort suchend, warum das alles so sei.

Manchmal weinte man auch ein bißchen, umfing die Kissen und drückte das nasse Gesicht hinein. »Warum bist du so geworden, Peter. Ich liebe dich doch. Sind denn sieben Jahre Ehe wie sieben Jahre Zuchthaus für dich? Oder mache ich etwas falsch? Dann mußt du mir das doch sagen, Peter. Soll ich zu dir kommen und dich einfach in die Arme nehmen? Sag es doch, gib mir doch einmal Antwort.«

Das alles aber hörte Peter nicht. Aus einer unerklärlichen Scheu heraus verbarg man voreinander alle Gedanken und Gefühle. Wenn der Morgen kam, traf man sich wieder zum Kaffeetrinken, war höflich, aber steif, lebte nebeneinander wie bisher und tat seine Pflicht.

Seit Peter das ›Wirtschaftswunder‹ in die Ehe trug, kamen mit Geld und Erfolg auch Mißtrauen in Sabines Herz.

Einmal, sie erinnerte sich genau daran, war Peter nach München gefahren. Er wohnte in einem großen Hotel, wo auch die Besprechungen stattfanden. »Ich rufe gleich an, wenn ich in München bin«, hatte er versprochen. Und Sabine hatte gewartet, den ganzen Vormittag, den Nachmittag, bis zum Abend. Gegen 11 Uhr nachts rief sie an. Peter war auf seinem Zimmer, und als er sich meldete, hörte sie leise, im Hintergrund, eine helle Frauenstimme.

»Peter!« hatte Sabine gerufen. »Warum hast du nicht angerufen?!«

»Die Arbeit, die Konferenzen, mir brummte der Kopf.«

»Und wo bist du jetzt?«

»Auf meinem Zimmer. Endlich. Ich habe mich gerade ins Bett gelegt.« Und im Hintergrund, Sabine hörte es ganz deutlich, sprach leise eine Frauenstimme! Da hatte sie den Hörer umklammert, die Muschel ans Ohr gepreßt und den Atem angehalten. Ein wahnsinniger Schmerz durchzog ihr Herz.

»Wer, wer ist bei dir im Zimmer?« hatte sie mühsam gefragt. Peters Stimme klang verwundert.

»Im Zimmer?« Er hatte gelacht. »Ich bin allein.«

»Und die Frau, die bei dir flüstert?« hatte sie in den Apparat geschrien.

»Das? Das ist das Radio. Gute Nacht!«

Und er hatte aufgelegt. Die ganze Nacht hatte Sabine daraufhin wach gelegen. Das Radio. Natürlich. Es konnte so sein. Sie nahm die Rundfunkzeitschrift und studierte alle Programme. In vier Sendern war an diesem Abend eine Hörspielsendung. Aber hört ein Mann, der so müde von Konferenzen ist, im Bett noch ein Hörspiel an?

Bis zum Morgen hatte Sabine geweint. Sie glaubte Peter nicht. Aber sie sprach, als er zurückkam aus München, auch nicht mehr mit ihm darüber. Sie mißtraute ihm nur von diesem Tage an. Es war ein Riß entstanden. Vielleicht war alles nur eine Einbildung, die Ausgeburt einer schon krankhaften Eifersucht. Es änderte nichts daran, daß Sabine begann, ihre Ehe als unerfüllt zu betrachten.

Und so ging es weiter, Jahr um Jahr. Wenn Peter arbeitete, war er ungenießbar. Er kam nicht zum Essen und brüllte durch die abgeschlossene Tür seines Ateliers, wenn Sabine klopfte und sagte: »Komm essen, Liebling!« mit beleidigender Schärfe: »Ruhe! Ich arbeite!«

Um drei Uhr kam er dann aus seinem Zimmer, müde, abgespannt, hohläugig und wollte sein Essen haben.

»Viermal wärmen kann ich die Kartoffeln nicht!« sagte Sabine dann giftig. Und Peter nahm seinen Hut und fuhr in die Stadt. Dort aß er in einer Wirtschaft, kam spät abends erst nach Hause und sagte das, was Sabine seit drei Jahren fast täglich hörte: »Du bist keine Künstlerfrau! Du hättest einen Beamten heiraten sollen! Bei dem ist alles geregelt, der lebt nach der Uhr!«

Dann ging er ins Bett und kümmerte sich nicht mehr um Sabine.

Manchmal glaubte sie, es nicht mehr ertragen zu können. Sie liebte Peter, mehr vielleicht als damals, als sie heirateten. Mit Mißtrauen und wilder Eifersucht las sie, wie er seine neuen Villenentwürfe nannte.

Villa Leonore. Haus Maria. Casa Julia. Villa Marianne. Landhaus Gisela.

Nur Frauennamen. Nur Namen, hinter denen ein Erlebnis stehen konnte. Häuser, die er aus Erinnerungen baute.

Es war etwas, was Sabine fast toll machte. Vielleicht grundlos. Sie gestand es sich heimlich ein. Aber es ärgerte sie, daß er seine Werke nach Frauen nannte. Nach allen Frauen, die Sabine nicht kannte. Nur ein ›Haus Sabine‹ hatte er bisher noch nicht gebaut! Das kränkte sie am meisten.

So wurde es um Sabine immer einsamer. Der Erfolg Peters ging parallel mit der seelischen Vereinsamung Sabines. Er wurde zu einer Art Herrschernatur, sie zu einer stillen, nur manchmal aufmuckenden Dulderin. Er liebte den Erfolg und vergaß seine Liebe zu Sabine. Sie bekam einen Luxus geschenkt und fühlte sich inmitten des Wohlseins wie eine Waise.

Es war klar: So konnte es nicht weitergehen.

Sabine warf den Kopf in den Nacken und trat einen Schritt zum Fenster hin.

»Peter«, fragte sie leise. »Was hast du?«

»Ich? Oh, nichts!«

Er drehte sich herum und sah sie ganz groß an. Sie spricht mich an, wunderte er sich. Sie fragt mich etwas Persönliches. Ist sie unpäßlich? Oder hat sie in diesem Augenblick wirklich einmal Interesse für mich und meine Sorgen? Ein wehmütiges Lächeln glitt um seinen Mund. Es wird nicht lange anhalten, dachte er weiter. Gleich pfeift der Wasserkessel, oder die Milch kocht über, und dann ist alles wieder wie vorher. Ich habe sie damals aus Liebe geheiratet. Wirklich, sie war und ist auch noch hübsch. Sie ist eine herrliche Frau. Sie könnte unvergleichlich sein, aber diese sieben Jahre Ehe. Wo waren sie geblieben? Sie waren vorbeigegangen, und man kannte sich immer noch nicht. Man war sich irgendwie fremd geblieben.

Zugegeben, seine Arbeit fraß ihn auf. Aber wer nicht schneller war als der Konkurrent, wer nicht mehr bieten konnte als der Nebenmann, der schon darauf wartete, daß der Vordermann versagte, wer in dieser gehetzten Zeit nicht immer auf der Jagd war, nicht als Wild, sondern als Jäger, der ging unter wie ein ins Wasser geworfener Stein. Am Vormittag stritt man mit den Baubehörden um die oft unverständlichen Sonderwünsche, am Nachmittag stand man auf den Bauten und suchte Fehler, am Abend kamen die neuen Bauherren und mußten von unerfüllbaren Bauträumen erweckt werden, und in der Nacht stand man oft am Zeichenbrett und entwarf und verwarf.

Was lag da noch dazwischen in diesen sieben Jahren erfolgreicher Hetze nach Wohlstand und Ansehen?

Ein oder zwei Stunden für Sabine.

Dreimal Essen, eine kurze, abendliche, müde Plauderstunde, in der er sich die täglichen Sorgen Sabines mit halbem Ohr und keinem Verständnis anhörte, eine Zigarre, ein paar Worte zu Sabine, ab und zu einige gereizte Antworten, weil die Nerven überspannt waren und durchgingen wie zügellose Pferde.

Manchmal weinte Sabine dann leise vor sich hin, in der dunklen Kaminecke. Wie ein nasses Kaninchen hockte sie da. Das machte ihn doppelt wütend, weil er nicht helfen konnte, weil er am liebsten mitheulen wollte. Meistens stand er dann knurrend auf, verließ das Zimmer, warf die Tür krachend ins Schloß und ging in sein Atelier. Dort rauchte er eine Zigarette, trank Kognak und wußte mit sich, ohne Sabine, auch nichts anzufangen.

Manchmal war es aber auch furchtbar mit Sabine, dachte Peter. Manchmal hatte er wirklich Lust, zu sagen: Es geht nicht mehr. Laß uns einen Weg finden, daß jeder von uns auf seine Art glücklich wird. Gemeinsam geht es nicht mehr!

Da war die Sache mit dem Radio. Todmüde war er in München von langen Konferenzen im Wiederaufbauministerium ins Hotel zurückgekommen und gleich ins Bett gegangen. Da rief Sabine an, und er hatte das Radio angestellt, um noch etwas Musik zu hören. Es war ein Hörspiel im Sender, und bevor er einen anderen Sender suchen konnte, läutete das Telefon. So blieb der Sender stehen. Und Sabine schrie ihn an: »Was hast du für ein Weib in deinem Zimmer?!« So oder ähnlich sagte sie. Da hatte er tief beleidigt aufgelegt und lange nicht einschlafen können.

Oder die Sache mit dem Fernsehen. Von früh bis spät arbeitete er, um sich die Villa am Rhein zu erhalten, um Sabine ein sorgloses Leben zu bieten, um eben gut zu leben. Abends sah er dann gerne zum Ausgleich das Fernsehprogramm. Besonders gern Opern oder Kriminalfilme. Sabine saß dann beleidigt im Sessel oder ging schimpfend ins Bett. »Immer dieses Fernsehen!« rief sie erregt. »Den ganzen Tag sieht man dich nicht. Und abends, wenn wir uns unterhalten könnten, hockst du vor dem Kasten! Ich könnte das Ding zerschlagen! Du bist ja fernsehkrank! Wenn ich wegginge und wäre nicht im Zimmer, du würdest es gar nicht merken! Ich bin nur noch Luft für dich! Ich bin nichts anderes als ein gut bezahltes Dienstmädchen!«

Meistens gab er dann keine Antwort. Er verstand Sabine einfach nicht. Warum gönnte sie ihm am Abend nicht sein harmloses Fernsehvergnügen? Er schuftete doch nur für sie. Er ging zu keinem Skatabend, er war nicht in einem Kegelklub, er hatte keinen Stammtisch, alles Dinge, die andere Männer haben und mit denen sich andere Frauen abfinden müssen. Sabine hat ihn ja immer um sich, jeden Abend. War sie etwa auch auf das Fernsehen eifersüchtig?

»Du bist von einer pathologischen Eifersucht!« hatte er einmal gesagt. Das hatte sie ihm übelgenommen über drei Wochen hin.

Und so ging es Tag um Tag. Vorwürfe, Eifersüchteleien, kein Verständnis für seine Arbeit, Szenen, weil er dem Hausmädchen zugelächelt hatte und mit ihr zehn Minuten allein im Weinkeller war, Tiraden, weil er eine Rechnung von Sabine zu bezahlen vergessen hatte, neue Vorwürfe, weil er dem Hausmädchen unter den Rock geguckt haben sollte, als sie im Garten arbeitete und sich tief bücken mußte. Es war schrecklich, mit Sabine auszukommen. Es gab nichts, in dem sie nicht einen Fehler Peters entdeckte, und sie glaubte alles zu sehen und klar zu erkennen, weil sie so sehr an ihm hing und allen auch nur einen freundlichen Blick aus Peters Augen mißgönnte.

Und plötzlich waren sieben Jahre herum. Mein Gott, sieben Jahre sind eine unendlich lange Zeit, wenn man sie vor sich hat. Sind sie herum, waren es Gedankenflüge, weiter nichts. Peter Sacher hatte sein Ziel erreicht. Er war bekannt, geachtet, wohlhabend und, was am meisten wog, beneidet. Aber zwischen Sabine und ihm war eine Kluft aufgerissen, über die hinweg sie sich ansahen und ansprachen, kalt, fremd, oft voll Trotz, und doch liebten sie sich. Das war das Verrückteste.

Peter wischte sich über die Augen und kehrte in die Wirklichkeit zurück. Er sah Sabine noch immer vor sich stehen. In ihren dunklen Augen las er neben der Frage die Angst, daß er wütend werden könnte.

»Warum fragst du mich?« sagte er betont gleichgültig. »Was soll denn mit mir sein?«

»Du bist immer so niedergedrückt.« Sabine war glücklich, daß er überhaupt geantwortet hatte. »Hast du Sorgen? Warum sagst du es mir nicht?« Sabine sah ihn bittend an. Peter wich diesem Blick aus. Er war ihm fremd. Er konnte mit dieser stummen Frage nichts anfangen.

»Sorgen? Nein! Vielleicht bin ich etwas überarbeitet. Das wird es sein. Ich habe mich in letzter Zeit übernommen. Der Staat hat nun endlich größere Baukredite genehmigt. Und was drei Jahre lang ruhte, soll nun in drei Monaten fertig sein.«

»Die Ferien werden dir guttun.« Sabine fuhr die kleine Hausbar heran, nahm zwei Gläser heraus und goß Kognak ein. »Bitte«, sagte sie, »laß uns einen Kognak zusammen trinken.«

Erstaunt nahm Peter Sacher das Glas. Sie bietet mir Kognak an. Was soll das? Woher diese plötzliche Anteilnahme? Dabei sah er den schmalen goldenen Ring an ihrer Hand. Meine Frau, dachte er. Sie ist ja wirklich meine Frau. Manchmal habe ich ganz vergessen, daß ich verheiratet bin. Sie gehörte einfach zum Haus, wie etwa die gotische Madonna in der Dielennische oder die balinesische Tanzmaske im Atelier.

Sabine ließ sich Peter gegenüber in den Sessel sinken und schlug die Beine übereinander. Ihre dünnen Strümpfe glänzten im Licht. Daß Peter so etwas wieder bemerkte, machte ihn unsicher.

»Peter«, etwas wie eine ernste Entschlossenheit schwang in ihrer Stimme. Sie beugte sich vor und strich die Locken aus der Stirn. »Peter, sieben Jahre sind wir verheiratet. Seit fünf Jahren leben wir nebeneinander wie Gäste in einer Pension, die gezwungen sind, unter einem Dach zu wohnen. Ich glaube, du würdest es gar nicht merken, wenn ich eine Woche auf Reisen ginge.«

»Aber Sabine«, versuchte er einen schwachen Einwand. Aber er war eben nur schwach, nicht überzeugend.

»Doch, doch! Es ist so, Peter. Ich weiß es. Schon daß wir so nüchtern und leidenschaftslos über alle diese unschönen Dinge zwischen uns sprechen können, ist ein Alarmzeichen. Machen wir uns doch nichts vor! Noch einmal sieben Jahre halte ich es bei dir nicht aus. Vielleicht kannst du nichts dafür, vielleicht liegt die Schuld auch bei mir, vielleicht haben wir unsere Ehe von Anfang an falsch eingerichtet, vielleicht hatten wir beide zu große Ideale, vielleicht erwarteten wir zuviel voneinander. Nun stehen wir der Alltäglichkeit gegenüber. Was einst Sehnsucht war, ist jetzt Selbstverständlichkeit. Was Höhepunkt bedeutete, ist jetzt Mühe. Peter, wir zerbrechen an uns.«

Es war schockierend, was sie sagte. Und wie sie es sagte, war noch deprimierender. Peter hatte plötzlich das Gefühl, in eiskaltes Wasser getaucht worden zu sein. Er füllte mit leise bebender Hand die Kognakgläser noch einmal, schob eines Sabine zu und umschloß seins mit den Fingern beider Hände, als müßte er den goldbraunen Trank anwärmen.

»Ich habe meine Arbeit«, sagte er langsam. »Ich weiß, ich habe dich vernachlässigt. Aber können wir deshalb so unkompliziert und sicher sagen: Wir verstehen uns nicht mehr? Vielleicht wird es in den Ferien besser?«

»Vielleicht! Wieder ein Experiment!« Sabine schüttelte wild den Kopf. »Unsere ganze Ehe war bisher ein Experiment! Beruf gegen Frau! Existenz gegen Liebe! Nein, so geht es nicht weiter!«

Sie schob Peter eine Zeitung hin. Es war ein großformatiges, ausländisches Blatt. Peter schielte mißtrauisch auf die Zeitung und trank schnell seinen Kognak.

»Hier! Lies einmal!« sagte Sabine. »In der New York Times schreibt ein amerikanischer Psychologe, daß es bei Spannungen und Entfremdungen in der Ehe nur ein Mittel gäbe: Sich für eine mehr oder weniger kurze Zeit zu trennen, aus dem Wege zu gehen, nichts voneinander zu hören, um dann wieder zusammenzukommen. Das Zusammentreffen wird dann entscheiden, ob man noch innere Bindungen zu seinem Partner hat und ob das Wiedersehen wirklich eine Freude und ein neuer Beginn ist.«

»Verrückt!« sagte Peter Sacher ehrlich.

»Vielleicht. Aber ich halte viel von diesem Gedanken. Mir leuchtet der Sinn ein. Erst durch eine Trennung erkennt man den Wert des anderen. Erst an der Bahre weiß man, wieviel man falsch gemacht hat.«

»Bis dahin wollen wir es nicht kommen lassen«, sagte Peter sarkastisch. Er glaubte, sich in Ironie retten zu können. »So gern ich dir jeden Wunsch erfülle, aber sterben, um unsere Ehe zu flicken, ist zuviel verlangt.«

Sabine stellte ihren Kognak mit einem Ruck auf den Tisch. Das Glas klirrte. Er nimmt mich nicht ernst, dachte sie bitter. Sieben Jahre lang hat er mich nicht ernst genommen. Ich bin für ihn ein Kätzchen, mit dem er spielt, wenn es seine Launen erlauben.

»Es ist leicht zu spotten, aber anscheinend schwer, den tieferen Sinn zu begreifen«, sagte sie böse. »Mir ist jedenfalls der Gedanke gekommen, daß die Idee des amerikanischen Psychologen uns sehr willkommen ist.«

»Uns?« Maßloses Erstaunen lag in seinem Blick, mit dem er Sabine anstarrte. »Wieso willkommen?«

»Weil ich dir einen Vorschlag machen will: Wir fahren in die Ferien, ja – aber wir fahren getrennt!«

»Ach nein.«

»Bitte, lies den Artikel. Auch wenn du solchen Dingen sarkastisch und subjektiv gegenüberstehst, wirst du merken, daß etwas Wahres daran ist.« Sie trank schnell ihren Kognak, um Mut zu bekommen für das, was sie sagen wollte. Sie hustete ein wenig, weil der Alkohol im Hals brannte. Aber dann sagte sie klar:

»Wir fahren fort, Peter! Für sechs Wochen! Sechs Jahre Ehe sind herum, und für jedes verflossene Jahr eine Woche Urlaub von der Ehe. Das ist eine gerechte Bitte und Chance. Wir werden nicht sagen, wo wir hinfahren; wir werden nie erfahren, wo wir waren. Am gleichen Tage fahren wir ab, und nach sechs Wochen treffen wir uns hier wieder. Hier auf der Terrasse. Das wird die Stunde sein, die über unser ganzes weiteres Leben entscheidet.«

Peter Sacher warf einen Blick auf die New York Times. Der Artikel des Psychologen lag nach oben gefaltet. Verdrossen schob er die Zeitung zur Seite. Sein Gesicht war finster, fast ärgerlich.

»Was du vorschlägst, ist ja auch nur ein Experiment.«

»Stimmt! Aber es hat einen großen Vorzug.«

»Und welchen?«

»Es ist das letzte.«

Peter Sacher flüchtete sich in charmante Plaudereien. Er blinzelte Sabine an. »Einen Mann sechs Wochen allein zu lassen, ist gefährlich.«

»Mein Lieber – unterschätze die Frauen nicht!«

Peter spürte einen kleinen Stich in der Herzgegend. Was hat sie vor, grübelte er. So kenne ich sie ja gar nicht. So entschlossen, so wild um sich schlagend. Immer war sie ein Lamm. Mein Schäfchen, das war lange Zeit sein Kosename für sie gewesen.

Ruhelos schritt er im Zimmer hin und her. Draußen leuchteten die weißen Steinplatten der Terrasse im Mondlicht.

»Sechs Wochen.« Er dehnte die Silben. »Du fährst irgendwohin und ich auch, und wir werden uns nicht fragen, was in diesen sechs Wochen geschah, was wir erlebten und was wir erkannten. So denkst du dir das doch?«

»Ja«, sagte Sabine fest.

»Typisch amerikanisch!« Peter kreuzte die Hände auf dem Rücken und nahm seine Wanderung durch das dunkle Zimmer wieder auf. An seinen Schritten sah man, wie erregt er innerlich war. Er ging mit steifen Knien, wie im verhaltenen Paradeschritt. Haltung bewahren, hieß es. Immer Haltung! Dabei nagten seine Zähne an der Unterlippe.

»Und wenn einer von uns nach sechs Wochen nicht zurückkommt?« fragte er plötzlich so laut, daß Sabine zusammenzuckte.

»Das wäre die einfachste Lösung«, antwortete sie ebenso laut.

Sabine sah ihm bei diesen Worten voll ins Gesicht. Konnte man es noch deutlicher ausdrücken, daß ein Zusammenleben in der jetzigen Form unmöglich war?

Peter sagte zunächst kein Wort. Er begriff, daß Sabines Ausflug in die Psychologie keine Spielerei, sondern bitterer Ernst war. Sie schoß nicht mit Schreckschüssen, sondern sie hatte scharf geladen. Seine Gedanken jagten sich. Sie pendelten zwischen Verblüffung und Trotz, zwischen Hilflosigkeit und dem Gefühl der Beleidigung, daß man so mit einem siebenjährigen Ehemann nicht sprechen kann. Dann schien er etwas Handfestes in seinen Gedanken entdeckt zu haben. Er wandte sich Sabine wieder zu, und über sein Gesicht zog der Schimmer von Befriedigung, der wiederum Sabine innerlich erschreckte.

»Gut«, sagte Peter Sacher, als habe er ein Geschäft erfolgreich abgeschlossen. »Du sollst deinen Willen haben. Wir werden uns sechs Wochen trennen.«

»Sechs Wochen Ferien voneinander? Wirklich?«

»Ja.«

»Und wann sehen wir uns wieder?«

Peter nahm einen großen Terminkalender vom Schreibtisch und blätterte in ihm herum. Dann legte er seinen Zeigefinger zwischen die Seiten.

»Heute haben wir den 6. Juli. Am 28. August also hier auf der Terrasse, falls es einer von uns noch will.«

Plötzlich hatte seine Stimme einen anderen Klang. Sabines Kopf fuhr hoch. Eine unerklärliche Angst überfiel sie. Sie zog die Schultern an und lehnte sich tief in den Sessel. Wie ein ängstliches Tier starrte sie Peter an, der mit einer beleidigenden Sachlichkeit den Termin im Kalender notierte. Neben Bauterminen und geplanten Richtfesten.

Auf einmal ist er einverstanden, durchzuckte es sie. Ob sein Sträuben nur ein gutes Spiel war? Ob er vielleicht froh ist, sechs Wochen einmal allein zu sein, außerhalb seines Berufes allein? Sanktionierte Freiheit, gewissermaßen. Und ob er vielleicht schon weiß, wohin er fahren wird? Vielleicht zu einer Frau, von der ich nichts ahne. Sein Gesicht ist so süffisant, als träume er schon von anderen weißen Armen und zerwühlten Locken.

Eine heiße Welle stieg in Sabine auf.

»Du bist also einverstanden?« wiederholte sie.

»Ja.« Trocken und sachlich kam seine Antwort.

»Mit allem einverstanden?«

»Ja, mit allem!«

»So plötzlich?«

»Plötzlich? Du weißt, Sabine, wenn ich dir eine Freude machen kann, tue ich es gern und möglichst sofort.«

Er war ganz umschmeichelnde Höflichkeit, glatt wie nasses Wachstuch. Sabine war es ein körperlicher Schmerz, ihn so bereitwillig und fröhlich-unternehmungsfreudig zu sehen.

»Es ist aber eine gefährliche Freude, die du mir gewährst!« Sie sprang auf und stürzte fast auf Peter zu. »Weißt du etwa schon, wohin du fährst?«

»Allerdings.«

»Wohin?!« Ihr Atem stockte. Schuft, dachte sie unmotiviert.

Peter Sacher lächelte und hob wie ein milde strafender Lehrer den Zeigefinger. »Es ist doch nach deinen Satzungen verboten, das zu sagen.«

»Auch gut!« Sie drehte sich schroff um und ging zum Tisch zurück. »Ich werde schon am 8. Juli fahren«, sagte sie schnippisch.

»Um so besser.«

Sie fuhr herum, als habe er sie geboxt. »Was sagst du?«

»Ich sagte: um so besser. Dann bleiben mir noch zwei Tage mehr, um meine Paßangelegenheiten zu regeln.«

»Paß? Du willst also ins Ausland?«

»Natürlich. Da ist es am sichersten, dich nicht zu treffen.«

Oh, dachte Sabine, das muß er mir sagen! Er hat kein Schamgefühl mehr. Er ist glücklich, mich nicht zu sehen, und er sagt es mir sogar! Wie gemein! O wie gemein! Ich hasse ihn. Bei Gott, ich könnte ihn jetzt umbringen!

»Nun bist du plötzlich von meinem Vorschlag begeistert, nicht wahr?« sagte sie mühsam mit heiserer Stimme. »Ich bewundere deine Intelligenz und dein Einfühlungsvermögen in Dinge, die dir augenscheinlich sehr gelegen kommen.«

»Ich war immer ein Mensch, der bekannt war für sein Akklimationstalent.«

»Man kann's auch so nennen!«

»Man *muß* es so nennen, meine Liebe.«

Mit zusammengepreßten Lippen ging sie schnellen Schrittes zur Tür. Aber bevor sie das Zimmer verließ, drehte sie sich noch einmal mit einem Schwung herum.

»Gute Nacht!« rief sie giftig. »Ich wünsche dir viel Spaß im Ausland. Und vergiß nicht, daß der Paß deinen vollen Namen und deine Anschrift trägt.«

Peter lächelte sie verbindlich an. »Ich werde sechs Wochen

unter großzügigen Menschen verbringen . . .« Die Tür krachte zu. Peter schüttelte den Kopf. Das erst für blödsinnig gehaltene Spiel begann ernsthaft und wirklich seelisch entblößend zu werden. Eifersüchtige Anwandlungen bei Sabine waren ihm neu, jetzt entdeckte er sie. Und er entdeckte noch mehr: Er spürte, daß es ihm durchaus nicht gleichgültig war, wo Sabine die sechs Wochen verbrachte. Und gar nicht gefiel ihm der Gedanke, daß sie ihm nicht erzählen würde, was sie in diesen Wochen des Alleinseins erlebt hatte. Schon das Bewußtsein, daß sie etwas erleben konnte, was sie nicht erzählen würde, nagte an seinen Nerven wie eine Maus am Speck.

Man muß da etwas erfinden, dachte Peter Sacher und setzte sich an seinen Schreibtisch. Er knipste die Tischlampe an und starrte auf die aufgeschlagene Briefmappe. Was kann so alles passieren, wenn eine Frau allein verreist. Und Sabine ist eine Frau, die man nicht übersieht.

Der Widersinn seiner Gedanken zu der Tatsache seiner Ehe wurde ihm nicht bewußt. Ein Zurück von Sabines Plan gab es nicht, aber dem Schicksal allein mißtraute Peter Sacher ebenso sehr wie der stillen eigenen Versicherung, daß es vielleicht ohne dieses amerikanische Experiment gehen würde, wenn man sich Mühe gab.

»Sei es also!« sagte er zu sich. Er nahm einen Bogen aus der Schreibmappe und begann zu schreiben:

Monsieur Heinz v. Kletow
Paris
23. Rue de Sèvres.

Mein lieber Heinerich!
Nach siebenjähriger Ehe, zermürbt vom Lebenskampf, ergraut in den Schlachten um das tägliche Mischbrot, gebeugt unter der Last der Schulden und der Erkenntnis, daß Ruhe der Stein der Weisen im Leben eines Lebemannes ist, empfehle ich meinen armen Körper Deiner sorgenden Obhut.
Ich werde am 10. dieses heißen Monats an der Schwelle Deiner Bruchbude stehen und wie ein Clochard sagen: »Bitte – gib mir ein paar Tage Sonnenschein.«
Wir haben uns jetzt drei Jahre nicht gesehen. Was mich mit Dir verbindet, ist die Erinnerung an eine fürchterlich durchsoffene Nacht, in der ich Dich wie einen Mehlsack auf der

Schulter ins Hotel schleppte. Am nächsten Morgen mußte ich die Bettwäsche ersetzen.
Bereite Dich also vor: Stelle einen Kognak zurecht! Vergiß nicht die Hummermayonnaise, die frischen Artischocken, das Billett für die Folies-Bergère. Wirf Deine Geliebten für sechs Wochen hinaus. Kehre Dein Zimmer von den Überresten der Orgien frei und kauf Dir einen neuen Kragen. Nur eines tue nicht: Sammle nicht die unbezahlten Rechnungen und lege sie mir vor.
Wie gesagt: Am 10. Juli – frisch, fromm, fröhlich, frei am Gare du Nord.

Erwarte mit Bangen
immer Dein Peterchen.

Da die Möglichkeit, den Brief um diese späte Zeit aufzugeben, nicht mehr vorhanden war, schloß er ihn in den Wandtresor und stellte das Kombinationsschloß auf das Kennwort ›Paris‹ ein. Zufrieden zündete er sich dann eine Zigarette an, setzte sich in einen Korbsessel auf der Terrasse, streckte die Beine von sich und sah auf den träge fließenden, nächtlichen Rhein mit seinen an die Ufer verankerten Schleppkähnen, deren Positionslichter aussahen wie riesige Glühwürmchen.

Peter Sacher träumte von Paris. Der Gedanke, zu Heinz v. Kletow zu fahren, war ihm so plötzlich gekommen wie der leise Schock, der Sabines Vorschlag von den getrennten sechs Wochen in ihm erzeugte. Bei Heinz konnte man sich einmal sechs Wochen ausspannen, nichts tun, an nichts denken, sich auf das besinnen, was man falsch gemacht hatte, und sich vornehmen, es richtig zu tun. Man konnte in guten Vorsätzen schwelgen, die man meistens vergessen würde, wenn man wieder in die altgewohnte Umgebung zurückkehrte.

Es war gut, wieder einmal zu träumen. Wie selten träumt der Mensch unserer Tage. Er hat es verlernt in der Automation seines Lebens. Die Maschine träumt für ihn.

Als er die Zigarette zu Ende geraucht hatte, trat er den Rest auf den Steinplatten aus (Sabine würde morgen wieder über den schwarzen Fleck schimpfen!) und ging ins Haus zurück. Vor Sabines Zimmer verhielt er einen Augenblick den Schritt und hob die Hand, um die Klinke herunterzudrücken. Aber dann schüttelte er leicht den Kopf und ging weiter in seinen eigenen Schlafraum.

Hinter der Tür stand Sabine und wartete. Sie hörte Peter kommen, sie vernahm sein Anhalten vor ihrer Tür. Wenn sie sich öffnet, können wir uns sechs Wochen Qual ersparen, dachte sie glücklich. Bitte, bitte, öffne die Tür. Und dann ging Peter vorbei, und die Tür seines Schlafzimmers schlug zu.

»Er betrügt mich«, sagte Sabine leise. Sie legte sich auf ihr Bett und starrte an die weiße Decke, auf die der Schein der Nachttischlampe durch den seidenen Schirm wunderliche Figuren warf. »Ich bin ihm nichts mehr, gar nichts. Ein Möbelstück in seinem Haus.«

Dann weinte sie leise, ganz hingegeben dem Schmerz, der sie erfüllte. Später stand sie vor dem Ankleidespiegel und betrachtete ihren Körper, der durch das Perlonnachthemd schimmerte.

Ich bin doch nicht zu alt für ihn, dachte sie. Ich bin doch noch jung. Ich bin doch noch hübsch.

Was ist Freude?

Eine Schwester des Glücks, dachte sie.

Was ist Glück?

Eine Tochter der Liebe.

Was ist Liebe?

Du!

Oh, ich dummes Schaf!

Der nächste Tag war für Peter und Sabine angefüllt mit Reisevorbereitungen.

Aber man sprach nicht mehr darüber. Das Thema war erledigt, man wollte sich nicht fragen, wohin es ging, jeder sollte nach seiner Art die Seligkeit suchen. Gut denn, wo keine Brücken sind, wird keiner über den Fluß schwimmen, sondern den Umweg bis zur nächsten Brücke auf sich nehmen. Und wenn er sechs Wochen dauert. Zwar rechnete Peter Sacher damit, daß Sabine nie sechs Wochen allein sein konnte. Das lag nicht in ihrem Wesen, so sah sie gar nicht aus, daß sie eine Eremitin spielen konnte. Sie würde schnell Anschluß finden. Und das war wieder etwas, was Peter mit tiefster Sorge erfüllte.

Am Morgen nach diesem schicksalhaften Abend trank man wie immer Kaffee auf der Terrasse, Peter las die Morgenzeitung, erzählte Sabine den Inhalt der interessanten Artikel, die sie viel lieber selbst gelesen hätte, aber das tat er seit sieben Jahren mit der Begründung: Was wirklich interessant ist, überschlägst du ja doch, deshalb muß ich dir die Dinge vorlesen! Es war also alles so wie immer, höflich, unverbindlich, chevaleresk, und nichts deutete darauf hin, daß so etwas wie ein Damoklesschwert über Sabine und Peter hing.

Nach dem Kaffeetrinken fuhren sie gemeinsam nach Düsseldorf. Peter setzte Sabine am Corneliusplatz ab, weil sie, wie sie sagte, noch eine Menge zu kaufen habe. Er selbst parkte den Wagen auf der Königsallee, der Prachtstraße, für deren Ruf sich ein Düsseldorfer vierteilen lassen würde, und ging dann, nach allen Seiten sich umsehend, ob ihn Sabine nicht beobachten könnte, hinüber zur Alleestraße und am Wilhelm-Marx-Haus vorbei zu einem anderen großen Gebäude, dessen nüchterne Fensterreihen es als Herberge unzähliger Büros auswies.

Ein großes Emailleschild leuchtete an einem der Eingänge in der Morgensonne.

Dr. Ernst Portz
Rechtsanwalt und Notar

Peter Sacher kannte Dr. Portz schon als kleiner Junge. Sie hatten zusammen auf der Straße gespielt, im Sandkasten Burgen gebaut, und schon da zeigte sich, was einmal aus ihnen werden würde: Peter baute die Sandvillen, und Ernst zerstörte sie. Dementsprechend war Peter Architekt geworden, während Dr. Portz als Fachanwalt für Ehescheidungen einen weiten Ruf erlangt hatte.

Die Kinderfreundschaft wurde dann fortgeführt in der Volksschule, auf dem Gymnasium, wo man sich beim Abitur gegenseitig mit Mogelzetteln half. Schließlich studierten Peter und Ernst noch zusammen in Köln und München. Es war eine jener Freundschaften, für die es keine Krisen gibt und die nie auseinandergehen können, weil jeder den anderen viel zu gut verstand.

Dr. Ernst Portz hatte eine vorzüglich gehende Praxis. Er beschäftigte vier voll ausgelastete Tippmädchen, einen Bürovorstand mit dem Gesicht eines Gallenkranken, der als gut eingespielter Praktiker juristische Hausberatungen auf eigene Kosten erteilte, ein Buchhalter arbeitete acht Stunden am Tag für die Steuer, und ein Lehrling trug die Akten herum und pappte die Briefmarken auf die umfangreiche ausgehende Post.

Das Glanzstück der Praxis aber war ein etwas blasser, dürrer, farbloser, hochaufgeschossener Assessor mittleren Alters, der ewig Hunger hatte, unter Komplexen litt und froh war, bei Dr. Portz arbeiten zu können, weil er sich selbst nicht viel zutraute.

Kleine Fälle übernahm Assessor Hubert Bornemeyer allein. Meistens gewann er sie sogar. Er hatte vor Gericht eine umwerfende Art, Mitleid zu erzeugen, mit sich, mit seinem Klienten, mit seinem Plädoyer, mit seiner naiven Beweisführung. Es war fast, als könnten die Richter ihm nicht weh tun und ließen ihn deshalb gewinnen. Dr. Portz war jedesmal verblüfft, wenn Bornemeyer eine Akte als erledigt ins Archiv gab.

In den Pausen zwischen solchen Vorfällen sah man Bornemeyer meistens butterbrotkauend in der Kanzlei. Es ging die Sage durch das Büro, daß er seine besten Gedanken beim Abfassen eines Schriftsatzes empfing, wenn er ein Brot mit gut gelagertem Romadour aß.

Peter Sacher platzte in diese gut eingespielte Praxis wie ein Hurrikan. Er durchquerte Büro, Kanzlei und Vorzimmer, ohne sich aufhalten zu lassen, klopfte kurz an die Eichentür des Allerheiligsten und trat, ohne Antwort abzuwarten, ein.

Dr. Ernst Portz saß hinter seinem wuchtigen Renaissanceschreibtisch (Renaissance ist immer gut. Sie verbreitet das Fluidum zurückhaltender Bildung), las einen langen Brief und kaute einen Bonbon. Er war groß, wuchtig fast, hatte ein gerötetes Gesicht, wie es Rotspontrinker haben, das durch die Vielzahl dicker Mensurnarben wie eine zerklüftete Felsenlandschaft aussah, kleidete sich salopp, liebte offene Kragen und sprach mit dem Pathos eines alten Heldenvaters des Wiener Burgtheaters.

Als er Peter Sacher eintreten sah, schnaufte er tief und ehrlich und schluckte den Bonbon hinunter.

»Guten Tag, du Urviech!« sagte er dröhnend. »Die Hitze draußen bringt mich um! Begreife, was ich leide: Draußen Tropenglut, um mich herum Aktenstaub, nebenan Büromief, im Stenozimmer ein Parfümerieladen. Peter, wie ich dich beneide!«

»Ausgerechnet mich«, sagte Peter sauer.

Dr. Portz überhörte die Resignation. Er war im Begriff, sich zu bedauern. Welcher Mann läßt sich dabei durch andere Argumente stören?!

»Du bist allein!« sagte er. »Du kannst an die frische Luft, wenn und wann es dir paßt. Man sagt dann einfach: Muß 'nen Bau besichtigen! Du verdienst dein Geld, indem du ruckzuck ein paar Mauern aufs Papier wirfst, ein paar Fenster dazwischen malst und sagst: Da ist das Wohnzimmer, dort schläft man. Hier geht's rein, hier raus. Und das alles kostet 100 000 Mark! Dann kassierst du deine Prozente und rauchst zum Abschluß auch noch eine spendierte Importe. Aber ich?« Er holte tief Luft. Gequält knackte es in der Jacke. Es mußte ein guter Schneider gewesen sein, der sie machte. Vielleicht hatte er die Nähte auch mit Draht gefestigt. »Ich rackere mich ab«, klagte Dr. Portz. »Ich muß tobende Ehemänner beruhigen, weinende Frauen aus Ohnmachten erwecken, auf dem Gericht schmutzige Wäsche waschen, dem Staatsanwalt, er ist ein guter Freund, sagen, daß er dumm ist, ich muß Geschworene überzeugen und Zeugen der Anklage mürbe machen, ich muß aus schwarz weiß und aus weiß mittelgrau machen. Kurz: Ich befinde mich in einem ewigen Krieg gegen alle Welt! Und das alles für die lumpigen Gebühren. Ist das ein Leben?!«

Peter Sacher setzte sich in einen lederbezogenen Sessel und faltete die Hände. Er kannte die Klagen seines Freundes und hatte sich abgewöhnt, ihnen Beachtung zu schenken. Er kannte auch das Bankkonto Dr. Portz' und wußte, daß er gar nichts anderes sein wollte als Rechtsanwalt.

Noch während Portz seine Klagelieder sang, nahm er ein Magazin von dem runden Rauchtisch, blätterte in ihm herum und las eine Kurzgeschichte.

Als sie zu Ende war, war auch Dr. Portz die Luft ausgegangen. Peter Sacher legte das Magazin zurück.

»Fertig?«

»Ja«, keuchte Dr. Portz und rieb sich den Schweiß von der Stirn.

»Dann höre einmal genau zu: Ich werde verreisen.«

»Du Glücklicher.«

»Ich will Ferien machen.«

»Du Nabob!«

»Ich will sogar allein Ferien machen.«

»Ohne Sabine?!«

»Ja.«

»Du Genie!«

»Wie man's nimmt.« Peter nahm eine Zigarre aus dem Kistchen, das auf dem Tisch stand.

Dr. Portz sah es mit Mißbehagen. Die Zigarren waren für die guten Klienten, die Geld einbrachten.

»Kosten achtzig Pfennig«, meinte er.

»Riecht man.« Peter Sacher schnitt die Spitze ab und zündete sie an. Er blies den Rauch gegen die Decke, wie es im ungeschriebenenen Ritus der Zigarrenraucher verbrieft ist. »Können wir ernst miteinander reden?«

»Bitte«, antwortete Dr. Portz pikiert.

»Der Vorschlag, getrennt zu verreisen, stammt von Sabine.«

»Du hast eine einmalige Frau«, sagte Dr. Portz ehrlich.

»Abwarten.« Peter hob die Hand. »Die Sache hat einen Haken. Wir werden sechs Wochen getrennt leben. Keiner soll vom anderen wissen, wo er war und was er dort erlebt hat. Am 28. August sollen wir dann wieder zusammenkommen.« Sacher räusperte sich; es war, als müsse er die Worte wie zu harte Knödel ausspucken. »Es kann sein, daß du dann meine Interessen vertreten mußt.«

»Verrückt.« Dr. Portz schüttelte den Kopf und wischte sich mit einem großen Taschentuch über die Stirn. »Nehmt es mir nicht übel, aber ihr benehmt euch wie die Kinder. Vielleicht fehlen euch die. Mit sechs Kindern im Stall hat man andere Sorgen als ihr! Du liebst doch Sabine?«

»Sehr!«

»Und Sabine liebt dich?!«

»Das nehme ich, mit Vorbehalten, an.«

»So! Mit Vorbehalten!« Dr. Portz rieb sich die dicke, rote Nase. »Das hast du in sieben Jahren Ehe noch nicht feststellen können?«

»Das ist es ja, was mir Sorgen macht!«

Peter Sacher starrte auf die weiße, spitze Asche der Zigarre. Vorsichtig schnippte er sie ab. Sie zerfiel in dem großen Aschenbecher in drei Teile. Peter nickte.

»Stimmt.«

»Was stimmt?«

»Es sind drei Dinge, die bei uns zu Asche geworden sind: Idealismus, gegenseitiges Verstehen, Entgegenkommen. Warum das alles so geworden ist? Lieber Ernst, wenn ich das erklären könnte, säße ich jetzt nicht hier.« Er hob hilflos die Hand. »Man sollte es nicht für möglich halten. Ich habe eine schöne Frau.«

»Die hast du wirklich.«

»Und ich liebe sie. Das ist keine billige Redensart. Aber irgend etwas ist da zwischen uns, das wie eine Wand ist, wie eine gläserne Wand, durch die wir uns zwar sehen und hören, aber die verhindert, daß wir uns die Hände reichen. Wir haben uns einfach nichts mehr zu sagen.«

Dr. Portz schob ein paar Aktenstücke zur Seite, um Platz für seine breiten Ellenbogen zu bekommen. Auf ihnen lehnte er sich weit vor und starrte Peter Sacher ins Gesicht.

»Willst du einen Rat hören? Den honorarlosen Rat eines erfahrenen Scheidungsanwaltes?«

»Honorarlos ist bei dir immer kritisch.«

»Euch beiden fehlt nur eins: eine Wiege mit einem schreienden Bündel und zweimal täglich Windelwaschen.«

»Danke.« Peter schlug resignierend die Beine übereinander. »Erstens hast du das schon einmal gesagt.«

»Steter Tropfen, mein Lieber!«

»Und zweitens stehen solche Ratschläge in jeder Wochenzeitung unter ›Sprich dich aus – Tante Emma antwortet‹.«

»Hör auf Tante Emma!« meinte Dr. Portz sarkastisch.

»Zu einem schreienden Bündel in der Wiege gehören immer zwei Menschen. Soviel solltest du von Biologie wissen.«

»Zahlenmäßig könntet ihr diese Bedingung erfüllen.«

»Aber auch nur zahlenmäßig!«

Dr. Portz schüttelte wieder den Kopf. Wie kompliziert, dachte er. Da sind nun zwei Menschen, nett, modern, liebenswert. Die Frau, man muß schon poetisch bei Vergleichen werden. Der Mann, ein Kerl, der etwas im Leben erreichte. Durch Können, durch Fleiß. Ein bißchen verrückt ist er ja, aber welcher künstlerische Mensch hat nicht seinen verzeihlichen Spleen? Zwei Menschen also, die sich wie nichts auf der Welt ergänzen müßten, die ein ideales Paar abgeben müßten. Und da kommt einer von ihnen nach sieben Jahren Ehe daher und sagt zerknirscht: Alles war nur eine schillernde, mühsam am Leuchten erhaltene Seifenblase. Nun ist sie zerplatzt, und von der ganzen Schönheit ist nichts zurückgeblieben.

»Du glaubst, daß diese sechs Wochen getrennte Ferien ein Heilmittel seien?« fragte er langsam. Man sah und hörte ihm an, daß er dies sehr bezweifelte.

»Sabine meint es. Sie hat diesen ganzen Quatsch in der New York Times gelesen. Von irgendeinem Psychologen, der etwas Propaganda für sich machte. Und sie glaubt daran wie an ein Wunderheilmittel.«

»Ferien vom Ich sind doch eine alte Sache.«

»Aber Ferien von der Ehe? Das dürfte nicht gebräuchlich sein. Nicht in unseren Breitengraden. Über diesen Ferien liegt wie eine unmoralische Wolke der Reiz des Nichtwissens, des Unbekannten, des Rätsels, der verborgenen Abenteuer, kurz: Man fühlt bei dem Gedanken an diese Ferien den Stachel der Eifersucht. Stell dir vor, diese Gedanken: Sie liegt irgendwo am Strand und flirtet mit einem anderen. Er ist hübsch, der Kerl, so ein Frauentyp mit gelacktem oder gewelltem Haar und einem Zahnpastagebiß. Und sie vergißt, daß sie Sacher heißt, sie findet das Leben schön, viel schöner als in Düsseldorf am Rhein, sie findet, daß . . .« Peter sprang auf. Es war ein Satz, als spränge er den Unbekannten an. »Teufel noch mal, Ernst, verstehst du das?! Man muß wissend beide Augen zudrücken, man darf nicht fragen, man soll nichts wissen, man soll alles wehrlos auf sich zukommen lassen. Ich halte das einfach nicht aus!«

Dr. Portz nickte ernst.

»Klarer Fall von Liebe!«

»Quatsch! Es geht um die Mannesehre!« wich Peter aus. Er schämte sich, die Wahrheit einzugestehen.

»Wenn Sabine auch so denkt wie du«, sagte Dr. Portz salomonisch, »ist es besser, ihr verlebt eure Eheferien sechs Wochen auf dem Balkon eures Schlafzimmers. Das ist billiger und überzeugender.«

»Nein!« Peter Sacher klopfte mit den Fingern auf den Rauchtisch. »Sabine soll ihren Wunsch erfüllt bekommen. Oder soll ich von dem Widersinn allein sprechen und die Schlacht um meine Vorrangstellung als Mann verlieren?«

»Von Gleichberechtigung hast du noch nichts gehört, was?«

»Sie ist im siebten Jahr einer Ehe wie ein Infarkt.«

Dr. Portz legte den Kopf in beide Hände und sah Peter Sacher traurig an. »Mit billigen Bonmots rettet man keine Ehe.«

»Darum komme ich ja zu dir. Du mußt mir helfen.«

»Ich?«

»Du mußt Sabine beobachten!«

»Was soll ich?« Dr. Portz begriff nicht sofort. Er blinzelte mit den Augen, als starre er in grelles Sonnenlicht.

»Du sollst Sabine ›beschatten‹, wie man wohl in deiner Fachsprache sagt. Ich will wissen, wohin sie fährt, mit wem sie sich dort trifft, was sie die sechs Wochen treibt, was sie erlebt, kurz: Ich will Sabine auf gar keinen Fall durch dieses dumme Experiment verlieren.«

Dr. Portz nickte schwer und mitleidig. Er griff zum Telefon und drehte eine Hausnummer. Seine Kanzlei meldete sich. Hubert Bornemeyer war am Apparat.

»Bornemeyer? Gut!« rief Dr. Portz mit ernster Miene. »Rufen

Sie bitte die nächste Schilderfabrik an. Wir bestellen ein neues Schild. Wir firmieren um. Groß! In Emaille. Zweifarbig. Eilauftrag! Text: Ernst Portz – Detektei verrückter Ehemänner. Haben Sie verstanden? Nein? Ich auch nicht! Ende.« Er legte den Hörer zurück und sah zu Peter, der wütend an dem breiten Bücherschrank stand. »Mein Assessor ist restlos erschüttert. Er begreift es einfach nicht.«

»Laß bitte die dummen Witze.« Sacher rauchte nervös und zerdrückte fast die Zigarre zwischen den Fingern. »Es muß doch nicht so schwer sein, Sabine bewachen zu lassen.«

»Auch noch bewachen! Es wird ja immer fröhlicher! Lege ihr doch einen Keuschheitsgürtel um.«

»Wenn du gemein wirst, sind wir geschiedene Leute!« Sacher tupfte die Zigarre im Aschenbecher aus. »Irgend etwas muß geschehen! Die Welt kennt keine moralischen Hemmungen mehr.«

»Wie erschütternd das gerade aus deinem Mund klingt!«

»Und ich lasse Sabine in diesen Sumpf nicht allein fahren. Es muß etwas geschehen!« wiederholte er erregt.

»Führt endlich eine vernünftige Ehe. Das ist alles! Habt Zeit füreinander. Lernt euch verstehen. Auch außerhalb des Schlafzimmers!« Dr. Portz schlug die Hände über dem Kopf zusammen. »Als ob man Säuglinge vor sich hätte, denen man das Windelnässen abgewöhnen will.«

»Hast du nichts anderes auf Lager als die Mottenkiste?! Ich brauche ehrlich deine Hilfe! Und wenn dir als Junggeselle auch alles noch so blöd vorkommt, es ist mir bitterer Ernst! Mit Sabine muß etwas geschehen. Sie kann nicht in diesem, diesem seelisch depressiven Zustand allein reisen oder gar allein gelassen werden.«

Dr. Portz sah das Problem ernster, als es nach außen hin den Anschein hatte. Er kratzte sich den Kopf. Männer, die sich beim Nachdenken den Kopf kratzen, brüten große Probleme aus. Als sich Caesar nachdenklich den Kopf gekratzt hatte, so sagt man, entschloß er sich, bei Cleopatra zu bleiben. Vielleicht wäre ein ganzer Teil Weltgeschichte anders verlaufen, wenn sich Caesar nicht gekratzt hätte.

»Gut«, sagte Dr. Portz nach einer Weile Kratzen, bei der ihn Peter Sacher nicht störte. »Ich werde Hubert Bornemeyer auf die Fährte deiner Frau setzen. Für gutes Essen wandert er bis Feuerland.« Er machte sich einige Notizen auf einem großen Block und blickte dann plötzlich hoch. »Übrigens – wohin willst du denn fahren?!«

»Nach Paris.«

»Mir scheint, es wird nötiger sein, dich beobachten zu lassen! Du nimmst die Eheferien aber ernst.«

»Bitte, dämme deine Fantasie ein.« Sacher hob abwehrend die Hand. »Ich will endlich einmal Heinz wieder besuchen.«

»Unseren Heinz v. Kletow?«

»Genau den.«

Dr. Portz legte den Bleistift hart auf den Block zurück. »Ist es nicht besser, ich reiche die Scheidung gleich ein? Schuldiger Teil: der Ehemann! Unkomplizierter Fall. Beweise werden in vier dicken Aktenbündeln geliefert.«

»Du bist heute ausgesprochen blöd!« Peter warf sich wieder in den Ledersessel. »Am 8. Juli fährt Sabine, am 10. fahre ich. Vorher komme ich noch einmal vorbei.«

»Hoffentlich geistig entrümpelt.«

»In spätestens drei Tagen möchte ich wissen, wo Sabine ihren Urlaub verbringt.«

»Auch die Kragenweite der Herren ihrer Begleitung?«

Ohne Antwort ergriff Peter seinen Hut, stülpte ihn auf den Kopf und verließ unter Zurücklassung einer zuknallenden Tür das Büro. Draußen in der Kanzlei winkte er dem Assessor Bornemeyer zu und zeigte zum Chefzimmer. »Herr Dr. Portz möchte ein Glas Milch haben.«

»Milch?« Hubert Bornemeyer sah entgeistert aus. »Wirklich Milch?«

»Ja. Ihm ist irgendwie unwohl.«

Eine völlig fassungslose Kanzlei verlassend, ging Peter Sacher die Treppen hinunter. Der Lehrling überholte ihn mit großen Sprüngen. Bornemeyer hatte ihn losgehetzt, eine Flasche Milch zu besorgen. Der Buchhalter mit dem Gallengesicht holte aus seinen Taschen einige Medikamentenschachteln und -rollen und baute sie auf seinem Tisch auf. Er war für alle inneren Gebrechen versorgt. Es war immerhin möglich, daß der Chef irgendeine Pille brauchte. Das ganze Anwaltsbüro wartete auf ein Zeichen von Dr. Portz. Als der Lehrling mit der Milch kam, wärmte eines der Tippfräuleins sie etwas in einem Kessel heißen Wassers an. Warme Milch ist für einen Magen immer besser.

Unterdessen ging Peter Sacher die Alleestraße entlang, bog in die Königsallee ein und traf dort Sabine. Sie stand vor einem

Modegeschäft und betrachtete blumengemusterte Bademäntel. In der Hand trug sie einen neuen weißen Koffer.

Er stellte sich hinter sie, beugte sich ein wenig über ihre Schulter und flüsterte ihr mit verstellter Stimme ins Ohr.

»Entzückende Dame, darf ich Ihren Koffer tragen?!«

»Was erlauben Sie sich?!« Sabine schnellte herum. Ihre Augen sprühten vor Beleidigung. »Das ist.« Dann lächelte sie, als sie Peter erkannte, und hielt ihm den Koffer hin. »Aber bitte, mein Herr! Mich erschreckte nur das In-den-Nacken-Blasen Ihrer Stimme.«

Peter atmete tief auf. »Ich wollte dich nur an kommende, veränderte Situationen gewöhnen«, sagte er gepreßt. »In wenigen Tagen wird man dir ganz andere Dinge sagen. Mein Gott, wird man dich belügen! Du solltest dich in den richtigen Antworten üben.« Er nahm den weißen Koffer und schwenkte ihn betrachtend durch die Luft. »Du willst an die See fahren?«

»Wieso denn See?« Ihre großen, dunklen Augen waren voll Geheimnis.

Sie sind mir sechs Jahre lang nicht mehr so aufgefallen, dachte Peter Sacher. Damals waren es zuerst ihre Augen, die mir auffielen. Sie stand in der modernen Gemäldegalerie und betrachtete ein abstraktes Gemälde. Als er sich räusperte, hatte sie ihn kurz angeblickt, und dabei waren ihm ihre Augen aufgefallen. »Können Sie sich etwas dabei denken?« hatte sie gefragt und auf das abstrakte Bild gedeutet. Er hatte nur ihre Augen gesehen und ernsthaft genickt. »Jetzt ja«, hatte er geantwortet. »Es hat jetzt einen Sinn bekommen.«

Peter schüttelte die Gedanken ab. Jetzt standen sie auf der Königsallee, Sabine hatte einen weißen Koffer gekauft, sie wollte anscheinend an die See fahren, allein, weg von ihm. So wandeln sieben Jahre die Betrachtungsweise.

»Weiße Koffer sind doch für die See«, sagte Peter etwas unwirsch. Ihn ärgerte, daß er Sabines Augen wieder herrlich fand.

»Man kann auch im Gebirge weiß tragen.«

»Kann man.« Katze, dachte er. Ob sie einen Liebhaber hat? Vielleicht trifft sie ihn in diesen sechs Wochen. Ich bringe ihn um!

Er schwang den Koffer und trug ihn zu seinem Wagen. Sabine ging hinterher.

»Du fährst schon wieder?«

»Du nicht?«

»Nein. Ich bleibe noch in der Stadt.«

»Du willst noch einkaufen?«

»Auch.«

Peter fuhr herum. »Was heißt auch?«

»Auch heißt auch.« Sie hob die Schultern und hatte ein unschuldiges, fast schmollendes Gesicht. »Willst du auf mich warten?«

»Das gehört sich ja wohl so«, sagte Peter giftig.

»Es wird vielleicht zehn Minuten dauern.«

»Überhetze nichts. Es schadet dem Kreislauf.«

Er stieg in den Wagen und zog mit einem Ruck die Tür zu, ohne eine Entgegnung Sabines abzuwarten. Doch bevor sie ging, kurbelte er die Scheibe hinunter und rief ihr nach: »Bring mir bitte eine Schachtel Zigaretten mit.«

Sie nickte und ging mit schnellen Schritten Richtung Börse. Peter sah ihr nach. Sie fragt gar nicht, welche Zigarettenmarke, grübelte er. Sollte sie tatsächlich wissen, was ich rauche? Und schlanke, lange Beine hat sie auch. Und schöne Hüften. Wie der Kerl da im hellbraunen Anzug sie anstarrt. Stehen bleibt er auch noch, dieser Affe! Weitergehen, du Idiot. Diese Dame ist verheiratet. Mit mir! Und glücklich verheiratet.

Glücklich? Peter Sacher suchte im Handschuhfach nach einer Zigarette. Er fand einen alten, platt gequetschten Stengel, drückte ihn rund und zündete ihn an.

Sabine bog in die Alleestraße ein. Peter überlegte, was sie da wohl kaufen könnte. Einen Pelz? Ein Modellkleid? Zarte, hauchdünne Unterwäsche aus Perlon. Und dann sechs Wochen allein.

Er nahm wütend eine Illustrierte vom Sitz und blätterte unlustig darin herum, um sich abzulenken. Als der Herr im hellbraunen Anzug, der Sabines wegen stehengeblieben war, an seinem Wagen vorbeikam, sagte Peter Sacher noch einmal laut »Idiot!« Aber der Herr hörte es nicht.

Immerhin befreite es Peter von einem inneren Druck, als habe man an einem Dampfkessel das Ventil geöffnet.

Ein Glas warme Milch ist ein beliebtes Getränk bei denen, die Milch mögen. Es enthält Kalorien und Aufbaustoffe. Es soll vor Erkältungen der Atemwege schützen. Mit Honig vermischt, wird es zur echten Athletennahrung.

Auf dem Schreibtisch Dr. Portz' aber war es eine Beleidigung.

Als Assessor Hubert Bornemeyer mit dem Glas Milch in der Tür erschien, hatte ihn Dr. Portz entgeistert angestarrt und abgewinkt. »Bornemeyer«, hatte er gesagt. »Wenn Sie schon immer etwas zu sich nehmen müssen, dann kommen Sie meinetwegen mit Salamibrötchen herein, aber nie und nimmer mit Milch. Ich bekomme eine Gänsehaut.«

Assessor Bornemeyer stellte das Glas Milch auf den Schreibtisch. Dr. Portz verzog die Nase, als stänke es nach Kloake.

»Bitte«, sagte Bornemeyer unsicher.

»Was bitte?«

»Ihre Milch.«

»Meine . . .«

Dr. Portz starrte das Glas an. Es gibt zwei Möglichkeiten, dachte er rasend schnell. Entweder man wirft das Glas Bornemeyer an den Kopf und wird für jähzornig erklärt, oder man streichelt Bornemeyer über das schüttere Haar, denn er ist schwachsinnig geworden.

Auf Zehenspitzen verließ der Assessor das Chefzimmer. Draußen in der Kanzlei verkündete er dem atemlos lauschenden Personal, der Chef sei anscheinend trübsinnig geworden.

Der Gedanke, die Bestellung der Milch könne von Peter Sacher ausgehen, war mittlerweile in Dr. Portz zur Gewißheit geworden. Er nur allein kannte seine Abneigung gegen dieses Getränk. Es war die Rache eines Mannes, dem man die Wahrheit gesagt hatte. Dr. Portz schob das Glas Milch mit dem Handrücken in die hinterste Ecke des Schreibtisches. In diesem Augenblick führte Assessor Bornemeyer eine Dame ins Zimmer.

»Sie ließ sich nicht abhalten, Herr Portz«, sagte Bornemeyer entschuldigend.

Dr. Portz schnellte aus seinem Sessel hoch und rannte mit ausgestreckten Armen um den Schreibtisch herum auf Sabine Sacher zu.

»Gnädige Frau, Sie?!« Er ergriff ihre Hand und küßte sie innig. »Wenn ein Vormittag so endet, kann man den ganzen Tag loben.«

Sabine entzog ihm lächelnd ihre Hand. Ihr Blick fiel auf das Glas Milch. »Ach, Sie leben neuerdings diät?« fragte sie. »Milch ist gesund für die Nerven.«

»Wenn dem so ist, sollte man Milch zum Pflichtgetränk für Politiker und Ehemänner machen.«

»Ihr Wort in die richtigen Ohren.« Sabines Stimme war so

bitter, daß Dr. Portz, Unheil witternd, ernst wurde und sie genau betrachtete. Sieht so eine Frau aus, die sechs Wochen Urlaub macht. Allein Urlaub?! Weg von einem Ekel von Ehemann, dachte Portz einen Augenblick gehässig.

»Ist etwas nicht in Ordnung, Sabine?« fragte er.

»Peter will sechs Wochen verreisen!«

»Peter? Soso!« Dr. Portz spürte, daß Verwicklungen nicht zu vermeiden waren. »Er hat Erholung nötig. So ein Arbeitstier wie Peter! Wenn er nicht einmal zwischendurch Urlaub macht, besteht die Welt nur noch aus Peter-Sacher-Bauten!«

Es sollte witzig klingen, aber es traf genau den neuralgischen Punkt Sabines. Sie sank in den Sessel, den vor wenigen Minuten noch Peter gewärmt hatte, und sah hilflos zu Dr. Portz empor.

»Er will allein fahren.«

»Ohne Sie?« tat Portz baß verwundert.

»Ja.«

»So ein Lümmel!« Dr. Portz fühlte einen leichten Schweißausbruch auf seiner Stirn und in seinem Nacken. »Ich spreche Ihnen mein Beileid aus, Sabine. Sie sind mit einem Flegel verheiratet. Wie konnten Sie so etwas tun, wo so viele stattliche Männer zur Verfügung stehen.« Dabei richtete er sich hoch auf. Er war wirklich eine Hühnengestalt, aber nicht der Typ, den man heiratet, sondern nur als Freund verehrt. Ein Gorilla mit Herz.

»Bleiben wir doch ernst, bitte«, sagte Sabine schwach. Sie war dem Weinen nahe. »Peter will Ferien von der Ehe machen. Als ob ich nicht sieben Jahre lang eine gute Ehefrau gewesen wäre.«

»Wer daran zweifelt, ist ein garstiger Gauch!« pflichtete Portz ehrlich zu.

»Nach Paris will er sogar.«

»Mir fehlen die empörten Worte!« Portz zog sich hinter seinen Schreibtisch zurück. Das weiß sie also schon. Woher bloß?! Peter sieht es ähnlich und hat es ihr gesagt. Garkochen im eigenen Saft, nennt er so etwas, der Sadist! Es fragt sich nur, was Sabine von mir will!

»Wie ist er eigentlich auf diesen Gedanken gekommen?«

»Er hat die New York Times gelesen.«

»Nicht das ›Fachblatt für Sexual-Neurotiker‹?«

Sabine schloß die Augen bis zu einem schmalen Schlitz. Erregt nestelte sie an ihrer Kostümjacke. »Sie nehmen mich nicht ernst, Herr Dr. Portz.«

»So ernst wie nur möglich! Also in der New York Times stand

es. Kann Peter überhaupt so gut Englisch? Vielleicht hat er den Marktbericht falsch übersetzt?«

»Wir sitzen an diesem Abend friedlich wie immer im Zimmer. Er liest, ich sitze im Sessel an der Terrassentür und stricke. Einen Pullover für mich, Angorawolle, orangenfarbig, seidenweich, ganz auf Figur.«

»Bezaubernd. Wie ich die Stricknadeln beneide –«

»Und während ich so stricke, springt er plötzlich auf. Ich bekomme einen Schrecken. ›Peterlein, was ist dir?‹, frage ich besorgt. ›Ist dir unwohl?‹, und was tut er?«

»Na, was tut er?«

»Er schiebt mir die New York Times zu und sagt: ›Da, lies mal! Da steht was drin von sogenannten Stummen Ehen. Ganz interessant. Ein amerikanischer Psychologe schreibt, daß die Ehe im siebten Jahr beginnt, spröde zu werden. Um den Zerfall aufzuhalten, braucht man eine Art seelischer Zellularfrischbehandlung. In Form von einigen Wochen Auseinandergehen! Der Gedanke ist gut, was, Sabine?‹ Und als ich nicht sogleich antworte, weil mir der Unterkiefer herabgefallen ist, fügt er hinzu: ›Ich habe mich entschlossen, es auch so zu machen. Wir fahren sechs Wochen getrennt in die Ferien.‹«

»Hat Peter das gesagt?« Dr. Portz schlug die Augen nieder und faltete ergeben die Hände. »Es ist unglaublich«, sagte er ehrlich.

»Ich sagte zu Peter: ›Peterlein, das ist doch nicht dein Ernst?‹ Und da brüllt er los: ›Mein vollster. Am 10. fahre ich weg! Und du auch! Und am 28. August sehen wir uns wieder! Keine Widerrede!‹«

Sabine zog ein Taschentuch aus ihrer kleinen Handtasche und tupfte damit gegen die Wimpern.

»Was sollte ich da noch machen?« klagte sie.

»Heroisch leiden.«

»Peter wird seinen wahnwitzigen Plan ausführen! Unsere Ehe ist in Gefahr. Nach sieben glücklichen Jahren kommt er mit so einer Idee. Ich kenne Peter nicht wieder.«

»Ich auch nicht«, sagte Dr. Portz seufzend.

Sabine zuckte hoch. »Sie haben ihn gesprochen?!«

»Nein! Nein! Ihre plastische Schilderung der geistigen Verwirrung und moralischen Verirrung Peters greift mir als seinem Freund vom Windelalter an ans Herz. Er muß den Verstand verloren haben. Überarbeitung wird es sein. Man sollte ihn in einen Heilschlaf versenken.«

»O das wäre gut!« rief Sabine begeistert. »Dann kann er nicht wegfahren.«

»So etwas geht nur mit Einverständnis des Patienten. Wer will Peter dazu bewegen?«

»Niemand!« Sabine tupfte wieder gegen die Wimpern. »Es bleibt nur eines übrig: Sie müssen Peter beobachten lassen.«

»Was?!« Dr. Portz spürte elektrische Schläge durch seinen Körper zucken.

»Sie müssen erfahren, wo er in Paris wohnt, mit wem, was er dort treibt. Sie müssen alles erfahren. Ich, ich glaube . . .« Plötzlich weinte sie. Und es waren echte Tränen, die sie wegtupfte. Ihre großen Augen waren ganz blank wie frischgeputzte Scheiben. ». . . daß Peter irgendwo eine andere Frau liebt.«

»Unmöglich!« sagte Dr. Portz fest.

»Das sagen Sie als Scheidungsanwalt?!«

»Gerade darum. Man bekommt einen Blick für Männer, die notorische Rockanbeter sind. Peter, beste Sabine, Peter ist für einen Seitensprung viel zu faul.«

»In der Ehe, ja!« Sie blickte zu Boden und schämte sich, darüber sprechen zu müssen. Welche Frau gesteht gern, vernachlässigt worden zu sein? Es geht gegen ihre Berufung, immer geliebt zu werden. »Ich denke nicht an einen Seitensprung«, sagte sie leise, stockend. »Es muß etwas Ernstes sein, etwas Zukünftiges.«

»Er kann sich doch nur verschlechtern«, sagte Dr. Portz.

Sabine lächelte unter Tränen. »Danke.«

»Ich glaube das nie und nimmer!« bekräftigte Dr. Portz, was er wirklich dachte.

»Aber warum will er dann begeistert sechs Wochen allein nach Paris?!« Sabine hatte ihre Tränen abgetrocknet. Ihr etwas vom Weinen gerötetes Gesicht zeigte wieder den Ausdruck von Kampfwillen und Wut, den Dr. Portz bei fast allen weiblichen Klienten feststellen konnte, wenn ihr Entschluß unabbiegbar geworden war. »Lieber Dr. Portz, können Sie nachforschen, was Peter in Paris tut?«

»Ihnen zuliebe sammele ich Steinchen aus den Mondkratern!« Ein wunderbarer Gedanke war ihm gekommen, als er schnell die Situation zwischen Peter und Sabine durchdachte. Bisher hatte er als Scheidungsanwalt Ehen auseinanderbringen müssen, mit allen juristischen Kniffen die Vorteile seiner Mandanten aushandelnd. Das war oft nicht schön, schmutzig fast, krämerhaft, als feilsche man um den Preis, endlich frei zu sein. Hier aber wuchs ihm eine völlig konträre Aufgabe zu: Zwei Menschen, die vom Leben überrollt waren, wollten zusammenkommen und konnten es nicht. Es galt hier, dem Schicksal etwas nachzuhelfen und denen, die auf das Schicksal warteten, einen Stoß in die Rippen zu geben und ihnen zu sagen: Geht nicht blind durchs Leben. Sehe jeder den anderen doch mit den richtigen Augen an und lernt euch begreifen. Auch der erwachsene Mensch, und sei er noch so erwachsen, ist irgendwo in einem Winkel seines Herzens ein Kind. Und das ist gut so, denn das Schrecklichste dieser Erde wäre der vollkommene Mensch!

»Wohin werden Sie fahren, gnädige Frau?« fragte Dr. Portz. Damit löste er Aufgabe Nummer 1 für Peter. Sabine zögerte ein wenig. Portz merkte es und wurde ernst. »Ich muß es ja wissen, um Ihnen Nachricht zukommen zu lassen.«

Sie nickte. Aus der Handtasche zog sie einen bunten Werbeprospekt und reichte ihn dem Anwalt über den Tisch.

»Ich fahre nach Borkum. Pension ›Seeadler‹.«

»Sie haben in der Saison noch ein Zimmer bekommen? Natürlich, wie könnte man Ihnen etwas abschlagen.«

»Es war reiner Zufall. Ein Gast erkrankte. Sonst wäre ich auf eine Insel nach Dänemark gefahren. Ich will Ruhe haben und über alles nachdenken.«

Dr. Portz nahm den Prospekt ›zu den Akten‹, wie es im herrlichen Juristendeutsch heißt. Er war sehr zufrieden. Paris und Borkum . . . das waren zwei Pole, zwischen denen man eine Leitung legen konnte. Mit Starkstrom!

Dr. Portz wuchs innerlich an seiner neuen Aufgabe. Paris und Borkum, das war genau das, was er brauchte. Diese Namen umschlossen feste Begriffe: Sommer, Wind, schöne Frauen, galante Männer, verbotene Küsse, Eifersucht.

Ich lasse sie beide ruhig fahren, dachte Dr. Portz. Ich mache erst gar nicht den Versuch, ihnen zur Vernunft zuzureden. Kinder wollen das neue Spielzeug mit ins Bett nehmen. Sollen diese beiden mit ihrem geistigen Spielzeug ruhig ein wenig klappern.

Und dann würde er von Düsseldorf aus die Fäden ziehen, an denen Peter und Sabine wie folgsame Marionetten hingen. Ein Spiel um vergrabene Herzen.

Dr. Portz rieb sich die Hände. Sogar den Anblick der Milch ertrug er dabei. Sabine hatte sich erhoben und tupfte etwas Make-up über die Nase und die Stirn.

»Ich kann mich auf Sie verlassen?« fragte sie und reichte die Hand hin. Dr. Portz küßte sie wieder.

»Es wird alles seinen Gang gehen«, sagte er weise.

»Ich muß schnell machen. Peter wartet im Wagen auf der Kö.«

»Grüßen lassen kann ich ihn ja wohl nicht«, meinte Dr. Portz heuchlerisch. »Aber ich wünsche Ihnen sechs Wochen Freude auf den Tag, an dem Sie wieder zusammenkommen.«

Dann war Sabine gegangen. Dr. Portz wartete ein paar Minuten, meldete dann ein Eilgespräch nach Borkum, Pension ›Seeadler‹ an und rief Assessor Hubert Bornemeyer ins Zimmer.

»Ich habe etwas für Sie, Bornemeyer«, sagte er fröhlich. »Es ist nicht nur mit Essen, sondern auch mit Trinken und sogar etwas Scharfsinn verbunden. Setzen Sie sich mal hin und hören Sie genau zu.«

Zwei Tage später erhielt Peter Sacher per Eilpost einen Brief aus Paris.

Es war ein Glücksumstand, daß Sabine beim Friseur saß und sich die Haare vor der morgen stattfindenden Abreise noch einmal besonders schön legen ließ. Peter hatte mit tiefem Mißfallen diese Neuerung bemerkt.

»Warum eigentlich?« fragte er hinterhältig. »See, oder Gebirgsluft, wo du auch hinfährst, zerstört doch die Frisur. Oder was hast du sonst noch vor?«

»Allerhand.« Sabine hatte ein luftiges Kleid an. Etwas zu luftig, fand Peter plötzlich, der nie darauf geachtet hatte. »Wo ich hinfahre, kann man tanzen. Es gibt dort Bälle, Feste, Partys, Mondscheinpartien.«

»Mondscheinpartien!« äffte ihr Peter wütend nach. »Als wenn man noch siebzehn wäre.«

»Aber wenn man sich noch so fühlt.« Sabine drehte sich wie eine Ballerina auf den Spitzen ihrer Schuhe und lief dann wie ein kleines Mädchen aus dem Haus. Zähneknirschend blieb Peter zurück und starrte ihr durch die Gardine nach.

Ernst wird mir alles berichten, dachte er. Wie Simson mit der Eselskinnlade oder Odysseus mit dem Bogen werde ich unter ihren Freiern aufräumen!

Ihm war trotzdem gottserbärmlich zumute, bis der Eilbrief aus Paris kam. Peter riß ihn mit zitternden Fingern auf.

Paris, am Abend nach Eintreffen Deines Briefes.

Liebes Peterlein!

Die Nachricht von Deinem Kommen hat in Paris eitel Freude und Jubel ausgelöst. Die Betten der Midinetten werden neu bezogen. In den Ateliers waschen die Modelle sich ihre entzückenden Füße. Lou, Joujou, Lisette, Jeanette, Tinni, La petite Coucou, Toine, alle, alle warten auf Dich. Im Moulin rouge wird gefegt, und Dein Platz wird mit Männertreu umkränzt – im Quartier Latin nehmen die Bäder in Eselsmilch kein Ende mehr. Soviel Esel sind hier noch nie gemolken worden! – Paris, die Mutter der Freude, erwartet Dich.

Bringe viel Geld mit!

Immer Dein Heinz.

Peter Sacher las den Brief bedächtig durch. Dann hielt er sein Feuerzeug unter das Papier, ließ es verbrennen, zerrieb die Asche zwischen den Händen und warf sie in den offenen Kamin.

Zur gleichen Zeit hielt Sabine beim Friseur die Nachricht der ›Pension Seeadler‹ aus Borkum in den Händen. Sie hatte das Schreiben postlagernd senden lassen und es auf dem Weg zum Friseur abgeholt. Der ›Seeadler‹ schrieb, daß man ein Zimmer wegen Krankheitsfall, wie telefonisch schon gesagt, frei habe, aber das sei ein Doppelzimmer. Gegen einen Aufschlag für ein normales Bett (Saisonpreis und fünfzehn Prozent Service) wäre man bereit, dieses Doppelzimmer für Frau Sacher freizuhalten. Man erwarte die telegrafische Nachricht. Die Zimmersuchenden ständen Schlange.

Sabine ließ über das Friseurtelefon sofort ein ›Einverstanden‹ kabeln. Ein Doppelzimmer, dachte sie mit einem Schuß Schadenfreude. Wenn Peter jemals erfahren sollte, daß ich in den Ferien allein ein Doppelzimmer bewohnte. Es war nicht auszudenken, wie sehr er die sichere Haltung verlieren würde. Man sollte es ihm direkt sagen, oder durch andere vertraulich mitteilen lassen. Weißt du schon, deine Frau, in Borkum, ein Doppelzimmer hat sie! Jawohl, man hat so hintenherum gehört, daß jeden Morgen *beide* Betten gemacht werden müssen! Nicht auszudenken!

Während Sabine in diesen verworrenen Gedanken schwelgte, ordnete Peter nüchtern wie immer seine Sachen. Der Paß war gültig. Devisen brauchte er nicht. Er besaß in Paris ein Bankkonto für die Beträge, die er für Villenbauten an der Kanalküste bekommen hatte. Er hängte die Anzüge aus dem Schrank, die er mitnehmen wollte. Auch den weißen Smoking und den Frack. Wenn Sabine sie sehen würde, fragte sie bestimmt, ob er zum Amüsieren nach Paris fuhr. Dann wollte er genüßlich schweigen und mit einem gepfiffenen Liedchen aus dem Zimmer gehen. Und wenn sie explodierte: Mit einem Mann springt man so nicht um! Sechs Wochen Eheferien!

Beide wurden enttäuscht. Peter schien dem Zettel, den Sabine absichtlich im Zimmer verlor und auf den sie geschrieben hatte ›Doppelzimmer bestellt‹, keine Bedeutung beizumessen. Sabine verlor kein Wort über weißen Smoking und Frack. Nur Dr. Portz wurde zweimal von sehr erregten Leuten angerufen.

»Bienchen hat ein Doppelzimmer!« schrie ihm Peter zu.

»Wer ist Bienchen?« fragte Dr. Portz im ersten Augenblick verblüfft.

»Sabine, natürlich! Irgendwo ein Doppelzimmer! Was will sie mit einem Doppelzimmer?«

»Frag sie doch! Sag: Bienchen, warum?«

Peter hängte ein und ging in den Garten, hinunter zum Rhein, und ließ sich den Wind um das Gehirn wehen. Meine Frau, grübelte er. Das zurückhaltende, gute, scheue, liebe, schüchterne Sabinchen! Kann man sich so irren?

Peters Weggang zum Rhein benutzte Sabine, um ebenfalls ans Telefon zu stürzen.

»Er nimmt weißen Smoking und Frack mit!« keuchte sie. Dr. Portz fragte nicht mehr, wer ›er‹ sei.

»Paris ist eine galante Stadt, Gnädigste. Für galante Männer wie Peter.«

Klick machte es, und das Gespräch war zu Ende. Sabine entfloh in ihr Schlafzimmer, setzte sich auf ihr Bett und hieb mit der Faust in die Kopfkissen. »Schuft! Schuft! Schuft!« schrie sie dabei. »Ich werde das Doppelzimmer ausnützen! Ich werde, werde, oh, wie hasse ich dich!«

Bis zum nächsten Tag blieb alles, wie es war. Peter und Sabine verbissen ihre Entdeckungen und stopften mit verlogener Freundlichkeit den schwelenden Krater ihrer Vulkane zu. Sie waren nett wie nie zueinander, bedienten sich beim Abendessen gegenseitig und tranken sogar eine Flasche Wein.

Wie du dich auf das Alleinsein freust, dachte Sabine giftig, während sie Peter lächelnd zuprostete. Kaum erwarten kannst du's!

Wie du heucheln kannst, dachte Peter und schenkte mit ruhiger Hand das Glas Sabines noch einmal voll. Im Doppelzimmer wartet er ja schon auf dich! Irgend so ein Lackaffe. Man sollte mit der Flasche um sich schlagen!

Am Morgen saß Peter im Liegestuhl unter dem Sonnendach der Terrasse und zeichnete einen Rohentwurf für ein Einfamilienhaus. Er hatte eine fast schlaflose Nacht hinter sich. Wenn er tatsächlich für wenige Minuten eingeschlafen war, träumte er von Doppelzimmern, in denen Frauen in durchsichtigen Nachtgewändern mit einem Manne Walzer tanzten. Und alle Frauen hatten das Gesicht von Sabine. Da fuhr er jedesmal empor und sah, daß er im Traum beide Fäuste geballt hatte.

Sabine trat hinaus auf die Terrasse. Sie war reisefertig. Die Koffer standen draußen in der Diele. Ihr orangefarbenes Reisekostüm war bezaubernd. Peter kniff die Lippen zusammen.

»Fahren wir?« fragte sie lässig. »Oder soll ich mir eine Taxe bestellen, die mich zum Bahnhof bringt?«

Peter sprang auf und legte den Skizzenblock zur Seite.

»Natürlich bringe ich dich zum Bahnhof. Ich lasse es mir doch nicht nehmen, dich in die Freiheit zu fahren!«

»Es macht dir unbändige Freude, was?!«

»Alles Neue belebt mich!«

Sabine biß sich auf die Unterlippe. Ihr Gesicht war wie versteinert. Das ist ein Abschied, dachte sie. Jetzt wäre es die letzte Gelegenheit gewesen. Ich habe ihm die Hand gereicht, und er stößt sie zurück mit billigen Bonmots.

»Was würdest du sagen, wenn ich überhaupt nicht wiederkäme?« zischte sie.

Aha, dachte Peter. Sie läßt die Katze aus dem Sack. Tausche Villa am Rhein gegen Doppelzimmer! Er atmete scharf durch die Nase und gab sich betont gleichgültig.

»Nichts«, antwortete er. Er nahm den Skizzenblock vom Tischchen und betrachtete ihn, als sei der Hausentwurf wichtiger. Er zwang sich sogar, dabei zu denken: Wird ungefähr 70000 Mark kosten. Laut sagte er: »Damit muß gerechnet werden.« Es konnte sich auch um die Hauskosten handeln.

»Auch von deiner Seite?« knirschte Sabine.

»Unfehlbar sind allein die Götter. Aber selbst Zeus hatte laut Homer über hundert außereheliche Kinder.«

»Du wirst geschmacklos!« Sie wandte sich ab, zur Tür der Diele. Welch ein Ekel ist er doch, durchzitterte es sie. Wenn man sich doch rächen könnte! So richtig rächen, daß die Tünche seiner Männlichkeit abfällt wie von einem schwammigen Gemäuer. Aber Dr. Portz wird mir ja alles melden. Auf ihn kann ich mich verlassen.

Sie ging aus dem Zimmer und ließ die Tür zur Diele auf. Peter schielte von seinem Skizzenblock ihr nach. Seine Hand, die einen Balkon zeichnete, zitterte.

Ernst wird mir ja alles mitteilen, dachte er. Und wehe, wenn sie mich betrügt! Wehe!

»Kommst du endlich?« rief Sabine von der Diele her schnippisch. »Wenn mir der Zug wegfährt –«

Peter warf den Skizzenblock auf die Erde. Sie kann's nicht erwarten, würgte es in seinem Hals. Sie zittert schon vor Erwartung. Über die Terrasse verließ er das Haus, fuhr den Wagen aus der Garage und lehnte sich dann gegen die geöffnete Tür, während Sabine das Haus verschloß.

Grell schien die Morgensonne. Der Rhein gleißte im Sonnenlicht, die Blumen im Vorgarten glitzerten. Der Morgentau hing noch unverdunstet in den Blütenkelchen. Welch ein schöner Tag, dachte Peter Sacher. Und wie fängt er für uns an?!

Sabine kam über den Kiesweg des Vorgartens. Ihre Koffer standen oben an der Tür. Sie setzte sich in den Wagen. »Wir könnten endlich fahren.«

Das ›wenn‹ blieb unausgesprochen. Peter wußte, was Sabine sagen wollte. Zähneknirschend ging er zum Haus zurück, nahm die Koffer auf und schleppte sie zum Auto. Er warf sie auf die Hintersitze. Sabine zog die Stirne kraus.

»Die Kleider verknittern.«

»Es wird ja wohl Büglereien geben.«

»Außerdem ist Zerbrechliches drin.«

»Zerbrechliches?«

»Geschenke.«

»Ach!«

»Ja! Fahren wir nun endlich?«

Das mit den Geschenken war nicht wahr, aber sie sah, wie sich Peter Gedanken darüber machte und vor allem, wie wütend die Gedanken ihn werden ließen.

Die andere Tür krachte zu. Peter ließ den Wagen an und raste dann auf die Chaussee, Düsseldorf entgegen. Er hatte das Kinn vorgeschoben, die Finger um das Steuerrad verkrampft, den Blick starr auf die Straße gerichtet.

Sabine wurde es angst, wenn sie zur Seite auf die wegrasenden Bäume blickte.

»Der Weltrekord liegt bei ungefähr 600 km in der Stunde«, sagte sie burschikos. Es kostete sie eine ungeheure Anstrengung. Peter nickte. Er trat das Gaspedal bis zum Anschlag und ließ den Fuß so stehen. Der Motor heulte. Sabine umklammerte die Fensterkurbel.

»Gleich kommt eine Kurve, Peter.«

Ehe sie weitersprechen konnten, waren sie schon hindurch, schleudernd, pfeifend, heulend, aber es war gelungen.

Von da ab sprachen sie nicht mehr. Um zu zeigen, wie gleichgültig ihr die Raserei sei, stellte sie das Radio an. Tanzmusik. Mit zitternden Lippen pfiff sie mit. Sie sah hinaus auf die Straße, sie schloß die Augen, wenn eine Kurve kam oder ein anderer Wagen ihnen entgegenflog wie eine Granate. Jetzt, dachte sie, jetzt. Aber es krachte nicht. Der Wagen fuhr weiter, Peter starrte weiter geradeaus, mit einem Gesicht, das wie Stein war.

Als sie vor dem Düsseldorfer Hauptbahnhof hielten, sah Sabine auf die Uhr. Sie wollte nicht den Rekord messen, sondern sehen, wieviel Zeit ihr bis zum Abgang des Zuges blieb. Noch 17 Minuten. Da blieb sie sitzen. Fünf Minuten ausruhen, dachte sie. Wenn ich jetzt aussteige, schwanke ich wie eine Betrunkene. Meine Beine sind wie Pudding. Vielleicht kann ich gar nicht gehen, so sitzt mir der Schreck in den Gelenken.

Peter Sacher sah sie von der Seite an. Er hatte sich eine Zigarette angesteckt.

»Na? Wollen wir nicht?«

»Doch!«

»Wir sind da!«

»Ich sehe es mit Beglückung.«

Das war wieder eine Frechheit. Peter rauchte hastig. Selbst die Raserei kriegt sie nicht klein. So gewaltig ist der Trieb, von mir weg in dieses Doppelzimmer zu kommen, daß nichts mehr sie erschüttern kann!

Er stieg aus und riß auf ihrer Seite die Tür auf.

»Bitte!« sagte er steif wie ein Herrschaftschauffeur. Es fehlte nur noch die kleine Verbeugung und das Ziehen der Mütze. Sabine kletterte aus dem Wagen. Es ging besser, als sie geglaubt hatte. Die Beine zitterten nicht. Sie nahm ihre Koffer vom Rücksitz, stellte sie auf den Bürgersteig und reichte Peter die Hand entgegen.

»Also denn – bis zum 28. August!«

»Bis zum 28. August!« Er nahm ihre Hand und führte sie an die Lippen. Plötzlich kam er sich wie verlassen vor. Wie ausgestoßen. Das Pfeifen der Züge in der Bahnhofshalle gellte in seinen Ohren, als zerplatze mit ihm sein Kopf. »Erhole dich gut, Bienchen«, sagte er stockend. »Werde schön braun, aber lieg nicht zuviel in der Sonne. Und viel, viel Freude. Ich, ich gönne sie dir. Du hast in der letzten Zeit so wenig gelacht.«

Sabine schluckte. Mein Gott, sprach sie sich zu. Nicht weich werden, nicht zeigen, daß man losheulen könnte. Mach das Kreuz hohl und sieh an ihm vorbei.

»Du auch, Peter!« sagte sie grober, als sie wollte.

»Ich werde in Paris in die Schule gehen.«

Biest! Er ist wirklich nicht wert, daß man ihn liebt!

»Wenn das Lehrgeld nicht zu teuer ist«, sagte sie giftig. »Ich werde mich auch nach Rezepten umsehen.«

Welch ein Luder, dachte Peter. Sein Gesicht wurde steinern. »Adieu!« Er stieg wieder in seinen Wagen und ließ Sabine neben den Koffern stehen. Überall standen ja Dienstmänner herum. Vielleicht wartete in der Halle schon der gelackte Affe, der das Doppelzimmer. . . Er wollte wieder aus dem Wagen springen, aber dann beherrschte er sich und ließ den Motor an. Sabine klopfte mit dem Knöchel des Zeigefingers an die Scheibe.

»Du«, sagte sie. »Wenn du mich sprechen willst, wenn du mir etwas schreiben willst, es ist ja möglich, daß du etwas sagen willst, nicht wahr, Düsseldorf, postlagernd. Postauftragsdienst. Sie haben meine Adresse. Hörst du, Peter. Vergiß es nicht, wenn du etwas zu sagen hast.«

Er nickte und fuhr an. Im Rückspiegel sah er, wie Sabine ihm nachwinkte. Inmitten der weißen Koffer stand sie, allein am Straßenrand. Das orangefarbene Kostüm leuchtete in der Sonne. Sie sah hübsch aus, schlank, sogar jung.

Die Vorfreude verjüngt sie, dachte Peter gehässig. Bei mir war sie immer ein welkes Mauerblümchen. Das war nicht wahr und auch ungerecht, aber welcher Wütende hat dafür ein Gefühl?

Er fuhr um die Straßenbahnhalbinsel herum und auf der anderen Seite zurück, am Bahnhof vorbei. Ganz langsam. Er sah, wie Sabine einen Gepäckträger herangewinkt hatte, wie sie ihm folgte, mit kleinen, schnellen Schritten. Auf hohen Absätzen mit weißer Tasche und wippenden Hüften. Einige Männer blieben stehen, drehten sich um und sahen ihr wohlgefällig nach.

»Ihr Böcke!« brüllte Peter in seinem Wagen.

Dann trat er auf das Gas und raste die Graf-Adolf-Straße hinunter. Es war wie eine Flucht, denn er hatte in diesen Augenblikken das dringende Bedürfnis, Sabine aus dem Bahnhof zurückzuholen, in seinen Wagen zu reißen und zu sagen:

»Bleib! Bitte, bitte bleib! Ich bin ein Esel.«

Die Flucht kostete Peter Sacher drei Strafmandate wegen Überfahren der Höchstgeschwindigkeit.

ZWEITES KAPITEL

Es gibt Städte, die man nie vergißt.

Es gibt Schönheiten, die keine Lippe beschreiben kann.

Es gibt Ewigkeiten in der Gegenwart.

Sie schwingen in Paris.

Wer einmal über die breiten Boulevards gegangen ist, wer den Schwalben im Jardin du Luxembourg zusah, wer am Arc de Triomphe stand und vom Place d'Etoile hinabblickte auf die Champs-Elysées, der kann nicht vergessen, wie sein Herz schneller schlug und ein Hauch von Unsterblichkeit ihn mit leichtem Schauer umwehte.

Im Dunst des Morgens stößt die Spitze des Tour d'Eiffel in den Himmel, die Seine mit ihren hundert gebogenen Brücken, als sei sie der Brustkorb von Paris, plätschert an die Quader-Quais, auf denen unentwegt die Angler stehen, während unter den Brükkenbögen die Bettler von ihrem Decken- und Zeitungslager kriechen.

Von der Seine-Insel dröhnen die hellen Schläge der Notre-Dame, und die Karren der Bücherhändler werden in die Morgensonne geschoben. Am Montmartre, am Boulevard de Clichy, stellen die Maler ihre Werke an die Häuserwände, rücken die Baskenmützen in den Nacken und drehen sich in der Tasche eine Zigarette aus schwarzem Tabak. Aus den dumpfen Häusern und Hinterhöfen von La Chapelle und La Vilette quellen die Heere der Ladenmädchen, Midinetten und Kellnerinnen und trippeln zu der Metro, die sie hineinträgt in den erwachenden Giganten aus Stein, Glas und Liebe.

Die ersten Milchwagen rattern durch die Straßen. Die Sonnendächer der Modehäuser und Juweliere leuchten in grellen Farben in der Sonne. Die roten Laternen in den Eingängen mancher Häuser der Querstraßen verblassen und erlöschen. Auf dem Cimetière du Père-Lachaise sitzen die Bildhauer und meißeln an neuen Totenmalen. Am Hufeisensee des Parc des Buttes Chaumont drängen sich Maler und werfen kühne Studien in die Zeichenblocks, die sie für ein paar Francs verkaufen werden, um nicht zu verhungern. Aus dem Bois de Boulogne, aus den grünen Ufern des Lac Inférieur hervor kommen die letzten Liebespaare der warmen Sommernacht, noch trunken vom Zauber eines nach Blüten duftenden Paris.

Peter Sacher blickte auf seine Uhr.

Sieben Uhr zehn. Er war die Nacht hindurch gefahren, weil er nicht schlafen konnte. Der Gedanke, daß Sabine seit zwei Tagen in einem Doppelzimmer schlief, hatte ihn so zermürbt, daß er sich in seinen Wagen flüchtete und durch die Nacht schlich, das Radio mit vollster Lautstärke und einem Aschenbecher, der überquoll.

Jetzt stand er vor dem Gare du Nord und schüttelte den Kopf. Natürlich war Heinz v. Kletow nicht da . . . er hatte ja geschrieben, daß er mit dem Zug in Paris eintreffen würde. Von einer Autoreise war nie die Rede. Heinz würde also noch im Bett liegen, der Erwartung Peters wegen allein, und es war bestimmt eine Freude, ihn zu überraschen.

Peter Sacher entfaltete den Stadtplan von Paris und studierte die Straßen.

Rue de Sèvres. Sie lag jenseits der Seine als Kreuzung des Boulevard des Invalides. Wie sich Heinz v. Kletow eine solch luxuriöse Wohnung leisten konnte, war ein Rätsel. Das ganze Leben Kletows war ein Rätsel. Er hatte nie gearbeitet und besaß doch immer Geld. Er war ein Genie der Improvisation, aber vor korrekten Dingen zuckte er zurück wie vor Hochspannungsleitungen. Er hatte Schulden, und keiner nahm sie ihm übel. Sie gehörten zu seinem Typ. Keine Schulden zu haben war für ihn wie eine Krankheit. Sein Leben war ein einziger Kredit.

Peter Sacher faltete den Stadtplan wieder zusammen, stieg in seinen Wagen und fuhr langsam durch das erwachende Paris. Auf der Place de la Concorde, am Rande des Jardin des Tuileries, saßen schon die ersten Müßiggänger auf den Bänken in der Sonne und beobachteten das Morgengezänk der Spatzen. Zum Quai d'Orsay hin rollten die schweren Wagen der Regierung. Irgendeine Sitzung, dachte Peter. Die Menschen sind so friedlich, warum sind es die Regierungen nicht?

Er drehte einen weiten Bogen über den großen Platz, umfuhr den Obelisk, das Beutestück Napoleons I. aus seinem Ägyptenfeldzug, und fuhr dann über den Pont de la Concorde, über die schmutzige Seine, an der auch schon die Angler standen, als hätten sie die ganze Nacht über gefischt. Er rollte auf den Boulevard St. Germain, der Hochburg der Sartreschen Existentialisten.

Vor dem Hause Heinz v. Kletows hielt er. Er sah die hohe Fassade hinauf. Es war ein unschönes Haus, alt und mit vielen Schnörkeln an den Simsen. Die Holzjalousien waren zum großen Teil noch vor den Fenstern, einige schief, lückenhaft, mit verrosteten Halteketten.

Sie schliefen noch alle, dachte Peter. Hier ist die Nacht zum Leben da, und der Tag zum Schlafen. Die Welt steht hier kopf.

Aus der großen und breiten Haustür trat ein Mann auf die Straße. Er war alt, hatte die übliche braune Baskenmütze auf den kurzen weißen Haaren und musterte kritisch das vor dem Hause parkende Auto.

Er erkannte die deutsche Nummer, spuckte einen Tabakkrümel auf die Straße und tippte mit dem Zeigefinger grüßend an den Lederrand seiner Mütze.

»Monsieur Sacher?« fragte er.

»Ja.« Peter nickte verwundert. Dann fiel ihm ein, daß der alte Mann ja kein Deutsch verstand. Kühn sagte er: »Oui.«

»Pierre Sacher, Düsseldorf?«

»Oui!«

Peter sah in das Stückchen blauen Himmel, das in die Straße blickte. Er suchte angestrengt nach französischen Vokabeln, die er zum letztenmal vor über zwanzig Jahren auf dem Gymnasium reichlich desinteressiert gehört hatte. Man hätte sich einen Sprachführer mitnehmen sollen, dachte er. Wer weiß, was einem in Frankreich alles noch zustößt. Da ist man nun in Paris, kann oui, non und je t'aime, na ja, und eigentlich ist das auch genug. Damit kann man schon weiterkommen in Paris, vor allem mit dem letzten. Je t'aime ist eine Vokabel, die für tausend andere Worte gut ist.

Der alte Mann mit der Baskenmütze sah Sacher mit schiefem Kopf an. Er wartete auf etwas. Peter suchte krampfhaft nach Schulerinnerungen und hatte es endlich zusammen.

»Monsieur Kletow, est-il . . .« Er hing schon wieder fest. Mein Gott, wie heißt bloß ›in seiner Wohnung‹? Er zeigte nach oben auf die Fenster. Der alte Mann sah seinem Finger nach und hob die Schultern.

»Monsieur Kletow est en voyage«, sagte er mürrisch.

»Aha!« Peter nickte verständnisvoll. »Soso. Merci!« En voyage, dachte er dabei. Das Wort kenne ich. Das haben wir bestimmt in der Schule gehabt. Was heißt es denn bloß? Wäre man damals kein so mittelmäßiger Schüler im Französischen gewesen, könnte man jetzt flott parlieren. Aber damals hatte man mild über den Tölpel von Lehrer gelächelt, der einem weismachen wollte: Nicht für die Schule, für das Leben lernt ihr!

Peter beugte sich in seinen Wagen und zog den Zündschlüssel heraus. Er wollte Zeit gewinnen. Nachdenken.

Sein Blick fiel, als er die Autokarte auch noch zuklappte, auf das Titelblatt der Mappe. In drei Sprachen war da aufgedruckt: Für Reisende – For travellers – Pour Voyageurs –

Peter zuckte zurück und stieß sich den Kopf hart an der Fensterleiste des Wagens.

»Mein Freund ist verreist?« sagte er entsetzt.

»Oui!«

»Aber das geht doch nicht!«

»Pourquoi?«

Pourquoi heißt: warum. Was für eine Frage, dachte Peter. Da stehe ich jetzt allein in Paris und –

»Monsieur Kletow weiß doch, daß ich komme! Was soll ich denn jetzt in Paris? Wohin ist er denn? Wann kommt er denn wieder?«

Der alte Mann, einer jener unsterblichen Pariser Hausmeister, hob wieder die Schultern. Er nahm eine Zigarette mit schwarzem Tabak aus dem Rock und steckte sie sich an. »He?« fragte er und musterte Peter wie einen Steuerbeamten.

»Nix compris?« Peter nickte verzweifelt. »Natürlich nix compris! Ich auch nicht! Sauerei!« Er lehnte sich gegen den Wagen und steckte sich eine Zigarette an. Der Hausmeister sah wohlgefällig auf die deutsche Schachtel und schnupperte wie ein Hund durch die Luft, als Peter den Qualm des ersten Zuges aus dem Mund stieß.

»Zigarette?« fragte Sacher und hielt dem alten Mann die Schachtel hin.

»Merci bien.«

Gleichzeitig mit dem Griff zur Zigarette holte er mit der anderen Hand einen Schlüsselbund hervor und streckte ihn Peter entgegen.

»Pour vous, Monsieur Sacher.«

»Aha! Compris!«

Peter nahm den Schlüsselbund und schaukelte ihn in den Fingern. Alles klärt sich im Leben, dachte er. Heinz mußte plötzlich verreisen. Auch Männer seines Schlages sind ab und zu geschäftlich unterwegs. Vielleicht hat er einen anderen Freund, den er jetzt anpumpt, um mit mir einige schöne Tage in Paris zu verleben. Es war ja die alte Praxis Kletows, mit neu aufgerissenen Löchern uralte Löcher zu stopfen. Es gehörte schon eine Portion Genie dazu, genau die Löcher aus den vielen herauszukennen, die an die Reihe kamen.

Peter Sacher gab dem alten Hausmeister noch eine Zigarette und einen zerknitterten Hundertfrancschein, ließ einen Schwall von Dankesworten, die er doch nicht verstand, an sich vorbeirauschen, und stieg dann die Treppen zur Wohnung Heinz v. Kletows empor.

Vorweg muß gesagt werden, daß Heinz v. Kletow zu jener genialen Art von Männern gehörte, die es mit vierzig Jahren noch fertigbringen, Junggeselle zu sein. Das lag nicht allein am Pariser Klima. Auch in Paris gibt es einige Hunderttausend Ehemänner und fühlen sich wohl dabei. Der Grund der fast schon pathologischen Eheabneigung Kletows lag näher und in ursächlichem Zusammenhang mit seinem besten Freund Peter Sacher. An einem Sommertage vor sieben Jahren hatte sich nämlich Peter Sacher kurz entschlossen, die gemeinsame Studentenliebe Sabine Heinberg zu einer Frau Sabine Sacher zu machen. Damals war es zu einer dramatischen Aussprache gekommen, nach der Kletow Deutschland verließ und sich in Paris niederließ. Er begann das Leben eines kultivierten Vagabunden zu führen, machte um alle heiratsfreudigen Mädchen einen weiten Bogen und verkehrte bald nur in jenen Pariser Kreisen, in denen der Gedanke an eine dauerhafte Bindung als völlig absurd angesehen wurde. Zwischen Montmartre und stillen, winkligen Ateliers oder den Kellerkneipen von St. Germain de Près hin und her pendelnd, entwickelte Heinz v. Kletow eine eigenwillige, aber gründliche Methode zur Erforschung der Psyche der Stadt Paris. Sie endete damit, daß er in seinen bevorzugten Stadtvierteln mit jedem auf dem Duzfuß stand, die Mädchen Wetten abschlossen, wer am kommenden Abend zur Favoritin erklärt wurde, und die Wirte den besten Kognak unter der Theke hervorholten, wenn er im Lokal erschien. Und das alles, obgleich er auf Kredit soff! Er war eben ein Genie.

Das alles ist wichtig zu wissen. Und da Peter es wußte, wunderte er sich nicht über das, was er antraf, als er die Wohnungstür aufschloß und die kleine Diele betrat.

Schon die Wände dieses Vorraumes waren vollgeklebt mit ausgeschnittenen Magazinbildern, eindeutigen Fotos und Zeichnungen. Peter Sacher stellte seinen Koffer auf den Boden und sah sich um. Er war ehrlich erstaunt über die Vielzahl von verschiedenen Formen, die ein weiblicher Körper haben kann.

Na ja, dachte er. Heinz braucht keine Rücksicht auf eine Sabine zu nehmen. Es muß nur anstrengend sein, bei diesem Überangebot immer etwas Neues zu finden.

Er hängte seinen Trenchcoat an den Kleiderhaken, zögerte unbewußt einen Moment, ehe er die Zimmertür öffnete, und trat dann ein.

Zwei Flaschen Gin standen auf dem Tisch, leer natürlich. Zwei Aschenbecher liefen von Zigarettenasche und Kippen über. Daneben lagen, in malerischer Vertrautheit: ein zerbrochener Lippenstift, eine offene Puderdose mit rosé Puder, ein abgerissenes schwarzes Strumpfband und eine hellrote Seidenschleife.

Dazwischen, an eine der Ginflaschen gelehnt, sah Peter das Kuvert eines Briefes.

Es roch nach Alkohol, süßem Parfüm, kaltem Zigarettenrauch und mildsaurem Schweiß.

Kopfschüttelnd warf sich Peter in einen der Sessel, nahm den Brief und riß das Kuvert auf.

Liebes Peterlein!
Sei nicht böse, wenn Du allein meine Burg bewohnen mußt. Ich habe die seltene Gelegenheit wahrgenommen, mich geschäftlich zu betätigen, und mußte deshalb nach Südfrankreich, nach Arles, fahren. Vielleicht kann ich in einer Woche wieder in Paris sein. Wenn nicht – so mach es Dir gemütlich. Geh ins Gasthaus essen – um die Ecke ist ein gutes und billiges. Trink meine Schnapsvorräte, spüle das Geschirr und sieh Dir Paris an. Der Concierge ist angewiesen, auf Dich und die Wohnung achtzugeben.
Bis in einer Woche *Dein Heinz.*

PS.: Wenn Coucou kommt, sei nett zu ihr und tröste sie, das kleine Vögelchen. Die Kleine ist herzensgut, süß und anschmiegsam, nur ein bißchen hysterisch. Wenn sie mit Gläsern nach Dir wirft, wirf nicht zurück, sondern geh in Dekkung und sage bloß: Sei still, alte Ziege! Sie kann kein Deutsch und glaubt immer, das sei eine besonders nette Schmeichelei.
Viel Spaß denn! *Heinz.*

Peter Sacher warf den Brief zwischen Aschenbecher und Lippenstift auf den Tisch und lehnte sich zurück. Nachdenklich ging sein Blick über die beklebten Wände, die Galerie schöner Frauen und abgerutschten Geschmacks; dann öffnete er seinen Hemdkragen und zog den Schlipsknoten tiefer.

Es war schwül in der Wohnung. Die Fenster waren geschlossen, die Jalousien halb heruntergelassen. Das Geruchsgemisch lag wie klebriges Gas über allem und drückte auf den Kehlkopf.

Das also war Paris! Da ist man nun in einer sogenannten ›Künstlerwohnung‹, hat sechs Wochen Ferien von Frau, Doppelbett und . . . Der Gedanke Doppelbett war ihm unbehaglich. Sabine hatte mittlerweile drei Nächte bereits in einem Doppelbett geschlafen, ohne daß Dr. Portz genaue Angaben machen konnte, wer in den zweiten Kissen lag! Das war beschämend, erregend, zermürbend und zum Explodieren.

Peter nahm sich vor, nach dem Frühstück gleich in Düsseldorf anzurufen. Mißmutig starrte er auf den Brief Kletows und auf die Reste junggeselliger Freizeitgestaltung. In was hatte er sich da eingelassen? Die galanteste Stadt der Erde stellte sich ihm hausbacken vor: eine Küche voller ungespülten Geschirrs, ein Wohnzimmer mit abgerissenem Strumpfband, das jeder Fantasie freien Lauf ins Ungezügelte ließ, ein noch nicht betretenes Schlafzimmer, vor dem Peter eine unbekannte Scheu empfand, wie ein Forscher, der vor einer neu entdeckten Grabkammer steht, und die Aussicht, das Leben eines Kneipenbesitzers führen zu müssen.

Was macht man eine Woche allein in Paris? Man stirbt vor Langeweile. Man kann kein Französisch, versteht nicht, was man liest, kann nicht sagen, was man will und wird es so tun, wie alle Provinzler, die nach Paris kommen: Man stellt sich auf den Place de l'Opéra, wartet dort, bis einer der Touristenwagen hält, und schließt sich einer Rundführung an.

Louvre, Tuilerien, Invalidendom, Notre-Dame, Sacré-Cœur, Arc de Triomphe, Eiffelturm, Panthéon, Montmartre (mit leisem Schauer über dem Rücken, denn man hört ja soooo viel von ihm, sogar in der Oper wird's besungen), Père Lachaise, die Champs-Elysées. Der übliche Weg mit kleinen Trinkgeldern für die jeweiligen Diener, Verwalter, Erklärer und Hinausführer. Abends dann ins Moulin Rouge, abgeschirmt gegen alle Anfechtungen, weil die Ehefrauen der anderen Geführten wachen Auges dabeisitzen und mit dem Kopf schütteln und »ksss ksss« ma-

…en vor sittlicher Empörung und nicht sehen, wie ihren Männern das Wasser im Munde steht. Vorher natürlich zwei Stunden Promenadenbesichtigung vom Café de la Paix aus mit Kommentaren über die neue Mode. Am nächsten Tag ein kühner Blick in die Palmenhalle des Ritz.

Ça c'est Paris – Schauderhaft!

Peter erhob sich ächzend aus dem Sessel, nahm das abgerissene Strumpfband vom Tisch, roch daran, es duftete nach Rosen und süßem Laster, räumte dann die Gläser, den Lippenstift (er roch nach Himbeeren), die Puderdose (sie roch nach Kirschen), die vollen, überlaufenden Aschenbecher auf einen Teewagen und fuhr alles in die Küche.

Das Becken des Spültisches lief über von nicht abgewaschenem Geschirr. Es mußte von einer Woche sein, denn soviel Unrat kann auch ein Mann wie Heinz v. Kletow nicht an einem einzigen Tag hinterlassen. Es sei denn, sein Abgang war die Schlußpointe einer Orgie.

»Beginnen wir das Pariser Leben!« sagte Peter laut. Er sah in einen Spiegel, der über dem Küchenherd hing, und kam sich blöd wie nie vor. Dann band er sich eine Schürze um, die an einem Haken neben dem Schrank baumelte, ließ aus dem Boiler heißes Wasser in eines der Becken laufen, schüttete etwas Seifenpulver, das in einem Paket neben der Spüle stand, ins Wasser und begann, das Geschirr abzuwaschen.

Wie macht es Sabine, dachte er. Zuerst die nicht fettigen Teile, vor allem die Gläser. Dann die anderen Dinge, zuletzt die Bestecke in frischem Wasser.

Das erste Glas zersprang ihm in der Hand. Er nahm es ihm nicht übel, denn er hatte sich die Hände verbrannt. Das Wasser war zu heiß. Er ließ in einem scharfen Strahl kaltes Wasser zulaufen. Erstaunt sah er, daß das Wasser zu schäumen begann, daß der Schaum immer dichter und höher wurde, über den Bekkenrand quoll, den Waschtisch hinablief wie eine Flut geschlagener Sahne. Das Seifenpulver, natürlich, dachte er. Er legte die Gläser in den Schaum, wo sie ins Grundlose versanken, drehte dann den Kaltwasserhahn ab und ging resignierend ins Wohnzimmer zurück.

Er stellte das Radio an, suchte flotte Musik, steckte sich eine Zigarette an und ging dann zur Küche zurück, als würde er hingerichtet. Er ließ die Tür offen, in der alten Erkenntnis, daß Musik den Arbeitsrhythmus fördert, und begann, die schwere Arbeit anzugreifen. Er spülte die Gläser und Teller, die Tassen und Bestecke, rannte einmal zurück ins Wohnzimmer und stellte das Radio sehr laut, weil eine Operettenmelodie von Strauß erklang, drehte beim Abtrocknen den Kelch eines Glases vom Stiel und focht einen Fünf-Minuten-Kampf mit einer Kaffeekanne aus, in deren Hals seine Hand beim Abtrocknen hineingerutscht war und nicht wieder herauswollte, sondern sich festgeklemmt hatte. Bevor er die Kanne am Beckenrand zerschlug, rutschte sie wieder heraus und die Kanne auf den Boden. Sie zersprang in tausend kleine, bunte Teile. Peter lächelte grausam. Er war in der Stimmung, lächelnd zu morden.

Mit den Schuhspitzen schob er die Kannentrümmer unter den Waschtisch. Plötzlich stutzte er. Hatte nicht eine Tür geklappt? Im Radio spielte man die Ouvertüre zum ›Zigeunerbaron‹. Soviel Peter wußte, war in der Partitur kein Türenknallen. Johann Strauß hatte noch nichts von moderner Musik geahnt.

Ich habe doch die Wohnung abgeschlossen, dachte Peter Sacher. Aber vielleicht hat jemand einen zweiten Schlüssel. Noch kennt man nicht die Sitten der Kletowschen Behausung.

Er wollte die Schürze abbinden, um nicht ganz so blöde zu wirken, als er durch die Ouvertüre das Tappen von Schritten zu vernehmen meinte. Dann knirschte etwas im Wohnzimmer. Also doch, dachte Peter Sacher. Jemand ist in der Wohnung. Vielleicht ist es der Hausmeister –

Er band seine Schürze ab und wollte »Ich komme gleich« rufen, als ihm der unbekannte Gast zuvorkam. Eine helle Stimme rief:

»Chéri?«

»Prost!« sagte Peter Sacher. Er legte die Schürze zur Seite auf den Seifenschaum. Der Hausmeister hatte keine helle Stimme, und bestimmt würde er Kletow oder ihn nicht mit Chéri anreden.

Es mußte etwas getan werden. Peter rief zunächst zurück mit der Vokabel, die er flüssig konnte.

»Oui.«

Oui ist immer gut, wenn man Chéri genannt wird. Da kann es keine Komplikationen geben. Peter blieb in der Küche und sah in Richtung des Wohnzimmers. Bestimmt ist es Coucou, durchfuhr es ihn. Sie hat einen Schlüssel, natürlich hat sie ihn. Und Coucou kommt am frühen Morgen und ruft Chéri. Das beweist, daß sie von der Abreise Kletows nichts weiß.

Was schrieb doch Heinz? Sie ist leicht hysterisch und wirft gerne mit Gläsern. Die letztere Gefahr schaltete aus, denn die Gläser befanden sich in der Küche.

Langsam kam Peter Sacher aus der Küche in das Wohnzimmer. Er hatte den empfohlenen Satz ›Sei still, alte Ziege!‹ schon auf der Zunge, als er erstarrt stehenblieb.

Auf der Couch saß ein Mädchen mit langen, blonden, aufgelösten Haaren. Sie hatte ein hauchdünnes, durchsichtiges Chiffonnachthemdchen an, rote Saffianpantöffelchen an den zierlichen Füßen, eine rote Schleife im zerwühlten Haar, und dieses bezaubernde, angezogene und doch nackte Wesen rieb sich verschlafen die Augen, verzog den grellroten Mund zu einem süßen Gähnen und war so müde, daß es die Augen geschlossen hielt, als es sich etwas zurücklehnte und der Stoff des Nachthemdes völlig seine Berechtigung verlor. Sie saß da, als wüßte sie nicht, wo sie sich befände. Ein böser, böser Mann schien sie so in die rauhe Welt ausgesetzt zu haben.

Peter dachte an das abgerissene schwarze Strumpfband, an Lippenstift (riecht nach Himbeeren) und Puderdose (riecht nach Kirschen) und den Wirrwarr auf dem Tisch. Plötzlich paßte auch die überstürzte Abreise Kletows in dieses Sittenbild, der hinterlassene Brief und die teuflische Idee des Freundes Heinz, ihn in diese Situation hineinrutschen zu lassen.

Paris schien doch nicht langweilig zu werden.

Peter Sacher räusperte sich leise. Das war das einzige, wozu er in diesem Augenblick fähig war. An Vokabeln zu denken, verbat ihm der Anblick, den er still genoß. Das Mädchen lehnte sich weiter zurück, es streckte den Körper auf der Couch aus, das dünne Hemdchen spannte sich wie eine zweite Haut. Peter biß sich auf die Unterlippe. Solch ein Anblick schmilzt Steine, dachte er.

»Chéri?« wiederholte sie mit geschlossenen Augen. Ihre Stimme girrte wie die eines Täubchens. Sie war hell, kindlich fast, und doch perlte sie über den Rücken wie eiskaltes Sprudelwasser.

»Je suis très fatiguée.«

Fatiguée, das heißt müde. Peter Sacher nickte mehrmals. Kein Wunder, daß du müde bist, dachte er. Wer nur ein bißchen Fantasie walten läßt, hat genug, um sich gleich daneben zu legen. Er räusperte sich wieder. Seine Kehle war plötzlich trocken. Er wollte in die Ecke des Zimmers sehen, zur inneren Sammlung, aber sein Blick klebte an der zierlichen Figur auf der Couch, als hingen seine Augen an einem Magneten.

Das Mädchen rührte sich nicht. Es lag mit geschlossenen Augen, wölbte jetzt die Brust etwas höher und spitzte die Lippen wie ein Mäuslein.

»Un baiser, Henry«, sagte sie leise und zart wie schwingende Sommergräser im Wind. »Oh, mon troubadour, je t'aime.«

Peter steckte die Hände in die Hosentaschen. Sie waren im Weg und schwitzten zudem. Wie gut ich Französisch kann, dachte er. Ich habe jedes Wort verstanden. Teufel, was ist man doch für ein intelligenter Mensch.

Er trat einen Schritt vor und atmete tief. Jetzt müßte ein Wunder geschehen, dachte er. Die Tür müßte sich öffnen und Sabine hereinkommen. Diese Venus dort auf der Couch, mit gespitzten Lippen und knappem Hemdchen, nebenan ein Schlafzimmer, dessen Zustand sich noch meiner Information entzieht, aber dessen Anblick bestimmt umwerfend sein wird, die rauch-, parfüm- und alkoholgeschwängerte Wohnung, und ich allein in diesem süßsauren Pfuhl freien Lebens. Für Sabine würde es nur zweierlei geben: entweder die Erkenntnis, daß es besser sei, einen Mann nie mehr allein zu lassen, oder der Entschluß, endgültig einen Strich unter sieben dahingeschleppte Jahre zu ziehen.

Peter Sacher sah auf den blonden Lockenkopf und fand die Kraft, an die französische Sprache zu denken. Unsicher sagte er:

»Mademoiselle, je ne suis pas Henry.«

Der Satz schien gelungen zu sein. Ihm folgte aus aufgerissenen Lippen ein lauter, spitzer Aufschrei, der wie »Iiihh!« klang. Wie von einer Bogensehne abgeschossen, schnellte der schlanke Körper vor und warf sich Peter entgegen. Die müden Augen sprühten plötzlich Feuer, die Haare wirbelten um den schmalen Kopf.

»Où est Henry?« schrie das Mädchen schrill. Danach riß es sich das dünne, unschuldige Hemdchen vom Körper, zerknüllte es, warf es in eine Ecke und ließ sich, der Nacktheit nicht achtend, in einen Sessel fallen, schwang die langen, schmalen Beine über die Lehne und trommelte mit den Fingern auf den schönen Schenkeln.

Peter sah zur Seite. Was zuviel ist, ist zuviel. Wenn das Folgende sich weiterhin in solchen Fortsetzungen abspielte, enthob die Handlung ihn jeglicher Antworten. Im übrigen aber war es eine hundsgemeine Gemeinheit von Heinz, eine solche Situation herbeizuführen. Schließlich war man sieben Jahre lang verheiratet, und Paris sollte der inneren Sammlung dienen. Und noch weniger Ehrgeiz hatte Peter, aus der Erbmasse Heinz v. Kletows dieses Mädchen zu übernehmen.

»Où est Henry?« zischte der Nackedei vom Sessel her wütend.

»Henry est perdu!« sagte Peter grober, als er wollte. Er rang nach Haltung und überlegener Männlichkeit.

»Perdu?« Das Mädchen warf die Arme zur Seite. »Oh – quel filou, quel malheur, oh, Monsieur, Monsieur!«

Auf einmal weinte sie. Die Tränen liefen ihr über das Gesicht, dick wie Kindermurmeln, und zogen Rillen in den Puder. Sie warf das Gesicht auf die Sessellehne und schluchzte herzerweichend.

Peter sah sich hilflos um. Ein nacktes Mädchen ist an sich schon ein etwas ausgefallener Morgenanfang. Ein weinendes nacktes Mädchen aber ist ein Superlativ davon. Er war rückhaltlos dazu bereit, mit Coucou einer Meinung zu sein, daß Heinz der größte Filou auf der Welt war. Das enthob ihn aber nicht der Pflicht, etwas Tröstendes zu sagen und sogar zu unternehmen.

Er tat zunächst das, was alle Männer tun, wenn Frauen bitterlich und herzzerreißend weinen: Er nahm sein Taschentuch aus dem Rock, sah schnell nach, ob es noch sauber war, schob dann seinen Zeigefinger unter Coucous Kinn, hob das Köpfchen empor (man sollte Heinz sieben Stunden lang ohrfeigen, solch einen Engel so seelisch zu verletzen!) und trocknete ihr die dicken Kindermurmeln ab.

»Nicht weinen«, sagte er leise. Auch das sagen schuldbewußte Männer immer. Der Tonfall ist sehr variabel. Bei Peter Sacher klang er wie ein sanftes Streicheln und leises Säuseln verführerischer Schmeicheleien. »Das ist dieser Heinz gar nicht wert. Glaub es mir. Er betrachtet die Frau nur als ein Spielzeug. Er ist ein Lustlümmel! Wie kann man vergessen, daß auch ein Mädchen wie du ein Herz und eine empfindsame Seele hat! Auch wenn dir die Francs lieber als alles andere auf der Welt sind. Du bist doch ein Mensch, der ab und zu wirklich zu lieben weiß. Du bist kein Tier, dem man das Fellchen kraulen kann und es dann wegstößt in den Zwinger. Nicht nur Schmerz und Freude empfindest du, sondern auch Einsamkeit, Scham, Trauer, Verlassenheit und Liebe. Vor allem Liebe, du kleines, blondes Kätzchen. Vielleicht bist du vom Montparnasse oder aus Ménilmontant, was geht es mich an? Heute bist du hier, gestern warst du vielleicht in der Rue de Tolbiac, morgen wirst du in einem Zimmer der Avenue de St. Mandé schlafen. Und wer heute Henry ist, ist morgen Jacques oder Pierre oder René, c'est la vie!«

Das Mädchen blickte auf. Peter kam sich etwas dumm vor. Ich habe einen heillosen Schwulst dahergeredet, dachte er. Aber wer sie ansieht, verdammt, der wird blöd, poetisch, kindisch, überschwänglich, schnulzig. Warum sitzt sie auch so demonstrativ nackt im Sessel!

»Qu'est-ce que ma vie?« fragte Coucou mit großen Kulleraugen. Sie konnten so herrlich unschuldig blicken.

»Das alles, worum du jetzt weinst.« Peter richtete ihren weißen Körper auf. Er bemühte sich, dort anzufassen, wo ihn nicht selbst die Versuchung überkommen konnte. Dann zog er seine Jacke aus und hielt sie ihr hin. »S'il vous plait.«

»Merci, Monsieur.«

Coucou sah ihn groß an. Sie verstand es nicht. Männer benahmen sich bisher anders in ihrer Gegenwart. Daß jemand kam und sie bekleiden wollte, weil sie nackt war, ging über ihren Verstand. Es war etwas Neues.

Sie schlüpfte in den Rock, schlug die zu langen Ärmel um, kauerte sich dann mit hochgezogenen Beinen wieder in den Sessel, warf die langen Locken in den Nacken zurück und zog die Rockschöße über ihre bloßen Schenkel zusammen. Dabei sah sie Peter Sacher wie ein gefangenes Tier an. Ein fremder Mann muß immer wie ein Raubtier beobachtet werden. Sie kannte es nicht anders. Männer sind nun eben so.

Peter kratzte sich die Nase. Er war verlegen. Halb angezogen wirkte Coucou plötzlich geisteshemmend auf ihn.

»Un café?« fragte er mit rauher Stimme.

»Oui! Très bien!«

Sie nickte und lächelte. Ihre kleinen, grellrot lackierten Zehen spielten mit den Saffianpantoffeln und wippten auf und nieder. Im Radio spielte eine Blaskapelle einen Bauernmarsch. Coucou schien sehr musikalisch zu sein. Bei jedem Paukenschlag schlugen auch ihre Beine aus und wippten hoch. Es sah sehr kokett aus, von einer raffinierten Kindlichkeit.

Peter Sacher erinnerte sich an seinen Vorsatz, hart zu bleiben. Er räumte den Tisch ab, ging in die Küche, stellte den Heißwasserkocher an und suchte in einigen Blechbüchsen nach Kaffee. In der Büchse, auf der Zimt stand, war Kaffee. Er war bereits gemahlen. Peter blickte schnell zurück ins Zimmer. Die Küchentür verdeckte ihn vor Coucous Blicken. Da nahm er die halbgeleerte Flasche Gin, setzte sie an den Mund und trank einen langen Schluck. Brennend rann der scharfe Schnaps in ihn hinein und brannte die letzten verwirrenden Gedanken weg.

Aufatmend setzte Peter Sacher die Flasche ab. Das war für den ersten Schreck, dachte er. Wenn's so weitergeht, kehre ich mit einem Delirium nach Düsseldorf zurück.

Er stellte sich an den elektrischen Wasserkocher und sah zu, wie in dem gläsernen Behälter das Wasser zu sprudeln begann. Er schreckte erst auf, als hinter ihm ein Tapsen von nackten Füßen das leise Summen des Kochers unterbrach. Er schielte zur Seite. Coucou war in die Küche gekommen.

Sie hatte die Jacke wieder ausgezogen und ihr dünnes, durchsichtiges Nachthemdchen wieder übergestreift. Auf nackten Sohlen schwebte sie herum, lächelte Peter mit glänzenden Augen an, nahm Tassen, Untertassen und Teller aus dem Küchenschrank, stellte alles auf ein Tablett und trippelte wieder zurück ins Zimmer.

Von da ab nahm sie eine rege Wanderung auf. Zuckerdose, Milchkännchen, Kaffeelöffel, Kaffeekanne wurden einzeln weggetragen. Bei jedem Wiedererscheinen in der Küche hatte sie eine Wandlung vorgenommen. Erst war die rote Schleife wieder im Haar . . . dann trug sie lange, glitzernde Ohrringe (Ohrringe zu solch einem Nachthemd, überhaupt zum Nachthemd! Peter schüttelte innerlich den Kopf), bei der Kaffeekanne hatte sie hellblaue Pumps an, mit einem langen, dünnen Absatz, der über die Fliesen klapperte. Ihr Körper war dadurch gestreckt, die langen Schenkel tänzelten vor Peters Augen; er bemühte sich, nicht hinzusehen, aber irgendwie war in seinem Inneren ein Riß zwischen Wollen und Können.

Als Coucou wieder im Wohnzimmer war, nahm Peter noch einmal einen schnellen, aber herzhaften Schluck aus der Ginflasche. Warum hat Heinz sie allein gelassen und ist nach Arles geflüchtet (wenn das überhaupt wahr ist!)? Coucou scheint keine Gelegenheitsdame zu sein. Sie kennt sich zu gut im Haushalt aus. Sie benimmt sich wie zu Hause. Er stellte die Flasche zurück und sah das abgerissene Strumpfband auf dem Fensterbrett liegen. Eigentlich, sinnierte Peter, reißt man alten Freundinnen keine Strumpfbänder mehr ab. Aber wer kennt sich bei Heinz v. Kletow aus? Und wer weiß, zu welchen Exzessen Coucou neigt, wenn es überhaupt Coucou ist. So sicher ist das ja noch gar nicht.

Er nahm Puderdose, Lippenstift und abgerissenes Strumpfband und ging hinüber ins Wohnzimmer. Coucou, wenn sie's war, hatte den Tisch gedeckt. Die Tassen standen da, die Teller, die Bestecke. Aus Papierservietten hatte sie kleine Blüten geformt. Sie selbst saß kerzengerade, mit durchgedrücktem Kreuz auf der Couch. Das Nachthemd spannte sich wieder. Es war ein Luxus-Morgenkaffee.

Peter legte die gefundenen Gegenstände vor sie hin. Coucou, wenn sie's war, sah mit einem kurzen Blick über sie hinweg, dann lächelte sie wie verzeihend, ergriff mit einer wilden Bewegung das abgerissene Strumpfband und warf es in eine Ecke des Zimmers. Darauf klappte sie die Puderdose auf, betrachtete sich in dem kleinen Spiegel, stieß einen spitzen, piepsenden Schrei aus und fuhr sich schnell mit der Puderquaste über das verweinte und verwischte Gesicht.

Peter sah ihr interessiert zu. Junggesellenerinnerungen tauchten in ihm auf. Er mußte lächeln, und dieses Lächeln war es, was Coucou, wenn sie's war, ermutigte, mit den Augen zwinkernd auf den Platz neben sich zu zeigen.

»S'il vous plait.«

Peter nickte zu ihr hinab. Er zeigte auf sie und fragte:

»Coucou?«

»Moi?«

Ihre weißen, kleinen Zähne waren süß. Das Gebiß eines Mäuschens, dachte Peter.

»Ah! Oui! Je suis Coucou.«

»Et moi«, Peter suchte nach den Vokabeln. Man muß diesem schmählich verlassenen und sichtlich aufgelösten Geschöpf sagen, daß man Heinz' Freund ist, aber seine Handlungsweise zutiefst bedauert und ganz und gar auf der Seite der jungen Dame steht. »Moi, je suis Pierre!« Er zeigte auf sich. Ein Irrtum war ausgeschlossen. Sie mußte ihn verstehen. »Et je suis un ami du Henry.«

»Oh, son ami?« Sie sprang plötzlich auf und ergriff seine Hand. Es ging so schnell, daß ein Rückzug unmöglich war. Außerdem gibt es eine entschuldbare Schrecksekunde und einen langen Verzögerungsweg, wenn ein dreiviertel nackter Körper auf einen zufliegt. Nur als Coucou Peters Hand küssen wollte, zog er sie schnell zurück.

»Nicht«, sagte er heiser. »Bitte, nein!«

»Oh!« sagte Coucou. Sie hockte auf der Sessellehne, warf plötzlich die Arme um Peters Hals, preßte ihre heißen, kleinen Hände gegen seine Wangen und küßte ihn auf den Mund. Ihre Lippen zitterten.

Sicherlich hat sie Fieber, dachte Peter als moralische Rechtfertigung gegenüber seinem Gewissen. Deshalb hielt er auch still und ärgerte sich nur maßlos, daß sein Herz wie eine Kesselpauke dröhnte.

Als Coucou seinen Kopf wieder losließ, trat er einen Schritt zurück und fuhr sich mit der Zungenspitze über die Lippen. Also doch Himbeer, dachte er. Er schmeckt so, wie er riecht, der Lippenstift. Er schielte zu Coucou hinüber und suchte mit den Blikken ihre Lippen. Sie waren voll und sinnlich, fast zu voll für das schmale Gesicht unter den goldenen Haaren.

Etwas Fremdes, Eigenartiges drückte plötzlich in Peters Brust. Es war ihm, als sei die Zeit zurückgedreht, als sei er wieder ein flotter Zwanziger. Es kribbelte in seinen Händen, und unter der Kopfhaut juckte es. Nur das Herz war lahm. Es kam bei der Belastung nicht mehr mit und brachte den Kreislauf durcheinander.

Coucou goß Kaffee ein. Sie zeigte auf Zuckerdose und Milch und nickte fragend. Peter nickte zurück. Da gab sie ihm zwei Stückchen Zucker und etwas Milch in den Kaffee.

Das ist bestimmt das Quantum von Heinz, dachte Peter. Und er ärgerte sich plötzlich darüber, daß Heinz sein Vorgänger war. Es war fast beleidigend.

Stumm saßen sie sich gegenüber und tranken ihren Kaffee. Von der Eglise Sulpice klangen neun helle Schläge.

»Neuve heure.«

Coucou erhob sich schnell. Sie beugte sich noch einmal über Peter, gab ihm einen Kuß, streichelte ihm über das Haar, sie ist elektrisch geladen, dachte er schaudernd dabei. In mir knistert es! Dann ging sie in das Schlafzimmer, wie es schien, ein wenig traurig, und zog hinter sich die Tür zu.

Peter Sacher lehnte sich zurück und starrte an die Decke. Welch ein Affe bin ich, dachte er. Ich benehme mich wie aus Holz geschnitzt. Wirken sich sieben vergangene Jahre so katastrophal im Altern aus? Zugegeben, Sabine hätte es nicht verdient, wenn ich mich anders benommen hätte. Aber immerhin haben sieben vergangene Jahre sie nicht abgehalten, ein Doppelzimmer an der See zu mieten. Teufel auch, man ist verreist, um sich zu prüfen!

Wer kann es einem verübeln, ein schlechter Lebensschüler zu sein?

Er wollte aufspringen, um ins Schlafzimmer zu gehen, und verpaßte Gelegenheiten nachzuholen, als Coucou angezogen ihm entgegenkam. Sie war frisiert und geschminkt, hatte ein helles, großgeblümtes Perlonkleid an und sah frisch und hübsch aus. Jung und raffiniert naiv.

»Adieu, monsieur«, sagte sie leise. Sie ist traurig, durchfuhr es Peter. Natürlich, wer mit solch einem Schluffen wie mir einen solchen Morgenkaffee trinken muß, hat das Recht, bittertraurig zu sein. Er wollte die Arme ausstrecken und Coucou an sich ziehen, aber sie war schon weitergegangen, um ihn herum und sah auf ein Bild, das auf der Anrichte des Zimmers stand. Es stellte Heinz v. Kletow dar, in einem weißen Tennisdreß, mit einem Zahnpasta-Reklame-Lächeln.

»Et, Henry«, sagte Coucou. Dann stockte sie wieder und machte eine wegwerfende Handbewegung. »Au revoir.«

Sie ging zur Tür, mit gesenktem Kopf. Aber bevor sie das Zimmer verließ, drehte sie sich noch einmal um, nestelte in ihrer Handtasche und holte einen Schlüssel hervor. Mit ausgestrecktem Arm hielt sie ihn Peter entgegen.

»La clef«, sagte sie traurig. »Pour Henry –«

»Behalte ihn doch!« antwortete Peter leise. »Ich bleibe doch sechs Wochen hier in Paris.«

Sie verstand ihn nicht. Da er sich nicht rührte, um den Schlüssel entgegenzunehmen, legte sie ihn auf einen Stuhl, wandte sich ab und ging. Sie hatte die Tür offengelassen. Peter hörte, wie sie die Flurtür öffnete, sie quietschte etwas (wird gleich geölt, dachte Peter mutig), dann klappte sie wieder ins Schloß. Es war ein Schlag, der deutlich sein Herz traf.

Coucou war gegangen.

Für immer?

Peter Sacher lief zum Fenster und sah durch die Gardine auf die stille Straße. Nur ein paar Handkarren rappelten über die Rue de Sèvres.

Coucou kam aus dem Haus. Sie schaute sich um. Sie blickte die Hauswand empor, wandte sich dann schnell ab und trippelte mit eiligen Schritten davon. Niemand beachtete sie. Sie war ein Mädchen wie Hunderttausend in Paris. Sie trug ein buntes Fähnchen, ein knallrotes Mündchen und blanke, wissende Augen.

Coucou, dachte Peter. Sie trägt das Herz von Paris in ihrer kleinen Brust.

Wütend wandte er sich vom Fenster ab. Wenn Männer müde werden, flüchten sie sich in die Sentimentalität! Es ist abscheulich, alt zu werden.

Er trat an den Spiegel in der Diele. Die Betrachtung seines Ichs ermutigte ihn nicht sonderlich. Immerhin rannte er zurück ins Wohnzimmer, nahm das Bild Heinz v. Kletows, er sieht wiederlich jung und frisch aus in seinem Tennisdreß, so gemein geladen mit Potenz, dachte Peter neidvoll, trug es in die Küche in den Abfalleimer.

Im Wohnzimmer entdeckte er auf dem Rauchtisch den Zettel Kletows. »Wenn Coucou kommt, sei nett zu ihr und tröste sie. Die Kleine ist herzensgut, nur ein bißchen hysterisch.«

Peter Sacher zerknüllte den Zettel und warf ihn in die Ecke zu dem abgerissenen schwarzen Strumpfband.

»Blöder Hund!« sagte er laut. Es war nicht ganz klar, ob er Heinz damit meinte.

Aber dann, nach einigem Zögern, weil er sich viehdumm und kindisch vorkam, bückte er sich, nahm das abgerissene Strumpfband Coucous aus der Ecke und steckte es in das innere Fach seiner Brieftasche.

Ich fahre nach Düsseldorf zurück, dachte er. Ich gehöre nicht nach Paris. Ich ersticke hier am eigenen Dilettantismus.

Die Eglise Sulpice schlug zehnmal. Unter dem Briefschlitz der Flurtür lag eine zusammengefaltete Zeitung. Peter hob sie auf, blätterte die letzte Seite um und las die Ankündigungen der Tagesveranstaltungen.

In der Oper spielte man ›La Bohème‹, in der Comédie Française Molières ›Le malade imaginaire‹, im Théatre Sarah Bernhard eine Komödie Marcel Pagnols. Die Bars lockten mit Entkleidungsszenen, im Moulin Rouge spielte ein Neger-Tanzorchester.

Es war fad. Alles war so fad!

Am besten ist es, man nimmt sich eine Taxe und läßt sich rund und kreuz und quer durch Paris fahren, dachte Peter. Das ist besser, als mit dem eigenen Wagen durch eine fremde Stadt zu irren. Hinein in den Bois, langsam über die breiten Boulevards und Avenuen. Vielleicht überkommt einen dann das Fluidum, das die Abenteuermüdigkeit aus den Knochen treibt. Und wo ein schönes Mädchen über die Straßen trippelt, wo ein schlankes Bein unter der Markise eines Cafés in der Sonne wippt, da kann man dem Chauffeur auf die Schulter tippen und sagen: Halt! Ich steige aus.

Austern mit Champagner. Eine Flasche Haut Sauterne. Einen Aperitif. Dazu das girrende Lachen eines Mädchens. Das müßte Paris sein.

Peter Sacher steckte die Zeitung in die Jackentasche. Als er den Rock zuknöpfte, merkte er, daß ihm der süßliche Duft von Coucous Parfüm entströmte. Er schnupperte an den Revers, an den Ärmeln, die noch umgestülpt waren und an den Schultern.

Coucou, dachte er. Du hast ihn auf der nackten Haut getragen. Hier drückten deine . . . Hastig streifte er die umgestülpten Ärmel herunter und schob das Kinn vor. Haltung, Peter! Bloß Haltung bewahren!

Aber seine Finger zitterten ein wenig, als sie im Treppenhaus den Schlüssel im Schloß herumdrehten.

Im Treppenhaus traf er auf den alten Concierge. »Bon jour, monsieur«, sagte er und blinzelte dabei frivol mit den Augen. Pariser Hausmeister sind großzügig und weltmännisch.

Peter grüßte verwirrt zurück. Er gab dem alten Mann die Schlüssel zur Wohnung und blieb ihm zwei Schritte entfernt, damit er nicht Coucou aus seiner Jacke roch.

»Ich fahre durch Paris«, sagte er. »Tour de Paris, compris?«

Der alte Mann nickte lächelnd, steckte die Schlüssel ein und setzte seine Arbeit des Treppenkehrens fort.

Über Paris lag eine grelle Sommersonne. Peter Sacher prallte fast zurück, als er den kühlen Hausflur verließ und auf die Straße trat. Der Asphalt war pappig. Die Autos zischten durch die Sonnenglut. Der Reifengummi stank wie verbrannt.

Drei Minuten ging Peter durch die Glut, dann winkte er eine Taxe heran. Knirschend, in den weichen Asphalt Rillen ziehend, hielt sie am Bordstein.

»Parlez-vous allemagne?« fragte Peter den Chauffeur.

Der Fahrer grinste. »Det will ick meenen!«

»Ein Berliner!« jubelte Peter Sacher. Er riß die Tür auf und warf sich neben dem Fahrer auf den Sitz. »Nun fahr mal los, Landsmann!«

»Und du kommst aus'n Rheinland, wat?« Der Wagen fuhr an. »Tja, so jeht's nu mal. Ick bin hier hängenjeblieben im Krieg, 'ne schicke Französin, weeste, die hat mir verborjen jehalten. Nu sind wir vaheeratet, zwee Bälger ham mer och. Und die sprechen wie ick Berlinisch. Mit französischen Knubbeln!« Er lachte wieder und sah Peter zwinkernd an. »Wo soll's denn hin am frühen Morjen? Kleene Puppe irjendwo im Lojis, wat?«

»Laß mich mit den Puppen hier in Ruhe.« Peter Sacher tupfte sich den Schweiß von der Stirn und kurbelte die Scheibe ganz herunter. »Einmal rund um Paris, Landsmann, und dann kreuz und quer dadurch, das ist alles, was ich von Paris will. Alles andere ist doch Käse.«

»Ach so. Frau Gemahlin ist mit und noch ein bißchen müde, wat?« Der Chauffeur beugte sich zu Peter hinüber. »Ick kenne da ein Café, von außen wie 'n seriöses Familiending. Aber im Hinterhaus! Junge, Junge! Der Frau Gemahlin zeigen wir die Rechnung als Alibi. Ein simples Caféchen kann niemand verwehren, wat?«

»Rund um Paris, weiter nichts. Und nun los.«

»Wie's beliebt. Aber ick mache mal ab und zu Station. Beim Essen kommt der Appetit. Wenn et nich jeblökt hätte, sagte der Wolf, hätt' ick det Schaf nie jefressen. Und hier gibt es Schäfchen, Junge, Junge.«

Der Wagen fuhr an und reihte sich ein in den breiten Strom der Autokolonnen am Boulevard des Invalides.

Peter Sacher lehnte sich zurück und blickte hinaus.

Das ist Paris.

International, froh, glücklich, unsterblich.

Eigentlich habe ich das gesucht. Nur das. Und nicht Coucou. Das Schäfchen.

Womit man nicht sagen will, daß ein Mann es ablehnt, ein Wolf zu sein.

DRITTES KAPITEL

In Düsseldorf war man unterdessen nicht untätig gewesen. Dr. Portz hatte sein Hauptquartier hinter seinem Schreibtisch aufgeschlagen, von dem aus er mit dem Genie eines nie Kriege verlierenden Feldherrn die feindlichen Heere gewissermaßen als übergeordneter Schlachtenlenker beobachtete und führte.

Borkum liegt rund tausend Kilometer von Paris entfernt. Aber diese tausend Kilometer werden täglich, stündlich vielleicht, von den beiden Ehefrischlern überbrückt, denn sie denken an sich, sechs Wochen lang, und diese sechs Wochen sollen ihnen eine Qual werden, so qualvoll, daß sie mit ausgebreiteten Armen aufeinander zulaufen und ihre eigene Dummheit verfluchen.

Das war eigentlich der Grundplan Dr. Portz'. Auf ihn aufbauend entwickelte er eine Theorie.

Die hervorstechendste Eigenschaft liebender, verheirateter Frauen ist die Eifersucht. Die gefährlichste Eigenschaft liebender, verheirateter Männer ist das Mißtrauen.

Wenn man beides teuflisch schürt, mit immer neuen Situationen füttert, wenn man Rätsel aufbaut und halbe Lösungen verkündet, wenn der menschliche Kessel bis zum Überdruck aufgeheizt wird, um dann irgendwo ein Ventil zu ziehen und etwas Luft abzulassen, wenn man also zwei Menschen, die sich lieben, durch die Fegefeuer von Eifersucht laufen läßt, werden sie mit ausgeglühter, reiner Liebe daraus hervorgehen.

Es folgt dann etwas, was man die verblüffendste Eigenschaft von Eheleuten nennt: Was wie eine Tragödie aussah, wandelt sich zu einer seufzenden Versöhnung.

Dr. Portz war bereit, diese im Kern sehr gefährliche Theorie in die Praxis umzusetzen. Er wollte Sabine und Peter die Gelegenheit geben, sich auf einem einsamen Fleck dieser Erde, nämlich im Herzen, ob mit oder wider Willen, vor die Alternative zu stellen: Entweder – oder!

Assessor Bornemeyer war nur zum Teil eingeweiht. Er stand vor dem Chefschreibtisch, hager, blaß, farblos. Er arbeitet sicherlich zuviel, dachte Dr. Portz, als er ihn betrachtete. Dieser Mann ist ein Novum. Es gibt wenig Juristen, die sich überarbeiten.

»Bornemeyer«, sagte Dr. Portz und blätterte in seinen Notizen. »Haben wir in den nächsten sechs Wochen ganz wichtige Termine?«

»Wenn kein Mord passiert, nein.«

Portz nickte. Eine Seele von Mensch, dieser Bornemeyer.

»Und sonst?«

»Die Ehescheidungssache Direktor Basser.«

Dr. Portz winkte ab. »Unwichtig. Basser nimmt alles auf sich und findet seine Frau ab. Nur die Frau will nicht. Aber das ist nur eine Frage der Abfindungshöhe. Bei den Wirtschaftswunder-Bassers löst sich das Leben in Zahlen auf.« Portz putzte sich die Nase. »Nur Basser ist plötzlich knauserig geworden. Nicht bei seinen Amouren, nein, bei seiner Frau. Da spielt er den bankrotten Fabrikbesitzer. Aber lassen Sie mal, das ist alles kein Problem. Sie müssen sich eines merken, Bornemeyer: Ehemänner sind immer zu anderen Frauen generös.«

»Wer es sich leisten kann.«

»Sie sind von einer ohnmächtigen Frivolität, Bornemeyer. Hätte ich Ihnen gar nicht zugetraut. Aber sehen Sie mal her . . .« Er schob dem blassen Assessor einen dicht beschriebenen Zettel zu. ». . . Da ist etwas Besonderes für Sie! Sie fahren nach Borkum.«

»Ich?«

Bornemeyer schüttelte den Kopf.

»Auf Kosten der Firma!«

»Das hört sich wahrhaftiger an.«

»Und Sie übernehmen dort eine delikate Aufgabe: Sie werden Frau Sabine Sacher überwachen.«

Bornemeyer schob seine dicke Hornbrille über die Nasenwurzel auf und nieder. Verständnislos sah er seinen Chef an.

»Das ist doch wohl ein gut gelungener Scherz«, stotterte er.

»Zum Scherzen haben Sie Zeit, wenn Sie Ihren Auftrag ausgeführt haben. Es ist eine Realität, Bornemeyer: Sie reisen nach Borkum und beschatten Frau Sacher. Sie werden aufmerksam wie ein Mäuslein sein! Herr Sacher ist verreist. Allein. Und Frau Sacher ist nun auch verreist. Allein nach Borkum. Alleinreisende Frauen aber sind gefährdet wie Hermeline. Herden von Jägern laufen ihnen nach. Herr Sacher, der verständlicherweise sehr besorgte Ehemann, will nun durch uns über jeden Schritt seiner angebeteten Frau genau unterrichtet werden. Alles, was Sie also in Borkum sehen, melden wir gleich weiter nach Paris.«

»Paris?« Bornemeyer sah seinen Chef mit schräg gehaltenem Kopf an. »Herr Sacher befindet sich in Paris?«

»Das gefällt Ihnen wohl nicht, was?«

»Paris«, sagte Bornemeyer gedehnt und blinzelte hinter seiner Hornbrille.

»Lassen Sie Ihre erogenen Gedanken zu Hause, Bornemeyer. Herr Sacher ist rein geschäftlich in Paris.«

»Wäre es nicht logischer, den Ehemann beobachten zu lassen?«

»So etwas tut man nicht.«

»Wen vertreten wir eigentlich: Herrn oder Frau Sacher?«

»Beide.«

»Aber.« Bornemeyer begann zu stottern. »Das geht doch nicht. Wir können doch als Anwalt nicht Partei und Gegenpartei . . .«

Dr. Portz schüttelte den Kopf und starrte zu dem langen Bornemeyer empor.

Der Junge hat eine Auffassung vom Leben, dachte er. Voller Ideale. Voll erlernter Moral! Wie will er mit diesem Ballast bloß weiterkommen?

»Bornemeyer«, sagte er ernst. »Sie sind zu mir gekommen, um sich bei mir einzuarbeiten. In einen schweren Beruf, Bornemeyer. Sie wollen einmal ein guter Anwalt werden. Sehr schön. Das Zeug dazu haben Sie. Sie sind fleißig. Sie sind gewissenhaft. Sie sind ein Arbeitstier. Sie sind korrekt. Sie denken geradlinig. Alles sehr schön und sehr fleißig. Aber manchmal denken Sie zu schulmäßig. Das Leben verlangt oft Improvisationen. Ja, es ist selbst fast nur eine Improvisation. Nicht allein auf die Korrektheiten kommt es oft an, sondern viel öfter auf die Extempores. Und noch eine Weisheit gebe ich Ihnen mit auf den Lebensweg: Wenn jemals jemand bewacht werden muß, ist es stets die Frau!«

»Aber das ist doch völlig unlogisch!«

»Logisch, Bornemeyer, logisch! Denken Sie um! In welcher Welt leben Sie überhaupt? Haben Sie schon ein Leben gesehen, das logisch abläuft? Nichts durchbricht die Gesetze der Logik so oft und gründlich wie das menschliche Dasein. Blicken Sie doch in unsere Akten, Bornemeyer. Kramen Sie in unserem Archiv herum, blasen Sie den Staub der letzten zehn Jahre von den Deckeln und lesen Sie. Es ist ein babylonischer Turmbau aus Unlogik, Inkonsequenz und menschlichen Schwächen. Wenn das Leben immer und ewig logisch wäre, pfui Deibel, wie langweilig wäre es dann. Und verdienen würden wir auch nichts.«

Dr. Portz winkte ab. Sein Gesicht war gerötet.

Hoffnungsloser Fall, wirklich, dachte er. Ein Jurist mit solchen überlebten Idealen ist wie ein Schornsteinfeger mit Schwindelgefühlen.

Als unsere Großväter noch Vollbärte trugen und unsere Großmütterchen Fischbeinstäbchen in den hohen Krägen, da war dieser Bornemeyer richtig am Platze. Aber Nietenhosen, auch geistige, verlangen eine Umstellung der Lebensmoral.

»Reden wir von etwas anderem«, sagte er mit Energie. »Es bleibt dabei: Sie fahren auf Kosten der Firma nach Borkum. Sie werden zum Schatten von Frau Sacher. Sie lassen sie nicht aus den Augen. Sie kleben sich an ihre Fersen!«

»Und nachts?«

»Nachts wird sie schlafen.«

»Nehmen wir an, daß Frau Sacher nicht des Nachts . . .«

»Bornemeyer! Sie komplizieren wieder alles! Natürlich schläft sie!«

»Natürlich. Aber es kann sein, daß . . .«

»Wenn Sie immer hinter ihr bleiben, werden Sie ja sehen, was sie tut. Mein Gott, muß ich Ihnen alles vorkauen? Sie passen auf, weiter nichts! Und wenn Frau Sacher von Borkum wegfahren sollte, Sie fahren hinterher! Alles wird bezahlt! Und wenn's bis nach Rio de Janeiro ist.«

»Wer bezahlt es denn?«

»Der Ehemann! Eine Ehe zu scheiden, ist relativ billig, eine Ehe zu flicken, ist teurer, als einem Haus einen neuen Balkon zu geben.« Dr. Portz schnaufte. Lange Reden machten ihn kurzatmig. Er wog vierzig Pfund zuviel, das war es. Und weil er es wußte, hielt er nicht gerne lange Reden.

»Jeden dritten Tag schicken Sie mir einen Bericht, einen genauen Bericht! Mit allen Einzelheiten, Uhrzeiten, Orten und, falls vorhanden, mit Angaben der Zeugen.«

»Wie Sie es wünschen.« Assessor Bornemeyer fuhr sich mit dem Zeigefinger in den Hemdkragen. Er schien plötzlich zu eng geworden zu sein. Er schwitzte sogar.

»Und wenn mich die gnädige Frau wiedererkennt?«

»Menschenskind, Bornemeyer! Lesen Sie mehr Wallace oder Agatha Christie! Natürlich werden Sie nicht als Assessor Bornemeyer nach Borkum gehen. Kleben Sie sich einen Bart an.«

»Einen Bart?« sagte Bornemeyer. Ein gelbsuchterregender Widerwille schwang in seiner Stimme.

»Lassen Sie sich die Haare färben, sprechen Sie französisch, kriechen Sie in eine andere Haut. Auf jeden Fall, wie Sie's schaffen, ist mir egal, melden Sie mir pünktlich, was Sie sehen!«

Bornemeyer zuckte mit den Schultern. »Ich werde alles versuchen. Ich möchte nur darauf aufmerksam machen, daß ich nicht gut französisch spreche.«

»Dann reden Sie italienisch oder Sanskrit, zum Teufel!«

»Vom Italienischen kenne ich nur das Wort Amore.«

»Normalerweise genügt das auch! Aber hier, Himmel noch mal, lassen Sie sich etwas einfallen!« Dr. Portz sprang auf und stützte sich mit beiden Armen auf seinen Schreibtisch. Er sah Bornemeyer an, als wolle er ihn hypnotisieren. »Sie fahren noch heute mit dem Nachtzug nach Emden, Außenhafen, und können morgen früh mit der Flut auf Borkum sein. Frau Sacher wohnt in der Pension ›Seeadler‹. Sie ziehen in die ›Seeschwalbe‹.«

»Sehr poetisch.«

»Von mir aus dichten Sie auch! Nur vergessen Sie mir eines nicht: erster Bericht am 12.!«

»Und ich habe völlig freie Hand?«

»Völlig.« Dr. Portz schielte zu Bornemeyer empor.

»Und alles bezahlt die Firma?«

»Alles. Natürlich keine Eskapaden! Aber sonst ist alles gedeckt. Sie können sich am Strand als Kraftmensch bewundern lassen oder als Wunderesser. Das ist mir wurscht! Es muß nur eins dabei herauskommen: Frau Sacher darf keine Minute aus den Augen gelassen werden.«

Bornemeyer nickte. Er begann auf einmal zu lächeln und strahlte Dr. Portz an.

»Aber ...«

»Was aber?«

»Es könnte sein, daß ein WC zwei Ausgänge hat. Was dann?«

»Hinaus!«

Kopfschüttelnd sah Dr. Portz seinem Assessor nach. Jetzt ist er in Hochstimmung, dachte er bitter. Er hat seinen Chef mit einem sauren Witz aus der Fassung gebracht. Davon zehrt er ein Jahr lang.

Er ging an das breite Fenster und sah hinab auf das bewegte Straßenleben der Alleestraße. Dieser Bornemeyer, sinnierte er. Es ist fast so, als gehöre er zu der Kategorie der stillen Wasser.

Erst wenn man einen Stein hineinwirft, sieht man, wie weit er Kreise ziehen kann, nur ist man erschrocken, wie tief dieser stille See ist!

Während in der Kanzlei Bornemeyer seine Aktentasche einpackte, seinen Büromantel in den Schrank hängte, die Thermosflasche in seinen Schreibtisch schloß und unter den verblüfften Augen des Bürovorstehers und dreier Tippmädchen seinen Schlipsknoten höher zog und sogar ein Stäubchen von seinem Jackett bürstete: »Ich fahre jetzt in Urlaub!« sagte er dabei lässig und verbreitete greifbares Entsetzen, denn man hielt ihn für übergeschnappt, saß Dr. Portz schon wieder hinter seinem Schreibtisch und schrieb mit der Hand einen Brief.

Nach Paris. Aber nicht an Peter Sacher.

Er schrieb an einen maître Emile Caravecchi.

Das war ein französischer Kollege, den er von einem Studienaustausch seit seinen Studentenjahren kannte.

Maître Caravecchi wohnte gegenüber dem Gare Montparnasse. Nicht weit von der Rue de Sèvres.

Dr. Portz begann seinen Brief mit: »Mon cher ami . . .« und schloß ihn mit dem Satz: »Ich lege Ihnen ans Herz, Herrn Sacher in glühenden Farben zu schildern, was ich Ihnen in Abständen von drei Tagen aus Borkum über seine Frau melde. Tun Sie noch was dabei, es schadet nicht. Werden Sie voller Fantasie. Ein Franzose ist ja ein Genie, wenn es um die Untreue einer Frau geht! Verhindern Sie aber auf jeden Fall, daß der Sacher vor dem 28. August wieder nach Düsseldorf fährt, oder gar nach Borkum! Herzlichst und immer zu Gegendiensten in Deutschland bereit – Ihr Portz.«

Den Brief ließ er in seinem Büro kuvertieren. Da niemand Französisch konnte, schaltete die Gefahr einer Kenntnisnahme durch das Personal aus.

Dann rieb er sich die Hände und war sehr zufrieden.

Er vergaß dabei ganz den Spruch, daß man den Tag nicht vor dem Abend zu loben hat.

Assessor Bornemeyer fuhr mit der Straßenbahn nach Derendorf. Dort bewohnte er ein möbliertes Zimmer bei einer Postobersekretärswitwe, mit Kochgelegenheit, Badbenutzung und Fernsehgenehmigung.

Die Witwe war nicht zu Hause. Bornemeyer schrieb einen Zettel und steckte ihn an die Scheibe des Küchenschrankes.

›Bin für sechs Wochen verreist. Sie können meine Marmelade und meine Eier essen, damit sie nicht faul werden.
Bornemeyer.‹

Dann packte er nur das Notwendigste in einen großen Koffer, nahm sich auf der Straße, zur Gewöhnung an den neuen, geliehenen Reichtum, eine Taxe und ratterte in die Stadt zurück.

In einem eleganten Herrenbekleidungsgeschäft in der Nähe des Corneliusplatzes wurde er kritisch begrüßt. Sein Vulkanfiberkoffer paßte nicht unter die Kristalleuchter, die ihn grell beschienen. Eine Verkäuferin trat auf ihn zu . . . der elegante Herr im dunkelgrauen Zweireiher blieb im Hintergrund und war etwas konsterniert. Um einen Schlips für zweifünfzig zu kaufen, betritt man diesen Laden nicht!

Er wurde aber sehr rührsam, als Bornemeyer laut und bestimmt seine Wünsche äußerte: zwei englische Anzüge, einige dazu passende Seidenhemden, Strümpfe, Taschentücher, Ziertücher, einen Trenchcoat neuester Linie, eine Kamelhaar Sportkappe, diskrete Krawatten, kurzum alles, was aus einem mittelmäßigen Spießer einen internationalen Beau macht!

Bornemeyer hatte keinerlei Gewissensbisse mehr. Dr. Portz hatte ihm einige Blankoschecks mitgegeben. Wer sich sechs Jahre kaum um seine Frau gekümmert hat, soll im siebten merken, daß er verheiratet ist!

Nach der Einkleidung, Bornemeyer lernte aus eigener Sicht den Satz ›Kleider machen Leute‹ kennen und bestätigt, ging er, diesmal mit einem hellen, herrlichen Lederkoffer für Luftreisende, in ein bekanntes Lokal der Düsseldorfer Altstadt, aß ein Steak auf englisch, ließ sich das internationale Hotelverzeichnis bringen und studierte in schöpferischer Stille die angegebenen Vorzüge seiner ›Seeschwalbe‹ auf Borkum und seine eigene Rolle.

Ich werde ab jetzt ein steinreicher Autohändler aus Genua sein. Ich heiße klangvoll: Signore Ermano Ferro.

Das Geld hatte er, die Kleidung auch. Es fehlte nur noch das Aussehen. Das notwendige Temperament traute sich Bornemeyer in einem Anfall von Größenwahn zu.

Nach dem Abendessen gab er seinen Koffer als Reisegepäck auf (ein vornehmer Mann schleppt sich nicht mit einem Koffer herum), bummelte dann noch etwas, als Abschied gewissermaßen, über die Königsallee und ging dann zu einem bekannten Friseur.

»Seien Sie nicht erstaunt«, sagte Bornemeyer, »wenn Sie jetzt meine Wünsche hören: Ich möchte einen kleinen, schwarzen Bart unter der Nase, aber nicht einen in unlieber historischer Erinnerung, sondern so einen schmalen, frauenmordenden, wissen Sie, einen mittelbraunen, nicht abfärbenden, südländischen Teint und pechschwarze, glänzende Haare. Sie verstehen?«

Der Friseur nickte und sah sich um. Es hatte den Anschein, daß er Hilfe suchte. Bornemeyer lachte.

»Nein, Sie denken falsch«, sagte er. »Ich bin kein gesuchter Verbrecher. Ich bin auch kein aus der Heilanstalt Entsprungener. Ich bin Assessor Bornemeyer, die rechte Hand von Dr. Portz.«

»Kenne ich«, sagte der Friseur aufatmend.

»Und ich bin lediglich verliebt. Das ist alles. Das Mädchen möchte einen südländischen Typ.«

Wer hat mehr Verständnis für Verliebte als ein Düsseldorfer Friseur? Verliebte und Verrückte sind Zwillinge.

Der Friseur lachte zurück und nickte.

»Ich werde aus Ihnen einen Italiener zaubern, wie er im Bilderbuch stehen könnte.«

Zwei Stunden hielt Bornemeyer die Prozedur aus. Er wurde gewaschen, geschnitten, gefärbt, unter Heißlufthauben gesetzt, mit Lockenwicklern gespickt, massiert, wieder heiß beblasen, kurzum: Die Geburt des neuen Menschen ging durch das Fegefeuer der Geduld und Duldung.

Der Spiegel aber wurde zum Zauberkasten. Bornemeyer benötigte einige Zeit, um zu begreifen, daß er es war, dessen Verwandlung er betrachtete.

Das blasse Gesicht wurde südländisch braun.

Das strohige Haar glänzte pechschwarz in kleinen, geringelten Locken.

Unter der Nase, sie war fast römisch, leuchtete ein schmales, flottes Bärtchen.

Kaum begriff er das Phänomen, daß seine Augen leuchteten und Blitze schossen.

»Wunderbar«, sagte er, ehrlich erschüttert. »Einfach wunderbar!«

Er kam sich fast unheimlich vor.

Die dicke Hornbrille, die er trug, verschwand in der Jackentasche. Ein glitzerndes Monokel warf die Strahlen der Lampe zurück.

Ermano Ferro aus Genua erhob sich aus dem Friseurstuhl.

Der kleine Assessor Hubert Bornemeyer blieb in Düsseldorf zurück.

Noch einmal warf Bornemeyer einen Blick in den Zauberspiegel. Dann reckte er sich. Sein Mund, unter dem flotten Schnurrbart, bekam ein maliziöses Lächeln. Toll, dachte Bornemeyer. Einfach toll. Was solch ein Schnurrbart macht! Vielleicht liegt hier ein Geheimnis der nahen Vergangenheit.

»Exzellent«, sagte Bornemeyer-Ferro zu dem Friseur und bezahlte mit großer Geste. »Sie aben ganzes Arbeit geleistet. Isch binn Ihnen serr dankbarr.«

Der Friseur bog sich vor Lachen. »Arrivederci, signore«, rief er und hielt die Tür auf.

Würdevoll verließ Bornemeyer den Salon. Der Friseur starrte ihm nach, wie er mit durchgedrücktem Kreuz davonging.

»Es muß auch solche geben!« sagte er zu sich. »Was wäre das Leben ohne Idioten?«

Bornemeyer-Ferro ging über die Graf-Adolf-Straße. Er sah wohlgefällig, wie die Mädchen ihm nachblickten und tuschelnd die Köpfe zusammensteckten. Da wölbte er die Brust noch mehr hinaus, lächelte den Mädchen zu und nahm mit seligem Herzen wahr, daß sie erröteten.

Ermano Ferro ging zum Bahnhof zurück. Seine Umwandlung war vollendet. Im Wartesaal 1. Klasse ließ er die Kellner springen wie Känguruhs. Es war eine Wonne, nur mit dem Finger zu winken, um zu sehen, wie Leben in die träge Masse Mensch kam.

Als Assessor Bornemeyer war man eine Null. Aber ein bißchen brauner Teint, ein Menjoubärtchen und die Haltung eines Menschen, dem Geld nur Ballast bedeutet – und die Welt liegt auf dem Bauch.

Der Schnellzug nach Emden lief ein. Ermano Ferro stieg in ein Abteil der 1. Klasse. Vorher hatte er auf dem Bahnsteig an einem Wagen eine Tüte mit Weintrauben gekauft. Der Schaffner des Wagens trug ihm die Tüte nach ins Abteil. Der Kellner stellte ihm nach einem fachkundigen Blick unaufgefordert eine Reiseflasche Chianti auf das Fenstertablett. Es war fast verwunderlich, daß sein Schlafwagenabteil nicht bekränzt war.

Draußen auf dem Bahnsteig leuchtete das grüne Schild des Aufsichtsbeamten auf. Sein Pfeifsignal durchschnitt die helle Sommernacht.

»Sitzen Sie bequem?« fragte der Schlafwagen-Schaffner besorgt. Ermano Ferro nickte.

Weich fuhr der Zug an.

Die Lichter Düsseldorfs versanken in der Nacht. Die rheinische Tiefebene öffnete sich.

Wie eine leuchtende Schlange raste der Zug dem fernen Meer entgegen.

Ermano Ferro lehnte sich zurück, trank einen Schluck Chianti und fühlte zögernd, ob sich der Schnurrbart nicht verschoben hatte.

Er fuhr einem Abenteuer entgegen, von dem der kleine Assessor Bornemeyer vor zehn Stunden nicht einmal zu träumen gewagt hätte.

Wie eine riesige, blankpolierte Muschel liegt die Insel im Meer.

Lang und groß sind die Wellen, die ihre Nord- und Südseite umbranden, denn sie kommen aus der Weite des Atlantik. Unzählbar sind die Vögel und Möwen, die um die Spitze Hoge Hörn im Osten kreischen; schaurig und erregend sind die Sagen um die Wolde-Dünen, wo Störtebeker, der größte Seeräuber in deutschen Gewässern, seinen heimlichen Ruheplatz erwählte.

Der Leuchtturm mit seinem Zaun aus Walfischkinnladen leuchtet weit über die See. Wie träumende Schwäne gleiten die Segeljachten durch die blaue Wasserschlange von Tüßkendoerkill. Durch die Dünen, zum Muschelfeld hin, vorbei am Jägerheim und Sturmeck jagt die Kavalkade übermütiger Reiter. Auf den algengrünen, glitschigen Steinen der Buhnen hocken die Angler. Auf den Riffen und Sandbänken sonnen sich träge die grauen Leiber der Seehunde. Musik klingt aus den großen, weißen Hotels über die viertausend Meter lange Strandpromenade.

Es ist schon ein herrliches Stückchen Erde, aber von all dem sieht man wenig, wenn das Schiff im Hafen anlegt. Auch der Bäderdampfer ›Frisia‹ mit seinen wie schwarze Trauben auf dem Deck zusammengeballten und zur Insel hinüberstarrenden Passagieren erfüllte nur teilweise die Erwartungen der neuen Kurgäste. Von ferne hatten sie die Hotelpaläste gesehen, jetzt waren es nur Dünen und kleinere Häuser, eine schmucke Inselbahn und Fischerboote mit eingerollten Segeln, wie sie zu Hunderten auch im Hafen von Emden lagen.

Über die Gangway schritt Sabine Sacher auf die Insel. Sie hatte sich auf dem Schiff umgezogen. In einem weißen, tief ausgeschnittenen Leinenkleid mit weißen flachen Schuhen, die schwarzen Haare mit einem Seidenband zusammengebunden und aus der Stirn hinausgehoben, so daß sie wie eine Krone um den Kopf lagen, sah sie unternehmungslustig und appetitlich jung aus.

An Land sah sie sich ein wenig hilflos um. Ihre Koffer wurden von einem Steward auf das Pflaster gesetzt, ein Heer von Gepäckträgern machte Jagd auf Kunden. Hotelboys mit Schildern ihrer Hotels wanderten an der Mole hin und her und sammelten ihre Gäste zu einem Häuflein. Die ersten Bekanntschaften wurden geschlossen. Die Erwartungsfreude machte freudig und redselig.

Von der Pension ›Seeadler‹ war niemand gekommen. Sabine wartete, bis alle Gepäckträger und Boys besetzt waren, dann nahm sie ihre Koffer selbst und schleppte sie zum kleinen Bahnhof der Inselbahn, die bereits zum zweitenmal pfiff und zum Einsteigen aufforderte.

Eine Gruppe Pfadfinder zog mit Lauten und Harmonikas an ihr vorbei. Vor einem der Inselbahnwagen küßte sich ein Ehepaar. Der Ehemann war gerade angekommen. Zwei Kinder, braun wie Mulatten, kamen herbeigelaufen und brüllten »Vati! Vati! Vati!« Überall war Glück und Freude, nur sie war allein.

Bevor Sabine Sacher in die Inselbahn stieg, sah sie zurück zum Schiff. Postwagen und Pferdefuhrwerke waren herangefahren, die Rückladung wurde hineingetragen.

Umkehren, war ihr Gedanke. Mit dem gleichen Schiff zurück zur Küste und von dort nach Düsseldorf. Was sollte sie hier allein unter glücklichen Menschen? Niemand kannte sie, wie ausgestoßen stand sie abseits. Im ›Seeadler‹ würde es nicht anders sein. Sie schielte hinüber zu dem jungen Ehepaar. Er hatte sie untergefaßt. Ihre Augen leuchteten. Wie verliebt sie sind, durchfuhr es Sabine. Und zwei entzückende Kinder haben sie. Wenn Peter hier wäre . . .

Trotzig warf sie den Kopf in den Nacken. Er ist in Paris. Er langweilt sich bestimmt nicht. Man muß eben das Abenteuer suchen, wenn es einem nicht entgegenkommt!

»Wo soll'n die Koffer hin?« fragte einer der Gepäckträger. Sabine war der letzte Gast, der noch nicht eingestiegen war. Die kleine Lok pfiff zum drittenmal. Mahnend, dringend. »Wohnen Sie in einem Insulanerhaus oder im Hotel? Wir müssen schnell machen, die Bahn fährt gleich ab.«

»Pension ›Seeadler‹«, sagte Sabine leise. Wenn ich bloß nicht losheule, dachte sie. Ich bin nahe davor.

»Das ist am Südstrand. Bitte, beeilen. Einsteigen!«

Der Gepäckträger hob die Koffer in den Wagen. Den letzten schob er noch hinein, weil der Zug nach einem kurzen Pfiff anfuhr. Sabine warf dem nachrennenden Träger einen Geldschein zu. Sie wußte nicht, wieviel es war. Als sie in die Tasche griff, war er zwischen ihren Fingern. Der Träger fing den Schein auf. Verblüfft starrte er den Schein an, dann riß er seine Mütze vom Kopf und schwenkte sie grüßend der freigiebigen Dame nach.

Sabine Sacher zwängte sich auf einen schmalen Sitzplatz inmitten schwitzender, fröhlich erzählender, nach Sonnenöl riechender Menschen. Mißmutig starrte sie hinaus auf die vorbeiziehende Landschaft der Insel.

Die Wolde-Dünen zogen vorüber, die Spitze des Leuchtturmes schob sich hervor, und dann tauchten inmitten von Strandhafer und saftigen Wiesen, sanften Dünen und goldenem Sand die ersten weißen Häuser auf. Ihre roten Dächer leuchteten in der Sonne. Es war ein fantastisches Farbenspiel, das lustig machte und ferienfreudig.

Vorbei am hohen Kurmittelhaus ratterte das Bähnchen und hielt inmitten des Zentrums. Vor dem nahen Kurtheater stauten sich die Gäste. Die Luxushotels am Strand ließen ihre blanken Fenster blitzen. Es war, als habe man die Insel zur Begrüßung der neuen Gäste geschrubbt und gewienert. Selbst das Meer hatte ein Sonntagskleid an. Es war flach, sonnendurchglitzert und träge.

Sabine Sacher sah dies alles nur mit halbem Verständnis für die Schönheit. Sie stand auf dem Trittbrett des Bähnchens und blickte den Hotelboys entgegen, die wieder an der Endstation standen. Ein kleiner Fischerjunge trabte durch das bunte Gewimmel. Über seinem Kopf trug er mit beiden Händen ein großes Schild. ›Seeadler‹. Neben ihm trabte ein anderer Junge. Auf seinem weißen Schild an einer Holzlatte leuchtete es: ›Seeschwalbe‹.

Sabine winkte dem ersten Jungen zu und sprang vom Trittbrett. »Hierher!« rief sie. »Hierher!«

»Zu uns?« fragte der Junge und holte sein Schild ein. »Ihr Name?«

»Sabine Sacher.«

Der Junge zog aus der Hosentasche eine zerknitterte Liste und fuhr mit seinem Zeigefinger die Namenkolonnen hinab. Dann nickte er und steckte das Papier wieder in die Hosentasche.

»Stimmt.« Er lächelte verzeihend zu Sabine. »Ich soll nämlich vorsichtig sein, sagt der Portier. Wir sind für zehn Wochen total ausverkauft.«

Er nahm Sabines Koffer, lud sie auf einen kleinen, flachen Handwagen, spannte sich wie ein Kuli in die Deichsel und rannte vor ihr her, dem Südstrand zu, der irgendwo hinter den großen weißen Steinklötzen der Hotels liegen mußte.

Die Pension ›Seeadler‹ war sehr gut. ›Bürgerliche Küche‹ versprach ein großes Schild, aber wer die ausgehängte Speisekarte las, mußte sich sagen, daß das deutsche Bürgertum ungemein wohlhabend sein mußte. Der Portier kam aus der Tür, als der moderne Kuli schwitzend, aber fröhlich grinsend hielt. Sogar ein Geschäftsführer im schwarzen Anzug zeigte sich in der Tür und repräsentierte allein schon durch seine Erscheinung und sein Vorhandensein.

Dann stand Sabine Sacher in ihrem Zimmer, das sechs Wochen lang ihre neue Heimat sein sollte. Eine Klause des Nachdenkens, der Sehnsucht nach Peter, der Läuterung und des endgültigen Entschlusses, wie es weitergehen sollte.

Es war ein großes Zimmer mit zwei Betten. Das zweite Bett kam Sabine wie ein Hohn vor, wie eine sechs Wochen lange Qual. Wer 42 Nächte neben einem leeren Bett schlafen muß und es anders haben könnte, braucht starke Nerven, dies durchzustehen. Es war eine Selbstkasteiung.

Ein breites Fenster bildete die Wand zum Meer hin. Bunt karierte Gardinen hingen davor, zugezogen, damit die Hitze nicht in den Raum flutete. Sabine zog sie zurück. Vor ihr breitete sich der weiße Sandstrand aus, bespickt mit Strandkörben und gestreiften Strandzelten.

Sabine drehte sich weg und betrachtete das Zimmer. Ein großer Doppelschrank, doppelte Waschbecken, um einen runden Tisch zwei Sesselchen, das Doppelbett, doppelte Nachttischlampen, doppelte Handtücher, Zahngläser, doppelte Bettvorleger, doppelte Speisekarten für den Abend, alles doppelt.

»Hier werde ich verrückt«, sagte Sabine leise und setzte sich auf das Bett.

Ihr Blick fiel auf einen handgemalten Spruch, der neben der Tür hing. Es war eine Holzscheibe, auf die man geschrieben hatte:

Des Lebens ganze Würze ist,
daß du mal froh und lustig bist.

Sie sprang auf, riß die Gardine zurück und stieß die breiten Fensterflügel weit auf. Der warme Seewind blies ins Zimmer und zerzauste ihre Haare. Sie beugte sich hinaus, tief atmend, als ersticke sie in diesem Zimmer, in dem alles doppelt war.

Dort unten ist der Strand, dachte Sabine. Dort springen sie herum, braun, lebenslustig, fern aller Sorgen, ganz Kinder in Gottes Hand. Ihr Lachen übertönt das Brausen des Meeres; die Buntheit ihrer Bälle und Badeanzüge sind wie Tupfen auf einer riesigen Leinwand. Und ich stehe hier am Fenster, starre wie ein Sträfling hinab in das Leben und warte, warte.

Warten? Auf was eigentlich? Auf ein Wunder? Es gibt keine Wunder mehr. Früher war die Liebe ein Wunder, der erste Kuß, das erste große Erleben, das Glück, gemeinsam zu sein. Aber dann kam der Alltag, und in einer siebenjährigen Ehe gibt es keine Wunder mehr. Vielleicht nur noch eins, würde Peter in seinem bitteren Sarkasmus sagen: Das Wunder, daß alles sieben Jahre lang gedauert hat.

Sabine trat vom Fenster weg und sah zurück ins Zimmer. Das breite Doppelbett erschreckte sie plötzlich. Zu Hause in Düsseldorf hatte jeder sein eigenes Schlafzimmer. Nie hatten sie daran gedacht, daß ein Haus noch so groß und weit sein kann, wenn nur die Ehebetten wenig Platz einnahmen. Vielleicht hatte man alles falsch gemacht, von Anfang an. Nicht Ferien von der Ehe wären nötig gewesen, um die Trägheit aus ihrem Zusammensein zu schütteln, sondern Ferien in der Ehe mußten es sein! Eheferien zu zweit, allein irgendwo in der Einsamkeit, fern aller Telefone und Briefträger, Zeitungen und Radios. Dort hätte sich vielleicht finden lassen, was sie suchten: sich selbst.

Sabine schüttelte den Kopf. Sie band das Seidenband neu um ihre zerzausten Locken. Nicht daran denken. Hier ist Borkum. Und man ist allein mit einem Doppelbett.

Sie packte die Koffer aus und legte sich dann auf die Daunendecke des Bettes, die Arme unter dem Nacken verschränkt. An der weißgetünchten Decke spiegelte sich die Sonne in bizarren, durch das Gardinenmuster aufgerissenen Formen.

Müdigkeit überfiel Sabine. Trauer, Einsamkeit, Schmerz, alles drückte sie nieder.

Aber auch Trotz.

Sie begann zu grübeln.

Es gibt erwiesenermaßen auf der Welt nichts Gefährlicheres als eine grübelnde Frau. Was Helden nicht wagten, was Philosophen nicht erdachten, was selbst Politikern nicht einfiel (gibt es noch eine Steigerung?), das gebiert der Haß im Hirn einer grübelnden Frau.

Zwischen Melancholie und Weltzerstörung schwingt der Pendel des rätselhaften menschlichen Gemütes. Als Agrippina grübelte, starb Claudius wenig später an Gift. Das Grübeln einer Dubarry kostete Ludwig den Kopf.

Männer – laßt eure Frauen nie grübeln!

Sabines Grübelei war allerdings einfacherer Natur und frei von zerstörerischen Elementen. Sie dachte nur an Rache.

Es sollte eine absolut weibliche Rache werden, aufgebaut auf die natürlichen Reize, die Gott dem Weibe schenkte.

Peter in Paris, sie in Borkum. Das gleicht sich aus. Wenn er ein Mädchen küßt, ohne daß ihm das Gewissen schlägt, dann durfte auch sie die Lippen spitzen.

Auch auf dieser Insel wird es Männer geben, die zu gerne einer Sabine Sacher nette Worte ins Ohr und unter die Schläfenhärchen flüstern.

Sie sprang vom Bett hoch und eilte an den Schrank, in den sie gerade ihre Kleider gehängt hatte. Sie zog sich um. In einem Seidenkleid mit großem, blutrotem Klatschmohn auf weißem Grund stand sie dann vor dem Spiegel und drehte sich. Ihre schönen, noch weißen Schultern lagen frei über dem rotbordigen Ausschnitt.

Ich habe eine schöne Haut, dachte sie. Manches zwanzig Jahre jüngere Mädchen würde froh sein, sie zu haben. Es würde gerne ein paar Jahre hergeben für diese glatte, reine Haut.

Sie lachte in den Spiegel. Noch etwas verzerrt, aber ihr Mund war schön. Die Lippen glänzten rot.

Peter muß blind sein, dachte sie gehässig.

Wenn ich ein Mann wäre, würde ich mich in mich verlieben.

Es dämmerte schon, als Sabine Sacher von einem Spaziergang über die Strandpromenade und am Strand zurückkehrte.

Ein Kellner wies ihr ihren Tischplatz an, den sie jetzt sechs Wochen lang behalten würde. Eine Serviettentasche lag bereits auf ihrem Platz. S. Sacher stand darauf. Nicht Frau S. Sacher. Das beruhigte sie. Es war ja möglich, daß ein interessierter Mann schon die Aufschrift gelesen hatte.

Der Tisch stand an einem großen Fenster. Ungehindert ging der Blick über das im Abendrot orangeflimmernde Meer. Als sie sich setzte, warf der Widerschein einen roten Schimmer auch auf ihr Haar.

Sabine schielte zu den anderen Tischen. Sie sah, wie man sie anblickte. Sie war die Neue, die Fremde, die Interessante, die noch vom Geheimnis der Anonymität Umgebene. Ein Herr im mittleren Alter, der in der Ecke saß, bewegte leicht nickend den Kopf. Die erste Annäherung, das erste Zeichen.

Lächelnd senkte Sabine Sacher den Blick. Der Kellner servierte das Gedeck. Im Radio am Büfett spielte ein kleines Streichorchester ein Menuett von Scarlatti.

Das Leben ist doch so einfach, dachte Sabine. Nur unsere dummen Gedanken komplizieren es so.

Um diese Stunde fuhr der letzte Bäderdampfer des Tages im Hafen von Borkum ein. Es war die ›Kaiser Wilhelm‹, ein altes, aber immer noch tapferes Schiff, das durch die Abendflut schlingerte und keuchend festmachte.

An Deck stand der Italiener Ermano Ferro alias Assessor Bornemeyer. Er schwitzte reichlich und sah sehr zerknittert aus. Das rollende Meer war ihm nicht sympathisch. Um es sympathischer zu finden, hatte er getrunken und gegessen. Das wirkte sich jetzt nachteilig aus. Nicht, daß er seekrank war, aber das Gefühl, über etwas hinwegzufahren, das im Notfalle keine Balken hatte, erzeugte in seinem immer auf Vorsicht eingestellten Gemüt unangenehme Schauer.

Auch die Inselbahn, die auffordernd pfiff, erweckte Mißtrauen in ihm. Sogar die Insel selbst kam ihm feindlich vor. Sie war dunkel, einsam, drückend.

Eingedenk seiner neuen gesellschaftlichen Stellung aber bewahrte er Haltung. Mit hochmütigem Nicken ließ er sein Gepäck zum Zug tragen und geriet an den gleichen Träger, der von Sabine Sacher den Geldschein zugeworfen bekommen hatte. Daß ein so vornehmer Herr ihm nur zwanzig Pfennig Trinkgeld gab, begriff er gar nicht. Ehe er sich von diesem Schock seiner Menschenkenntnis erholt hatte, pfiff die Lok zum drittenmal und zog an.

Ermano Ferro hatte viel Platz im Zug. Nur wenige Gäste waren mit diesem letzten Schiff gekommen. Meistens wurden jetzt Konservenkisten, Postsäcke, Bierkästen und Gemüsekörbe befördert.

Der Schaffner leuchtete die Karte Ferros an und verbeugte sich leicht.

»Bitte, der Herr«, sagte er. »Prego, signore . . .«

Ferro nickte gnädig. Er lehnte sich an das Fenster und sah hinaus auf die Dünen, die dunkel und voller Geheimnisse an ihm vorbeiglitten. Seine bisher gehemmte Fantasie blühte auf. Er dachte an Liebespaare an einsamen Stellen, an heiße Küsse im Büschelgras, an Seufzer, die der warme Seewind wegtrug. Ihm wurde schwül unter der Kopfhaut. Er öffnete das Fenster und steckte den Kopf in den Zugwind.

Wie wird es erst am Strand sein, grübelte er. Glänzende Strandfeste, schöne Frauen in knappen Badeanzügen, weiße Sandburgen mit lockenden Sirenen, Wind, Sonne, blaues Meer und eine Frau Sacher, die er bewachen mußte.

Er nahm sich vor, von der Bewachung soviel Zeit abzuzweigen, um eigene Sehnsüchte im Rahmen des Erlaubten befriedigen zu können. Die Firma zahlte es ja. Solch eine Gelegenheit fällt einem Bornemeyer nur einmal in den Schoß.

Der Lichtfinger des Leuchtturmes glitt über den Nachthimmel. Dort, wo der Strand mit den Luxushotels lag, war die Nacht fahl. Tausendfaches Licht verscheuchte die Dunkelheit.

Ermano Ferro strich sich über sein Menjoubärtchen. Er fing die Blicke einiger Mädchen auf, die mit ihm im Abteil saßen und tuschelten. Als er sie anblickte, wurden sie rot und nestelten an Taschen, Rocksäumen, Haaren und taten sonstwas Dummes.

In Bornemeyer-Ferro blühte eine Riesenblume auf. Die Blume des Selbstbewußtseins. Ich muß doch ein interessanter Mann sein, frohlockte er innerlich. An Abenteuern wird es nicht fehlen. Teufel auch, daß man das nicht früher entdeckte!

Er blickte zur Seite auf die näherkommende Stadt Borkum. Zeit seines Lebens hatte er gehungert. Nie hatte er Freude gekannt, nie konnte er sagen: Ich bin glücklich. Das Studium hatte er sich mühsam durch Nachhilfestunden verdient. Seine Bude, ein Zimmerchen unter dem Dach, direkt unter den mit Zement verschmierten Dachpfannen, bezahlte eine Fabrik, in der er in den Semesterferien Schrauben drehte und Federn stanzte. Das war in Bonn so und auch in Heidelberg. Immer war er außerhalb gestanden, sehnsüchtig zwar, aber sich abfindend mit dem Schicksal, der arme Sohn einer noch ärmeren Witwe zu sein. Nie hatte er feste Freunde, denn die wollten alle etwas erleben, nie konnte er einen Kommers besuchen, nur eins hatte er immer, und das verließ ihn nicht bis zu dem Tage, an dem er auf Kosten seiner Firma nach Borkum fahren durfte: Er hatte Hunger, nach einem Braten, nach Schönheit, nach Geld, nach Leben, manchmal auch nach Liebe.

Nun aber war er Ermano Ferro, Autohändler aus Genua. Sein Bankkonto schien astronomisch zu sein. Er konnte alles haben, was sein Herz begehrte. Es gab keine Schranken mehr, hinter denen das Wunderland der erfüllten Wünsche lag. Nur eine trübe Wolke zog über allem Glück hinweg: Wieder, wie bei seiner armseligen Studentenbude, bezahlte es ein anderer. Zwar nur sechs Wochen lang . . . Aber seit siebzehn Jahren waren es immer nur Wochen, in denen er einmal durch die Gunst anderer frei von Sorgen sein durfte. Er kam sich wie ein Ausgehaltener vor, wie eine Dirne des Schicksals.

Die Kleinbahn hielt schnaufend am Kurmittelhaus. Ein Lichtermeer umfing Ermano Ferro. Das kannte er von Düsseldorf her, aber die großen Hotels, die lange gläserne Wandelhalle, die Cafés und Bars, das Spielkasino, das Kurtheater, die Strandpromenade und die weißen Villen, dieser ganze konzentrierte Reichtum auf ein paar Quadratmetern, umfing Bornemeyer wie mit eisernen, hemmenden Klammern.

Nicht klein werden, sagte er zu sich. Nur nicht wieder zurückfallen in die Welt subalterner Nickemänner. Einem Ermano Ferro imponiert dieser Reichtum gar nicht, er findet ihn höchstens fade.

Ein Boy der Pension ›Seeschwalbe‹ nahm seinen Koffer in Empfang. Er fragte nicht lange, denn einen Ferro konnte man nicht übersehen. Reichtum hat eine Ausstrahlung, die von einer 1000-Watt-Birne nie erreicht wird.

Während der Boy vor Ferro zur Pension trabte und sich ausrechnete, was er wohl von dem schwerreichen Italiener an Trinkgeld bekommen würde und was man sich dafür kaufen sollte, wandelte Bornemeyer unter den sprechenden Blicken junger und älterer alleingehender Damen über die erleuchteten Straßen, ab und zu sein Bärtchen streichelnd, mokant lächelnd und Abenteuerversprechungen ausstreuend.

Die ›Seeschwalbe‹ war ein Zweigunternehmen des ›Seeadlers‹. Sie hatten den gleichen Besitzer, die gleichen Ansichtskarten, das gleiche ›bürgerliche Essen‹ und die gleichen vornehmen Gepflogenheiten. Pension ›Seeschwalbe‹ hatte dementsprechend auch eine besondere Kategorie von Stammgästen: Höhere Beamte, pensionierte Gerichtsräte, Prokuristen mittlerer Betriebe und Geschäftsleute mit Filialen.

In diese lautere Gesellschaft mit gediegenen Ansichten und moralischem Korsett trat nun ein Millionär! Das war eine Sensation, die die Direktion nicht nur zu würdigen wußte, sondern etwas aus der Fassung brachte.

Als vor einem Tag der italienische Millionär Ermano Ferro sich aus Düsseldorf anmeldete, auf Empfehlung eines Freundes, sagte er noch, hatte die Direktion der ›Seeschwalbe‹ bedenkenlos zugesagt. Ein solcher Fisch an der Angel wiegt mehr als drei verärgerte Postinspektoren. Das ist nun mal so im Leben, daß mit dem Angebot die Moral abnimmt.

»Wir werden das schon regeln«, sagte die Direktion, als der Geschäftsführer der ›Seeschwalbe‹ händeringend den Ausverkauf des Hauses meldete. »Wir werden einen anderen Gast woanders unterbringen.«

»Aber wenn der Gast nicht will?«

»Er wird wollen! Wir werden ein besseres Zimmer anbieten, in einem Luxushotel! Wir schaffen es schon.«

Das dachte die Direktion. Um einen Renommiergast zu bekommen, muß man Opfer bringen. Außerdem würde man alle Mehrausgaben auf sein Essen aufschlagen. Das war einfach. Der speziell zu seiner Bedienung angewiesene Kellner würde bei jeder Rechnung lediglich das Tagesdatum dazurechnen.

Abgesehen davon würde man von allen anderen Pensionen beneidet werden, es sprach sich herum, wer in der ›Seeschwalbe‹ wohnte, man wurde empfohlen. Was tut man nicht alles für die Hebung des Niveaus!

Aber die Rechnung ging nicht auf. Der Beamte, der hinausgesetzt werden sollte, ging nicht. Er war ein Postoberinspektor und wollte, entgegen seines Berufes, nichts von einer Beförderung wissen. »Ich bleibe«, sagte er. »Was soll ich in einem Luxushotel! Ich wohne seit drei Jahren hier!«

»Aber wir bezahlen es!« rief die Direktion im Chor.

»Ich fühle mich im Luxus nicht wohl!« sagte der Oberinspektor und ging auf sein Zimmer, wo er sich einschloß. Das war sein gutes Recht. Er hatte vierzehn Tage im voraus bezahlt.

Und der Millionär stand vor der Tür! Die Direktion verglich ihre Uhren wie vor einer Schlacht und raufte sich dann die Haare. In wenigen Stunden kam der Genueser an! Was sind Stunden, wenn das Recht auf seiten des Gegners steht?

Vermittlungen schlugen fehl. Der eingeschlossene Beamte las seine Zeitung, rauchte eine Zigarre und ging ins Bett, als man ihm, höchste Stufe der Schikane, das Licht im Zimmer absperrte, indem man die Sicherung herausdrehte.

Der Geschäftsführer der ›Seeschwalbe‹ lehnte jede Verantwortung ab. Die Direktion wurde bleichsichtig und führte erregte Gespräche mit dem Schwesterunternehmen ›Seeadler‹. Dabei erwies sich, daß es eigentlich nur eine einzige Gelegenheit gab, den wertvollen Gast für das Unternehmen zu retten. Man mußte ein einzeln belegtes Doppelzimmer als Zweibettzimmer vermieten.

Dieser Ausweg erzeugte im ›Seeadler‹ eine Gänsehaut. Aber es blieb keine Zeit, sich mit dieser körperlichen Reaktion zu beschäftigen. Durch das Telefon flog der Ruf: »Er kommt!« Und damit war die Situation nicht mehr zu retten.

Ermano Ferro betrat hinter dem Boy die kleine Halle der Pension. Der Portier, der Geschäftsführer, der zweite Direktor (der erste Direktor hatte plötzlich einen Schwindelanfall bekommen und ließ sich wegen Blutleere im Gehirn entschuldigen) und der Oberkellner stürzten auf ihn zu und versuchten, ihn italienisch zu begrüßen.

Bornemeyer-Ferro winkte gelassen ab. Seine Haltung, seine Bewegungen, sein Gesicht waren zurückhaltende Vornehmheit. Er musterte die Gäste, die im Speisesaal saßen und durch die Glastür zu ihm hinstarrten.

»Ich spreche deutsch«, sagte er mit einem deutlichen südländischen Akzent. Er hatte ihn geübt, und mittlerweile fand er diese Aussprache selbst irgendwie betörend. »Ich möchte sofort auf mein Zimmer.«

Der Geschäftsführer drehte sich herum. Er schwitzte kalt und bekam rote Ringe vor den Augen. Der zweite Direktor klingelte diskret, aber intensiv nach dem ersten Direktor. Blutleere im Gehirn hin und Blutleere her. Hier muß der Chef selbst die Suppe auslöffeln.

Der erste Direktor kam. Er knickte in der Mitte ein, hieß Ermano Ferro herzlich willkommen, was die anderen auch getan hatten, und stellte dann mit Entzücken fest, daß Ferro wie er ein Monokel trug.

Es ist eine Tatsache, daß gleiches Leid oder gleiche Freude eine Seelenverwandtschaft hervorrufen. Ein Mann, der ein Monokel liebt, kann einem anderen Mann, der auch solch eine blitzende Scheibe vor dem Auge balanciert, nicht böse sein. Es wäre wider die Natur.

»Signore wollen auf das Zimmer?« sagte der erste Direktor stockend. Dabei musterte er giftig den zweiten Direktor. Welche Memmen, hieß dieser Blick. Man muß einer solchen Situation gewachsen sein. Er winkte lässig und sah dabei den Boy an.

»Wie Sie wünschen, Signore! Boy – führe den Herrn Ferro auf sein Zimmer!«

Der angesprochene Boy starrte den Direktor dumm an. Der Geschäftsführer lehnte sich gegen die Wand. Ermano Ferro sah sich um. Sein Hochmut ging in die Potenz.

»Ist etwas nicht in Ordnung?« fragte er hellhörig. »Haben Sie etwa gar kein Zimmer mehr frei?« Er sah den zweiten Direktor, den ersten Direktor, den Boy und verstand. »Meine Herren – das wäre eine Couchonerie!«

Der erste Direktor nickte. Er war dankbar, daß Ferro nicht laut von ›Schweinerei‹ geredet hatte, sondern den vornehmen französischen Ausdruck benutzte. Der Mann hat Kinderstube, dachte der Direktor.

»Etwas Unvorhergesehenes ist eingetreten. Wir hatten Ihr Zimmer bis gestern belegt. Der Gast sollte gestern ausziehen. Er hatte es fest versprochen! Aber nun bleibt er! Er bleibt trotz unserer dringendsten Vorstellungen. Er hat eine Verlängerungswoche bezahlt – über sein Reisebüro, und wir haben diese Nachricht erst heute mit der Morgenpost bekommen!« Das war herrlich gelogen, aber glaubhaft. Der erste Direktor warf einen Blick in die Runde. Seht, so rettet man seine Haut!

Ermano Ferro war steif wie ein Pfahl. Er räusperte sich nur und machte: »Hähäm.«

»Wir konnten Ihnen leider keine Nachricht mehr geben, kein Telegramm, rein gar nichts – wir kannten ja nicht Ihren Aufenthalt auf Ihrer großen Deutschlandreise.«

»Dann kann ich also in den Dünen schlafen?« donnerte Ermano Ferro. Er rollte mit den Augen und ließ das Monokel in die hohle Hand fallen. Das bedeutet bei Monokelträgern den Ausdruck tiefster Empörung. Der erste Direktor erbleichte. Sein Monokel fiel nicht in die Hand, sondern auf den Boden, wo es leise klirrend zerschellte.

»Ich soll wirklich«, Ferro holte Atem. Das Bewußtsein, ein steinreicher Mann zu sein, verlieh Bornemeyer unwahrscheinliche Kräfte. »Nie, meine Herren! Nie! Ich habe von Ihnen eine Zusage. Juristisch gesehen . . .«

»Aber Signore Ferro!« Der erste Direktor hob beide Hände.

So beschwört man Schlangen, dachte Ferro. »Eher überlasse ich Ihnen mein Bett!«

»Ich möchte sauber schlafen«, sagte Ferro gemein. Der erste Direktor seufzte verzweifelt.

»Aber, wir haben ein Bett für Sie. Ein herrliches Bett. Mit Schaumgummiauflagen! Nur«, er druckste herum und sah hilfesuchend in die Runde. Wer aber sollte helfen von diesen Memmen? »Nur müßten Sie das Zimmer mit einem anderen Gast teilen.«

»Das Bett?« schrie Ferro-Bornemeyer.

»Das Zimmer, Signore! Natürlich nur so lange, bis der rabiate Gast Ihr Zimmer hier geräumt hat. Vielleicht zwei oder drei Tage . . . bis dahin werden wir den Oberinspektor aus dem Hause haben.«

»Teilen?« Ferro warf seinen weichen Hut auf die Rezeptions-Theke. »Ich soll für mein Geld ein Zimmer teilen? Ich soll das Schnarchen eines anderen . . .? Nein! Ich verklage Sie!«

»Es ist ein Doppelzimmer, Signore! Selbstverständlich stellen wir die Betten auseinander!«

»Aber das Schnarchen stellen Sie nicht auseinander.«

»Die Dame schnarcht nicht.«

Bornemeyer-Ferro zog die Augenbrauen hoch. Er begriff noch nicht ganz.

»Wer ist mein Bettnachbar? Wie heißt der Herr?«

Der erste Direktor atmete auf. Er lächelte sogar verschmitzt. Jaja, die Italiener. Heißes Blut haben die Burschen.

»Wir haben natürlich an alles gedacht, Signore. Der Herr ist eine Dame.«

Ferro hustete. Er hatte sich nicht verhört. Er sollte mit einer Dame ein Doppelzimmer teilen! Er sollte mit ihr in einem Doppelbett schlafen! So Seite an Seite, wie ein Ehepaar! Ferro-Bornemeyer atmete schneller. Juristisch gedacht ist das eine vollendete Kuppelei. Menschlich gedacht, ist das eine Zumutung. Männlich gedacht aber ist das ein nie wiederkehrendes Angebot!

Ermano Ferro rieb sich nachdenklich den Menjoubart. Er blickte die erwartungsvollen Direktoren scharf an. Sein Gesicht war verschlossen, aber nicht mehr kriegerisch wie vordem.

»Ist sie hübsch?« fragte er arrogant.

»Sehr, Signore, sehr!«

Die Direktoren warfen sich verschwörerische Blicke zu. Der

Geschäftsführer grunzte, der Boy grinste. Gewonnen, jubelten sie innerlich im Chor. Das südländische Temperament ist angesprochen. Jetzt könnten wir ihm die Badewanne anbieten, wenn eine Frau darinnen sitzt.

Ferro-Bornemeyer wollte sichergehen. Er senkte den Kopf und starrte die Direktoren an.

»Jung?«

»Im pikanten Alter, Signore.«

»Ledig?«

»Nein! Aber allein auf Borkum.«

»Und der Ehemann?«

»Weit weg.«

»Olala!« Ferro leckte sich über die Unterlippe. Was man so alles erlebt, dachte er. Für Geld bekommt man fix und fertige Ehebetten mit im Preis eingeschlossener Ehe serviert. Für sechs Wochen, eine Ehe auf Zeit gewissermaßen. Das ist juristisch zwar . . . Er schaltete ab und nahm seinen Hut von der Theke. Opfer muß man bringen, beruhigte er sein Gewissen. Für die Firma muß man alles tun!

»Wenn es sein muß«, sagte er gedehnt, »bitte! Ich opfere mich! Bleibt mir anderes übrig? Nur, was sagt die Dame dazu?«

»Sie wird nicht nein sagen.«

»Charmant. Damen, die nicht nein sagen, sind wie betaute Rosen.« Er strich sich wieder über sein Bärtchen und registrierte, daß sein fades Bonmot Beifall fand und bald die Runde machen würde. »Meine Herren, ich danke Ihnen, daß Sie hier kein Zimmer frei hatten. Ich werde Sie meinen südamerikanischen Freunden weiterempfehlen.«

Er wandte sich ab, ging in den Speiseraum und setzte sich an einen freien Tisch. Die Blicke der zu Abend speisenden Gäste folgten ihm, als hingen sie an einem Marionettenstrick. Das ist er, dachte man interessiert. So sieht man also aus, wenn man einige Millionen im Rücken hat. Wie sein Monokel blitzt. Diese adelige Schlankheit der Figur. Dieser federnde, feurige Schritt. Dieser schmale, aristokratische Kopf. »So sah Dante aus«, flüsterte ein Mädchen ihrer Freundin zu.

Während Ferro nach der Abendkarte das beste Souper zusammenstellte und aus der Weinkarte eine der exquisitesten Flaschen auswählte, beendete die Direktion nebenan in der Pension ›Seeadler‹ eine kurze, schicksalsschwere Unterredung.

Die angesprochene Dame hatte nach einigem Zögern eingewilligt. Sie bekam als Ausdruck des Dankes und der Anerkennung ihres großen Opfers von der Direktion einen riesigen Strauß Blumen, drei Handküsse und die Versicherung, daß man nie und nimmer eine charmantere Dame zu Gesicht bekommen würde.

Dann zog erwartungsvolle Stille durch die beiden Pensionen. Die Möglichkeiten, die sich jetzt ergaben, waren so vielfältig, daß jeder der Beteiligten sich einen Sack voll zurechtlegen konnte.

Zugreise, Dampferüberfahrt, Rattern der Kleinbahn, seelische Erregung, Abendessen und vorzüglicher Wein hatten Ferro stark belastet. Er spürte es an den Augen. Sie drückten gegen den Hintergrund, ließen ihn mit den Wimpern flattern und begannen zu tränen.

Er gähnte hinter der vorgehaltenen Serviette, erhob sich und verließ den Speiseraum. In der Halle wartete bereits ein Boy mit dem Gepäck. Als er Ferro aus dem Saal treten sah, trug er es ihm nach. Ermano Ferro blieb stehen. »Wieso?« rief er und zeigte auf seine wegeilenden Koffer. »Ich denke, ich bekomme ein Zimmer mit Dame?«

»Prego, signore.« Der Geschäftsführer verbeugte sich mehrmals. Die Direktoren waren in ihren Privatbüros und betranken sich ob des herrlichen Sieges. »Das Zimmer ist im Nebenhaus. In unserem Schwesterunternehmen ›Seeadler‹.«

»Seeadler?« Ferro-Bornemeyer kniff das Auge fester zu. Das Monokel wäre ihm sonst gefallen. »Das nenne ich Glück. Wahrhaftig! Gehen wir!«

Doch bevor er dem Boy folgte, holte er aus der Rocktasche ein kleines, schwarzes Notizbuch und, gewissenhaft, wie es Dr. Portz von ihm verlangte, trug er in einer nur von ihm lesbaren Handschrift das meldungswürdige Ereignis skizzenhaft ein:

›12. – 22.10. Zimmerwechsel von der Schwalbe zum Adler. Ziehe in das gleiche Haus wie Frau S. S. Hoffe, sie heute noch zu sehen. Die Gelegenheit ist einmalig.‹

Mit einem freundlichen Kopfnicken, ein fettes Trinkgeld wäre allen lieber gewesen, verabschiedete er sich von dem Geschäftsführer und dem Portier und ging dem draußen in der Nacht vor dem Haus wartenden Boy nach.

Es waren nur wenige Schritte. Aber Ferro nahm sie in Zeitlupe. Er kostete das Gefühl des Überlegenen aus.

Im ›Seeadler‹ war man bereits auf alles eingerichtet. Wie nach langen Übungen am Reck vollzog sich die Kür.

Ermano Ferro sah bei seinem Eintreten im ›Seeadler‹ gesenkte Köpfe, devot gekrümmte Rücken, einen anderen Geschäftsführer im schwarzen Anzug und zwei Boys, die seine Koffer über eine mit einem roten Teppich belegte Treppe nach oben trugen. Hinauf ins Doppelzimmer, hinein ins Paradies.

Ferro eilte hinterher. Die erklärenden Worte, die ihm nachschwirrten, hörte er nicht mehr. Er stürmte durch die offene Tür in das große Zimmer, klopfenden Herzens und ein Bonmot suchend, mit dem er sich der bestimmt wartenden Dame vorstellen wollte.

Aber das Zimmer enttäuschte auf den ersten Blick. Was Ferro zunächst sah, war eine große, hohe, bunte spanische Wand, die man quer in das Zimmer gestellt hatte und die den Raum in zwei gleiche Teile trennte. Es gehörte keine große Fantasie dazu, hinter dieser großgeblümten Stoffwand ein zweites Bett, einen Waschtisch, einen Schrank und einen Sessel zu vermuten. Das gleiche Mobiliar stand im Ferroschen Teil. Nur das große Fenster gehörte beiden Bewohnern gemeinsam. Jeder hatte einen Flügel, über den er frei verfügen konnte.

Ermano Ferro gab den Boys zwei Mark Trinkgeld und winkte ihnen zu, ihn allein zu lassen. Dann setzte er sich auf sein Bett, starrte die spanische Wand an, tippte mit dem Finger gegen den Stoff und holte ein Taschenmesser aus der Tasche. Aufgeklappt legte er es auf die Bettdecke. Hindernisse sind dazu da, daß man sie überwindet, hatte schon sein Mathematiklehrer gesagt, als er vor den Logarithmen versagte.

Zunächst verhielt sich Ferro-Bornemeyer ganz still. Er wußte nicht, ob er allein war oder ob ›sie‹ jenseits der Blumen schon in den Federn lag und ebenfalls zu ihm hinüberlauschte. Wir warten vielleicht beide, was der andere jetzt wohl tut, dachte Ferro. Unsicherheit überfiel ihn. Es ist ein verdammt dummes Gefühl, in einem Zimmer zu sein, ohne zu wissen, ob man allein ist.

Ermano Ferro räusperte sich.

Stille.

Er räusperte sich stärker.

Männlich stärker. Nachhaltig.

Räuspernde Männer kann man nicht überhören. Das Räuspern eines Mannes ist wie der verhaltene Brunftschrei eines Hirsches. Ihn zu verstehen bedarf es keiner Vorbildung.

Ferro lauschte.

Stille.

Leise zog er die Schuhe aus und schlich auf Strümpfen zu der spanischen Wand. Zentimeterweise tastete er den Stoff ab; er suchte an den Stellen, wo er an die Holzleisten genagelt war, ein Loch, eine undichte Stelle, einen Stoffehler.

Nichts.

Enttäuscht ging er zum Bett zurück und setzte sich wieder.

Zu hoch ist sie auch, grübelte er. Hinüberblicken kann man nicht. Wozu gibt man mir ein Doppelzimmer, wenn man solch eine dumme Stoffwand dazwischen stellt? Was soll dieses entehrende Mißtrauen?

Ich werde mich morgen bei der Direktion beschweren und meine Zusage einer Empfehlung an meine südamerikanischen Freunde zurückziehen.

Ein neuer Gedanke kam ihm. Er ging ans Fenster und schloß einen Fensterflügel. Dann angelte er um die Wand herum und versuchte, den zweiten Flügel zu erhaschen. Was er sah, war die Ecke eines weißen Kleiderschrankes.

Und es blieb still.

Wütend ging er zurück zu seinem Bett. Nicht mal ein Balkon ist vor dem Fenster! Es blieb nur das Taschenmesser, etwas brutal und plebejisch. Außerdem war jetzt klar, daß er allein im Zimmer war. Einen um die Wand tastenden Männerarm kann man nicht übersehen. So etwas nimmt keine Frau widerspruchslos hin.

Was soll man jetzt tun, dachte Ferro. Warten? Sich ausziehen und ins Bett legen? Das könnte die Dame als eine zu deutliche Aufforderung ansehen.

Sollte man hinterher in die Halle gehen und etwas für die Firma tun? Irgendwo und irgendwann würde man Frau Sabine Sacher sehen und versuchen, sich ihr zu nähern.

Ermano Ferro entschloß sich nach längerem Nachdenken für das Warten. Er setzte sich in den Sessel, knipste das gemeinsame Deckenlicht an und las in der Abendzeitung, die die Direktion auf den Tisch gelegt hatte.

Nach wenigen Zeilen legte er sie wieder zurück. Seine Nerven zitterten. Woher soll ein Mann die Ruhe zur Lektüre nehmen, wenn gleich nebenan eine Frau sich auszuziehen beginnt? Nervös fingerte er sich eine Zigarette aus der Schachtel, die er sonst nur für Mandanten dabeihatte, und paffte vor sich hin.

Ferro-Bornemeyer bekam einen erotischen Komplex. Er träumte, er malte sich die Zukunft aus, als sei er ein Toulouse-

Lautrec. Er schwelgte in Bildern und übertraf Rubens'sche Frauenideale.

Sie soll hübsch sein, dachte er selig. Vielleicht ist sie blond, blond war schon immer seine stille Sehnsucht. Als Student wohnte er einmal bei einem Bierausfahrer, der eine blonde Tochter hatte. Sie hatte ihn nie beachtet, weil er arm und blaß war. Aber das Blond ihres Haares hatte ihn zu heimlichen Gedichten angeregt und blieb in ihm haften.

Gleich wird sie hinter der spanischen Wand sein, träumte er weiter, und sich ausziehen. Es wird rascheln, erst das Kleid, dann die seidenen Dessous, leise wird das flordünne Nachthemd rauschen, ein Hauch von Blüten wird durch das Zimmer schweben, süß, betörend, lockend, ihr Parfüm, sie wird sich die Haare kämmen, ein jeder Strich des Kammes durch die Locken wird knistern vor Elektrizität und Temperament, dann wird das Bett knarren, vielleicht seufzt sie auch einmal, sehnsuchtsvoll, begehrend, und dann löscht sie das Licht und schläft.

Oder, Ferro zog die Stirn in Falten, sie wird sich die Zähne putzen, gurgeln, daß es rasselt, wird ins Waschbecken spucken wie ein Kutscher, sich hinlegen und schnarchen, daß die spanische Wand sich bläht.

Eines wird es auf jeden Fall sein: ein Abenteuer.

Um seine Gedanken nicht ganz entgleiten zu lassen, griff er wieder zur Zeitung und zwang sich, zu lesen. Mitten in einem Artikel über die Konjunktur von mageren Schlachtschweinen klappte die Zimmertür. Er hörte, wie leichte Schritte den einen Teil des Zimmers durchquerten.

Ferro-Bornemeyer warf die Zeitung weit weg.

Sie!

Im Zimmer!

Sie war gekommen!

Ferro hielt den Atem an. Es kam ihm vor, als bliese er mit seinen Bronchien Posaune.

Zunächst geschah nichts. Gar nichts.

Sie ging zum Schrank, öffnete die Schranktür und hängte etwas über einen Bügel.

Dann war es still. Ferro schnaufte die angehaltene Luft aus. Jetzt, dachte er, jetzt! Daß der Schlafpartner schon im Raume war, wußte sie, denn das Licht brannte ja. Außerdem lag der Rauch seiner Zigarette süßlich im Zimmer. Regte dieser männliche Geruch sie nicht auf?

Ferro konstatierte einen Anknüpfungspunkt. Er sorgte für eine Geräuschkulisse. Er erhob sich aus seinem Sessel und ließ ihn laut knarren. Die Dame hinter der spanischen Wand lächelte leicht. Das konnte er nicht sehen. Es war überhaupt gut, daß er nichts sah.

Ferro streckte den Kopf witternd vor. Nichts! Die Dame sprach nicht das erste Wort. Statt dessen ging sie zum Waschbecken und wusch sich die Hände. Man hörte es am Knirschen der Fingergelenke. Der Duft von einem starken Eau de Cologne verfeinerte die Atmosphäre. Ferro-Bornemeyer schnupperte wie ein kleiner Hund hinter einem größeren Bruder und murmelte halblaut: »Ahh!« Dann knitterte er die Zeitung zusammen, beugte sich über das Bett und ließ eine Matratze knarren.

Nichts.

Stille.

Da! Seide raschelte.

Sie zieht sich aus! Wonne, Wonne, sie zieht sich bereits aus!

Ferro-Bornemeyer fühlte plötzlich einen dicken Kloß im Hals. Er wollte ihn hinunterschlucken, aber der Kloß war eigensinnig und klammerte sich in der Speiseröhre fest. Ferro fuhr sich mit beiden Händen in die gefärbten Haare und raufte sie sich. Seine an sich schon durch das Warten überzüchtete Fantasie schlug Kapriolen. Bilder unerhörter Lebensnähe drängten sich ihm auf und zerfetzten sein Gehirn.

Wieder raschelte es. Leiser, dezenter.

Ferro hielt sich die Ohren zu. Sein verzweifeltes Räuspern, das er gegen die spanische Wand schickte, klang wie ein Stöhnen.

Zwei nackte Füße tappten zum Fenster. Ein schlanker, weißer, nackter Arm tauchte für Sekunden auf und öffnete das Fenster wieder, das Ferro geschlossen hatte. Dann trippelten die nackten Füße zurück, tapp, tapp, tapp.

»Ich kann Tabakqualm im Schlafzimmer nicht vertragen.«

Ferro-Bornemeyer zuckte empor, als sei er angestochen. Ihre Stimme! Ihr erstes Wort! Und welch eine Stimme! Energisch und doch voller Melodie! Was sie gesagt hatte, wußte Ferro in diesem Augenblick schon nicht mehr. In ihm schwang allein nur der Klang wider.

»Gnädige Frau.«

Ferro klapperte fast mit den Zähnen. Er stand an der spanischen Wand. Mut und Erregung trieben ihm den Schweiß auf die Stirn.

»Bitte?«

»Ich muß Sie tausendfach um Entschuldigung bitten, daß ich Ihnen solche Unannehmlichkeiten mache. Aber die Hotelleitung, diabolo, Signora, hatte mir mein eigenes Zimmer versprochen und dieses Versprechen gebrochen! Welche Freveltat. Versprechungen sind dazu da, daß man sie hält!« Ferro-Bornemeyer freute sich über diesen doppelsinnigen Satz. Teufel noch mal, was war man doch für ein Kerl! Mutig sprach er weiter: »Ich war untröstlich, als ich erfuhr, daß ich für wenige Tage nur Ihr Zimmer teilen muß. Glauben Sie mir, ich bin unschuldig.« Er stutzte und fügte schnell hinzu: »... daran! Ich verspreche Ihnen, nicht zu schnarchen.«

»Hoffentlich.«

»Sie verzeihen mir?«

»Muß ich ja schon.« Sie lachte. Oh, welch ein Lachen. So lachten die Houris in Mohammeds Paradies. »Wenn Sie schön brav hinter der Wand bleiben, können wir gute Nachbarn werden.«

»Ich schwöre es Ihnen. Ich bin ein milder Mensch.«

»Danke. Ich wußte, daß Sie ein Ehrenmann sind. Ich habe dies nicht anders erwartet, auch wenn es nur wenige Ehrenmänner gibt.« Ihre Stimme wurde fragend. Sie muß neben dem Bett stehen, dachte Ferro-Bornemeyer. In einem durchsichtigen Nachtgewand. Durch seine Schläfen brauste ein Wasserfall. »Man sagte mir, Sie seien Italiener?«

»Sehr recht, gnädige Frau.« Ferro warf sich in die Brust. Sie konnte es nicht sehen, aber sie mußte es am Klang seiner gewichtigen Stimme hören. »Mein Name ist Ermano Ferro, Genua, Automobile en gros und en detail. Größe 1,86, schlank, schwarzlockig, braunhäutig, liebenswürdig, bestimmt Ihr Typ und, das wichtigste, nicht verheiratet ...«

Sie lachte wieder. Wie herrlich muß sie aussehen, wenn sie lacht. Und dazu in einem durchsichtigen Nachthemd.

»*So* genaue Auskünfte wollte ich nicht haben. Um aber auf Ihre letzte Bemerkung zu kommen: Halten Sie es für so wichtig, nicht verheiratet zu sein?«

»Entschieden, Signora! Ein unverheirateter Mann hat immer noch die Chance, bedenkenlos zu lieben.«

»Ein verheirateter nicht?«

»Nicht ohne Skrupel. Vor allem ist es gefahrvoller.«

»Es soll aber Männer geben, die mutig genug sind, allen Gefahren zu trotzen.«

Ferro fuhr sich wieder durch die Haare. Ein tolles Weib, röchelte es in ihm. Er fühlte es heiß durch seine Adern toben. Wenn eine Frau in einem durchsichtigen Nachthemd solche Nachtgespräche führt, werden selbst Greise wieder frühlingsfroh.

»Diese Männer, Signora, sind ein Ideal! Casanova war solch ein Ideal! Und Don Juan. Aber sie sind selten. Immerhin waren aber diese Ausnahmen Südländer wie ich.«

Seine Kühnheit machte ihn trunken. Wie ich mich entwickele, dachte er. Ich werde zum Titanen!

»Es soll aber auch ›ideale Frauen‹ geben, nicht wahr?« fragte sie voller Koketterie.

»Sie sind die Blüten, über die unsere Herzen ins Nirwana wandeln. Sie sind der Samt, von deren Weichheit unsere Hände träumen.«

Ihre Stimme girrte leise. »Man merkt, daß Sie Südländer sind. So romantisch, so voller Bilder. Sie malen mit den Worten. Unterhalten wir uns morgen beim Kaffee weiter?«

»Ich werde die Nacht über wach liegen, wenn ich daran denke, Signora.«

Sie lachte wieder. Es waren Kaskaden, die über silberne Steine herabperlten. »Dann, gute Nacht, Signore Ferro.«

Ferro-Bornemeyer hörte, wie sie in ihr Bett stieg. Eine Hand klopfte die Federn. Jetzt wühlt sie ihren blonden Lockenkopf in die Kissen. Oh!

Ferro stand an der spanischen Wand und suchte noch einmal verzweifelt nach einem Loch in dem Stoff. Das Taschenmesser hielt er in der Hand wie ein Mörder.

»Nicht doch, nicht doch, Signore Ferro!« sagte die Stimme. Es war, als schüttele die Dame dabei den Kopf. »Die Wand hat keinen Fehler. Ich kann Ihren Schatten sehen . . .«

Resignierend trat Ferro an sein Bett zurück und knöpfte sein Oberhemd auf. Wie alt mag sie sein, grübelte er. Wenn sie nun häßlich wie eine Wurzel ist?

»Wenn ich Sie wiedersehen soll, Signora«, sagte er tief atmend, »wäre es herrlich, wenn Sie Ihre Anonymität lüften würden und mir Ihren Namen nennen.«

»Ach! Das hat die Direktion nicht getan?« Sie zögerte ein wenig. Jetzt denkt sie nach. Ferro stieg aus seiner Hose. Er hatte sich an die Wand gestellt, damit sie im Schattenbild nicht den hoseausziehenden Mann sah. »Eigentlich ist das ja kein Geheimnis, wo wir jetzt sogar zusammen schlafen. Also: Ich bin eine Deutsche, komme aus dem Westen und bin verheiratet.«

»Eine besonders würzige Mischung.« Ferro entledigte sich seiner Unterhose. »Und Ihr Name, Signora?«

»Sabine Sacher.«

Hinter der spanischen Wand klirrte etwas. Glas zerbrach auf dem Boden. Aus Ferros Auge war das Monokel gefallen. Entsetzt, starr, ungläubig und zitternd saß er auf seinem Bett. Völlige Hilflosigkeit überfiel ihn.

Das ist doch unmöglich, dachte er. Das kann doch nur absoluter Wahnsinn sein. Eine Halluzination. Ich schlafe mit einer Frau, die ich bewachen soll. Das Problem wurde brennend. Er war ausgeschickt worden, ein ehewidriges Verhalten der Frau Sacher zu berichten, und jetzt wurde er selbst ehewidrig. Diese Erkenntnis machte ihn wehrlos und kopfscheu.

»Sabine Sacher«, sagte er mit letzter Kraft. »Danke. Danke bestens. Ich bin entzückt.« Oh, dachte er dabei. Oh, armer Bornemeyer! »Bis morgen früh also. Gute Nacht.«

Er kroch in sein Bett, rollte sich wie ein Igel zusammen und merkte, daß er fror, obgleich vom Meer her ein warmer Wind ins Zimmer wehte. Er fror erbärmlich. Er zitterte, weil er sich selbst leid tat.

Beim Schein der Nachttischlampe nahm er sein kleines Notizbuch, schaute auf die Armbanduhr und trug mit bebender Hand gewissenhaft ein:

›12. – 23 Uhr. Schlafe mit Sabine Sacher zusammen. Gespräch sehr charmant. Verabredung für morgen früh zum Kaffee.‹

Dann warf er das Buch in eine Ecke und knipste die Lampe aus. Hinter der spanischen Wand hörte er die leisen, regelmäßigen Atemzüge Sabine Sachers. Sie schlief schon. Natürlich schlief sie. Wer so sorglos von der Ehe Ferien macht, hat ein Recht auf Müdigkeit.

Ferro-Bornemeyer lag noch lange wach und starrte an die Decke. Sein Pech gebar selbstzerfleischende Gedanken. Immer war das Schicksal gegen ihn. Immer wurde er getreten. Für sein Schicksal mußte er einen doppelten Hintern haben.

Draußen rauschte das Meer an den Strand. Hochflut. Lachen klang durch die Nacht. In den Strandkörben saßen die Liebespaare und bewunderten den Mond. Ferne Tanzmusik verwebte sich mit dem müden Kreischen einiger später Möwen.

Ferro-Bornemeyer schlief ein, als es dämmerte.

Er träumte unruhig. Wenigstens der Traum entschädigte ihn für die Wirklichkeit.

Die Fahrt durch Paris war schön und langweilig zugleich. Zwar tat der französisch-berlinische Chauffeur alles, um Peter Sacher die Kostbarkeiten der Stadt zu zeigen und auch in jene Gebiete zu fahren, wo beim Einbruch der Dämmerung das Leben erst beginnt. Aber alles dieses zu sehen vom Rücksitz eines Autos aus, allein, mißmutig und gedanklich zwischen Sabine auf Borkum und Coucou auf der Couch hin und her pendelnd, hinterläßt nicht mehr als eine große Leere.

Vor einem kleinen Restaurant in der Rue Etienne ließ Peter sich deshalb absetzen, bezahlte den Fahrer mit einem dicken Trinkgeld und versprach, die Telefonnummer, die der Chauffeur ihm gab, bestimmt anzurufen, wenn er Hilfe und fachmännischen Rat für das Pariser Nachtleben brauchte.

»Ick kenne die tollsten Puppen!« sagte der Chauffeur. »Jerade, wo Sie Architekt sind, da kennen Se doch wat von Formen und Körperbau, wat?«

Peter Sacher nickte und ging in das Restaurant. Er aß zu Mittag, studierte die Mittagszeitungen und las etwas von einem Galopprennen auf dem Pariser Rennplatz Longchamps.

Longchamps, dachte er. Das hat einen Namen unter den europäischen Turfplätzen. Dort trifft sich die Eleganz von Paris. Dort sieht man schöne Pferde und Frauen. Dort muß etwas los sein, was die trüben Gedanken verscheucht.

Wer Laie im Pferdesport ist, wer es nur kennt aus den Wochenschauen und Filmen, hat schnell einen etwas verschrobenen Eindruck von diesem Sport. Auch Peter Sacher machte darin keine Ausnahme. Er las noch einmal die große Anzeige in der Zeitung und legte sie dann zur Seite.

Was braucht man alles für Longchamps, überlegte er.

Zuerst einen grauen Zylinder.

Das ist das markanteste auf den Rennplätzen, wie es im Film immer gezeigt wird: grauer Zylinder, hellgrauer Cut, weiße Gamaschen. Dazu ein Fernglas. Eine dicke Starterliste. Totozettel, Buchmacheradressen und eine dicke Brieftasche voller Geld. Die dazugehörigen schönen Frauen stellen sich dann von selbst ein.

So dachte Peter Sacher. Man sieht, er war ein Laie des Pferdesports. Außerdem stand es so in der Zeitung, die er in der Hand hielt. Ein großes Werbebild war neben dem Text: Es zeigte einige sehr vornehme Herren im grauen Cut mit Zylinder und herrlich schöne Frauen in luftigen Sommerkleidern und breiten, aus Nylon hingehauchten Hüten.

Es stand außer Zweifel, daß ein Rennen in Longchamps zu den großen gesellschaftlichen Ereignissen gehörte und dazu auch den äußeren Rahmen verlangte.

Er bezahlte und trat hinaus auf die sonnenheiße Rue Etienne. An der Ecke zur Avenue de l'Opéra parkte eine Taxe. Es war der französisierte Berliner. Von der Sonnenglut erschlafft, saß er auf dem Fahrersitz, den Kopf zurückgelehnt und schlief. Sein Schnarchen, das aus dem offenen Mund entwich, war gewaltig, der Anblick nicht gerade ästhetisch.

Peter drückte auf die Hupe. Grell schrie sie auf. Der Chauffeur fuhr empor, mit stieren Augen boxte er um sich. »Alarm!« schrie er. »Alarm!« Dann wurde sein Gehirn klar, und er erkannte seinen deutschen Fahrgast.

»Det is'n Ding!« schrie er. »Ick schlafe ein, träum von die Mädcher, und Se wecken mir, als ich jrade zujreifen will. Sacre bleu! Wat is, Landsmann? Noch mal en bißchen durch Paris, oder zur Tagesabsteige, wat?«

Peter Sacher setzte sich wieder auf seinen Rücksitz. »Hinaus nach Longchamps – was halten Sie von der Idee?«

»Schön. Da sind die dicken Brocken. Die kosten aber Jeld, Herr Architekt! Die haben alle ihre eijene Wohnung.«

»Pferde will ich sehen! Sonst nichts. Ich brauche aber dazu noch einige Kleinigkeiten. Vor allem die nötige Kleidung.«

Der Berliner lachte breit. »Vastehe! Grauer Bibi, wat? Graue Schwalbenschwänze und weiße Treter. Sie, ich weeß 'n Geschäft, die so 'n Dreh verleihen. Kleene Kaution und pro Tag 1500 Franken. Det is billiger, als sich die Klamotten zu koofen! Ick fahr Se hin, wat?!«

Er fuhr los, kreuz und quer durch Paris. In einer dunklen Gegend in der Nähe der Rue Riquet hielten sie vor einem kleinen, düsteren, schmutzigen Kleiderladen. In seiner blinden Schaufensterscheibe spiegelten sich der Schmutz der Straße und die grauen Fassaden der Häuser. Hinter dieser Scheibe sah man lange Ständer mit gebrauchten Anzügen aller Farben und Formen. Selbst Uniformen hingen da aus vier Jahrhunderten. Der Fundus eines Trödlers.

»Hier?« fragte Peter Sacher gedehnt und rieb sich die Nase.

»Ja.«

»Das sieht nicht sehr vertrauenerweckend aus.«

»Hier leihen sich die verarmten Grafen ihre Fräcke, wenn sie einmal eingeladen werden. Sylvester holte hier der Fürst Odnisuppoff seine zaristische Uniform. In allen Zeitungen war er abgebildet, weil die sowjetische Botschaft Protest gegen dieses öffentliche Auftreten einlegte. Und der Marquis von Sustière leihte sich . . .«

Peter winkte ab. »Ich glaub' es Ihnen. Aber wenn man so durch die dreckige Scheibe guckt?«

»Det is eben Paris, Landsmann! Det vastehen de Fremden nicht. Hier is det Schmutzigste det Reellste. Je mehr Kronleuchter, um so jrößer de Gauner! Sehn Se sich die Buchläden an. An der Seine die Karren, det sin die Joldjruben! Da kann man wat Schönes koofen für 'n paar Centimes. Da kommen se von den Universitäten, olle Professoren, und kramen in den dreckigen Karren herum.«

Er stieg aus, ging zur Tür des kleinen Ladens und zog an der Schelle. Es schepperte grell, die rostigen Türangeln quietschten, als er die Tür öffnete. Peter Sacher folgte ihm. Daß es so etwas noch im 20. Jahrhundert gibt, dachte er.

Aus dem Halbdunkel des Hinterladens schoß ein rundes Männlein hervor. Es hatte einen riesigen Kopf, der nur aus ineinandergedrehten Haaren zu bestehen schien. In diesem Gewirr von Bart, Löwenmähne, Ohren und Mundschlitz schwankte eine große Goldbrille.

Er betrachtete die Eintretenden ganz genau. Jetzt schätzt er den Preis, dachte Peter. Dann wurde er von einem Wortschwall überschüttet. Er kam mit einem Luftzug, der nach Zwiebeln roch. Der Chauffeur nickte und brüllte dazwischen. Gleich schlagen sie sich, durchfuhr es Peter. Aber nichts dergleichen geschah. Der kleine Mann schien im Bilde zu sein und rannte wieselschnell davon.

Zwischen den Regalen entstand eine Unruhe. Kleider wurden hin und her geschoben, es raschelte laut. Ständer und Stangen schwankten, irgendwo krachte es laut, als fiele eine Decke ein, dann kam das Männlein auch schon zurück, über dem Arm die Ausstattung eines Gentleman tragend.

Grauer Cut, hellgrauer Zylinder, schwarze Lackschuhe, weiße, hohe Gamaschen. Alles breitete es auf einer schmutzigen

Glastheke aus, unter der Talmischmuck in Haufen lag. Mit glänzenden Augen strich es die Revers des Cuts glatt und machte die Geste eines Eroberers, der seinem König einen Erdteil vor die Füße legt.

»S'il vous plait!«

»Bon.« Peter Sacher nahm den Cut, zog seine Jacke aus und probierte ihn an. Der kleine Mann schien ein vortreffliches Augenmaß zu haben. Er schlug die Hände begeistert zusammen und sprang in die Luft wie ein hingeworfener Gummiball.

»Excellent!« rief er schrill. »Un comte!«

»Wie 'n Jraf«, dolmetschte der berlinische Franzose. »Det is wirklich wahr. Se sehen aus! Piekfein! Se haben de richtige Cutfijur.« Er stülpte Peter noch den grauen Zylinder auf den Kopf und schob ihn vor einen großen, blinden, fleckigen Spiegel, dessen unterer Silberbelag abblätterte. »Der schönste Mann von Longchamps. Wat!? Det jibt Chancen bei die Weiber.«

»Ich will Pferde sehen!« sagte Peter Sacher noch einmal betont.

»Det sajen se alle, die nach Paris kommen.«

Peter zog den Cut aus und setzte den Zylinder ab. Er zahlte die Hinterlegungssumme, die der Chauffeur nach einem erregten Handel mit dem Männlein nannte, sah dann sein gräfliches Aussehen in rohes Packpapier verpackt und verließ den Laden mit dem Gefühl, die Pariser nie verstehen zu lernen.

Im Wagen, das Paket auf den Knien, tippte er dem Fahrer auf die Schulter.

»Jetzt müssen wir irgendwohin, wo ich mich unauffällig umziehen kann. Die Rennen beginnen in einer Stunde. Um nach Hause zu fahren, ist es jetzt zu spät.«

Im geheimen fürchtete er, daß Coucou zurückgekommen war. Mit Coucou aber nach Longchamps zu fahren, schien ihm unmöglich. Man sah Coucou an, wer sie war.

»Det werd'n wir och jleich haben«, sagte der Chauffeur. Die Taxe raste in einem mörderischen Tempo durch die belebten Straßen, bremste kreischend vor den Ampeln, schlidderte am Canal de l'Ourcq vorbei. Peter Sacher schloß die Augen. Er hatte nicht mehr die Nerven, das anzusehen, was er selbst in Düsseldorf tat, wie Sabine behauptete, die neben ihm saß und es deshalb wissen mußte.

»Hier ist's«, sagte der Chauffeur. Peter öffnete die Augen. Sie standen vor dem Gare de l'Est.

Mit seinem Paket unter dem Arm verschwand Peter im Gewühl der Reisenden. Auf der Bahnhofs-Toilette zog er sich um. Wie einst der Hauptmann von Köpenick, verließ er wenig später den ungesellschaftlichen Ort in eleganter Gesellschaftskleidung.

In dem kleinen Spiegel vor dem Waschbecken – einmal Waschen 30 Francs – kämmte er sich sorgfältig, setzte dann seinen hellgrauen Zylinder auf, gab dem Toilettenwärter, der ihn sprachlos beobachtete, ein fürstliches Trinkgeld und verließ dann den Gare de l'Est.

Auf dem Bahnhofsvorplatz stand der Chauffeur und verneigte sich tief.

»Herr Jraf, die Pferde sin jesattelt! Wenn Se jetzt noch am Toto 'ne Stange Jeld jewinnen, taufe ick mir um und nenne mir nur noch Nulpe.«

Dann fuhren sie langsam, wie es sich für die sichtbare Würde gehörte, durch das sonnenflimmernde Paris hinaus in den Bois de Boulogne.

Am Rande dieses Pariser Stadtwaldes liegt die Rennbahn von Longchamps. Mit einem Blick auf die Seine Fleuve, mit seiner überdachten Tribüne, den weiß eingefaßten Kurvenplätzen, den Totoständen und dem weißen Start-und-Ziel-Haus ist das große Oval der Rennbahn eine Arena der Haute Couture, eine Naturbühne schöner Frauen in Kleidern von Dior, Fath und Schiaparelli, ein Zirkus männlicher Raubtiere und ein Irrgarten dummer Eitelkeiten.

Auf Longchamps gesehen und bemerkt zu werden, ist der Höhepunkt der Saison. Eine Frau, über die man in Longchamps nicht spricht, verliert ihr gesellschaftliches Renommé.

Das alles hatte Peter Sacher einmal gelesen. Es war ein bissiger Kommentar, dessen er sich jetzt erinnerte. Aber als sie langsam in die Allée de Longchamps einbogen und sich in den Korso der eleganten Wagen einreihten, eine popelige Taxe unter den chromblitzenden Ungeheuern der Straße, verstand Peter, was es hieß, mit Anstand und Würde borniert zu sein.

Zwischen schattigen Bäumen fuhren sie im Schrittempo dahin, bewunderten die Garderoben der Damen in den offenen Luxuskabrioletts, die ihre Liebhaber auf Wechsel laufen hatten, ließen sich bewundern und ahnten, welchen Glanz sie in Longchamps selbst zu erwarten hatten.

Am Eingang zur Rennbahn, umgeben von riesigen Parkplätzen und den Begleiterscheinungen der Zivilisation in Gestalt von nicht zählbaren Verkaufsbuden für Andenken (trabendes Pferdchen aus Gips nur 100 Francs), Eis, türkischen Honig, belegte Brötchen und eindeutige Zeitschriften in neutralem Einband, hielt die Taxe an. Der Chauffeur drehte sich grinsend um und nickte.

»Da sind mer! Und nun viel Spaß, Landsmann! Meine Nummer haben Se ja noch, wat?«

Peter bezahlte schnell, stieg aus dem Wagen, reckte sich diskret, setzte den Zylinder gerade und sah sich um. Hinter ihm fuhr der Wagen an, zu früh, denn Peter Sacher wirbelte herum und winkte verzweifelt dem wegrasenden Auto nach.

Eine Feststellung raubte alle Haltung, die sein Äußeres darbot.

Er war neben einigen Rennstallbesitzern einer der wenigen Besucher des Rennens in grauem Zylinder und grauem Hut. Niemand dagegen trug weiße Gamaschen. Die Männer hatten der Hitze wegen ihre Röcke irgendwo aufgehängt . . . im Hemd, die Ärmel hochgerollt, standen sie neben ihren eleganten Damen.

Peter Sacher stand verlassen vor dem Eingang. Hunderte von Blicken sahen zu ihm hin. Man beobachtete ihn. Man bewunderte ihn: Bei der Hitze formvollendet! Er war zum Mittelpunkt geworden.

Mit steifen Knien ging Peter zum Eingang und löste eine Karte. Die Blicke folgten ihm. Er spürte sie in seinem Rücken. Wie tausend Nadeln stach es ihm im Nacken.

Alte Schule, dachte man. Und schwer reich. Wer bei 30 Grad im Schatten um seiner Kleidung und Vornehmheit willen schwitzt, muß so viel Geld haben, daß er schon gar keine körperlichen Bedürfnisse mehr hat.

Einige Damen, leider etwas zu auffällig geschminkt, um zur first class zu gehören, schoben sich an ihn heran und lächelten ihm zu. Ein Buchmacher stürzte auf ihn zu. Er zeigte ihm eine lange Liste mit Pferdenamen und nannte Zahlen. Als er hintereinander französisch, englisch, spanisch, italienisch, deutsch und russisch gesprochen hatte und der graue Mann noch immer schwieg, zog er sich schulterzuckend zurück.

Ein Nabob, dachte er. Man sollte auch noch indisch lernen.

Ein Herr, der eine Binde mit der Aufschrift ›Rennleitung‹ um den Arm trug, kam auf ihn zugeeilt.

»Comte de Reilly?« fragte er mit einer tiefen Verneigung. Peter schüttelte den Kopf. Mit heiserer Stimme sagte er schwach:

»Non.«

Dann fiel ihm ein, daß ein Franzose immer für Höflichkeiten aufgeschlossen ist. Er verneigte sich ebenfalls leicht und stellte sich vor: »Peter Sacher.«

Der Herr von der Rennleitung zerschmolz.

»Oh!« rief er enthusiastisch. »Monsieur Sacher?!« Sein Deutsch war grauenvoll, aber Peter verstand es und erbleichte. »Ich kenne Österreich! Ich war ein Jahr lang dort. Wien, oh, Wien! Ein Märchen, Monsieur Sacher. Und in Ihrem Hause habe ich oft gesessen und Kaffee getrunken! Ein wunderschönes Haus, das Hotel Sacher. Und die Torte! Die Sacher-Torte, eine Erfindung Ihrer Frau Mama, nicht wahr? Ein Gedicht! Noch nie habe ich solch eine Torte gegessen! Sie zergeht auf der Zunge! Welche Ehre, Sie hier zu sehen, Monsieur Sacher.« Er winkte einer Platzanweiserin. »Für Monsieur Sacher eine Loge!« rief er laut, damit es alle hörten.

Peter wurde es unheimlich. Er drückte dem Herrn von der Rennleitung die Hand, schielte zu den anderen Besuchern und sah, daß einige Herren ihren Damen erklärten, was ein Sacher für Österreich und Wien bedeutet, und ging schnell der Platzanweiserin nach auf die Tribüne.

Dann saß er in der Loge, hatte ein dickes Programmheft vor sich liegen und kam sich wie eingesperrt vor. Eine unsinnige Wut auf alle Filme überkam ihn, die Rennplatzbesucher nur in Cuts mit grauem Zylinder darstellten.

Verstohlen blickte er sich um. Der französische Hochadel saß um ihn herum. Die roten Bändchen der Ehrenlegion schimmerten in den Knopflöchern. Die Damen sahen aus, als wollten sie mit ihrer unwirklichen Schönheit beweisen, welch häßliche Zwerge doch die Männer sind. Es war, als konzentrierte sich das Interesse nicht auf die Pferde, sondern um den zugeknöpften, graubetuchten Gast, der einsam in einer Ehrenloge saß, standhaft schwitzte und so vornehm war, daß er weder rechts noch links schaute.

Peter Sacher tastete nach seinem Fernglas. Es baumelte vor der Brust und schien einen Zentner zu wiegen. Wenn ich es jetzt an die Augen halte, brechen mir die Arme ab, dachte er. Ich bin völlig vernichtet. Ich bin eine Witzfigur. Wenn es nur einen Ausweg gäbe, unbemerkt wegzukommen. Aber wer ist unbemerkt, wenn er einen hellgrauen Zylinder, grauen Cut und weiße Gamaschen trägt?

Von ›Start und Ziel‹ leuchtete die Tafel mit den Namen der Pferde des ersten Rennens. Auf den Tribünen war ein Kommen und Gehen zum Totalisator. Die Buchmacher und ihre Gehilfen schrien sich zu, die letzten Wetten wurden abgeschlossen. Die Pferde wurden hereingeführt und stellten sich hinter der Startleine auf. Die bunten Seidentrikots und runden Kappen der Jokkeys glänzten wie Ölfarbflecke, die von einer Palette gelaufen waren. Ein vieltausendfaches Stimmengewirr lag über dem riesigen Oval der Rennbahn. Irgendwo klingelte hell eine Glocke. Das Seil schnellte in die Höhe, die Pferde rasten über die in der Sonne flimmernde Bahn.

Rufe gellten auf. Noch einmal nahmen die Buchmacher Wetten an. Hunderte von Ferngläsern verfolgten die wirbelnden Beine.

Allein Peter Sacher hatte den ersten Start verpaßt.

Er hatte Streit.

Streitobjekt war ein hellbrauner, süßer Seidenlanghaardackel. Er war in die Ehrenloge geschlüpft, hatte die weißen Gamaschen Peters beschnuppert und dann mit hochgezogenen Lefzen und bleckenden Zähnen angebellt.

Zunächst hatte Peter nichts von seinem Logengast bemerkt. Er studierte die Startliste und schwitzte erbärmlich.

Der Dackel hatte, nachdem er in die Loge geschlüpft war, zunächst den fremden Menschen genau betrachtet. Dann hatte er die weißen Gamaschen erst beschnuppert, intensiv beleckt, mit den Zähnen darüber gekratzt, bis er seine nasse, spitze Schnauze unter das graue Hosenbein schob. Hier kam er an eine glatte, schwitzende Haut, was ihn reizte, ebenfalls liebevoll zu lecken.

Die erste Reaktion ahnungsloser, beleckter Menschen ist ein Tritt. Das aber empfand das Hündchen als ungerecht. Er war liebevoll gewesen und wurde dafür getreten. Außerdem verletzte der Tritt die Umgangsformen des Hundes. Wenn Menschen sich vorstellen, sagen sie ihren Namen; ein Hund kann nicht sprechen. Er stellt sich durch heftiges Schwanzwedeln, Beschnuppern und Belecken vor. Sage mir, wie du riechst, und ich sage dir, wer du bist.

Peter Sacher hatte in seiner Situation keinen Sinn für Tierpsychologie. Er war bis unter die Haarwurzeln verärgert und verbat sich energisch das Beschnuppern und Belecken seines Beines.

Nach Art der Menschen trat er also. Der Dackel, tief beleidigt, biß grimmig in den vorschnellenden Schuh.

Dann bellte er. Grell, wild, sich überschlagend.

Von den Nebenlogen schaute der französische Hochadel hinüber. Er war konsterniert. Das Kläffen des Hundes störte die durch Wetten gestützte Weihe des Rennens. Man wollte Amira siegen sehen, aber keinen Dackel im Amoklauf.

Peter Sacher erkannte, daß sein Bleiben nur noch eine Provokation sein würde. Während die Pferde unten in die Zielgerade einliefen, verließ er die Loge.

Der Dackel, einmal aus der Fassung geraten über soviel menschliche Unhöflichkeit, folgte ihm geifernd.

Wütend ging Peter von der Tribüne zum weißgestrichenen Zaun, der das Rennfeld einsäumte. Dann hob er seinen Stock und versuchte, den kläffenden Hund zu verscheuchen.

Hunde haben etwas gegen Stöcke. Ihre tiefe Abneigung teilen sie da mit den Kindern. Auch der wilde Dackel verdoppelte sein Bellen, umkreiste den grauen Mann, sträubte die Rückenhaare und schnappte nach dem Stock, wenn er in seine Nähe kam.

Eine helle Stimme ließ Peter und Hund aufblicken.

»Papillon! Papillon!« rief sie. »Hierher! Kommst du wohl! Läßt du den alten Mann in Ruhe!«

Peter Sacher zuckte zusammen, als sei ihm ein Felsstein auf den Kopf gefallen. Alter Mann! Er gab dem Dackel noch einen St›ckhieb, dem er geschickt auswich. Dann drehte er sich um und sah die Sprecherin giftig an.

Eine Dame in einem weißen Seidenkleid bahnte sich einen Weg durch die Menge. Sie trug einen großen, mit bunten Bändern garnierten Strohhut, hatte schwarze Locken, ein schmales, ebenmäßiges Gesicht, war jung und von exklusiver Figur und blitzte aus schwarzen Augen den grauen Mann an.

»Mon papillon!« sagte sie laut und fast verächtlich. »Ein so liebes Hündchen zu schlagen! Sie Rohling!«

Peter Sacher wischte sich den Schweiß von der Stirn. Dazu nahm er den grauen Zylinder vom Kopf. Es war ihm, als sei er von einem Eisenring befreit worden. Verwundert musterte ihn die Junge. Sie hatte den Dackel auf den Arm genommen und streichelte noch immer sein gesträubtes Fell.

Ihr Mund ist blutrot, dachte Peter verwirrt. Ihr Gesicht hat etwas Puppenhaftes an sich. So gleichmäßig. So schön. In ihrem Kosmetiksalon müssen Könner sitzen.

Er ist bestimmt ein Engländer, dachte sie. Und ein Rohköstler. Er sieht so aus. Sie hatte etwas gegen Rohköstler, denn ihr Vater war ein Pariser Metzgermeister. Außerdem kann nur ein Engländer so konservativ auf einem Rennplatz stehen. Und so alt, wie er von weitem aussah, ist er auch nicht. Die angegrauten Schläfen sind im Gegenteil genau das, was zu ihm paßt.

Sie lächelte ein wenig. Dann sprach sie, warum, das wußte sie selbst nicht, in deutscher Sprache weiter.

»Was 'aben Sie gemacht mit meinem 'und?«

»Ich?« Peter Sacher verbeugte sich leicht und setzte seinen Zylinder wieder auf. »Fragen Sie lieber, was Ihr reizender Köter mit mir gemacht hat. Er bellte mich an.«

»Das ist sein Recht gutes.«

»Er beschnupperte mich.«

»Weiß wer, wie Sie riechen?«

»Er schnappte nach meinen Füßen.«

»Er kann nicht leiden weiße Gamaschen.«

»Madame! Ich bitte Sie!« Peter Sacher errötete mehr als durch die glühende Hitze. »Ich kann ja nicht jeden Hund fragen, ob ihm meine Kleidung zusagt.«

»Leider.« Die Dame nahm eine silberne Kette aus der Kleidtasche und befestigte ihren Papillon daran. Dann setzte sie ihn wieder auf die Erde. »Manchmal 'unde 'aben einen besseren Geschmack als Menschen.«

»Soll das ein Angriff auf meine Person sein?«

Die junge Dame schüttelte den Kopf. Hochmütig kann das Biest auch sein, dachte Peter wütend.

»Monsieur, glauben Sie so zu sein interessant, daß ich mich beschäftigen würde mit Ihrer Kleidung?«

»Warum nicht.« Peter war mit Gift geladen bis zur Mundhöhle. Er sah auf seine weißen Gamaschen und verfluchte den Gedanken, nach Longchamps gegangen zu sein. »Ich habe gelesen, daß sich mit den Jahren Hund und Herrin gleichen!«

»Charmant!«

Die Dame lachte laut und bog sich dabei etwas zurück.

Sie lacht mich aus, dachte Peter Sacher. Ich bin ein Clown in ihren Augen. Er biß sich auf die Unterlippe und riß den grauen Zylinder vom Kopf.

Was schon seine Jugend überschattet hatte, brach wieder in ihm aus. Unsicherheit Frauen gegenüber, Hemmungen, Komplexe und zaghaftes Tasten nach den richtigen Worten. Immer hatte ihm etwas von der siegenden Frechheit gefehlt, die Frauen so lieben und von der sie sich so gerne erobern lassen. Männliche Frechheit ist für sie das Salz des Flirts. Jeder andere Mann, der in Longchamps von dem Hund einer reizenden Dame attackiert wird, hätte sich anders benommen als Peter Sacher.

Peter sah das ein. Eine große Gleichgültigkeit vor der Meinung seiner Umgebung und den Blicken der Oberen Tausend überfiel ihn. Er sah auf seinen grauen Zylinder in seiner Hand, dann hob er den Arm und schleuderte das Monstrum weit von sich. Der Zylinder rollte über den Rasen und blieb an einer Pferdetränke traurig liegen. Die junge Dame starrte Peter entsetzt an.

»Aber warum denn?« stotterte sie. »Isch Sie nicht beleidigen wollte.«

Peter fühlte sich befreit. Er riß sich den Plastron, die breite Cutkrawatte, ab und warf sie dem Zylinder nach. Erleichtert knöpfte er das Hemd auf. Ein Herr, der an ihnen vorbeiging, beschleunigte die Schritte. Ein Gentleman, der in grauem Cut seinen Zylinder wegwirft und das Hemd aufreißt, muß einen Wahnsinnsanfall bekommen haben.

»Sie wissen nicht, wie glücklich Sie mich machen«, sagte Peter. Er faßte die junge Dame am Arm und zog sie aus der starrenden Menge weg auf eine Wiese, wo sie unbeobachtet waren. Papillon folgte ihnen knurrend.

»Lassen Sie mich erklären, warum ich aussehe wie ein Clown. Ich bin nicht nach Paris gekommen, um etwas zu erleben. Ich hatte die Absicht, sechs Wochen auszuspannen, abzuschalten, an nichts anderes zu denken als an mich!« Ich lüge schon wieder, dachte Peter. An Sabine sollte ich denken. Er sah das ihm gespannt zuhörende Puppengesicht an und sprach tapfer weiter. »Ich wollte so etwas wie Glück in Paris suchen. Verstehen Sie das?«

»Oh, oui! Paris ist eine glückliche Stadt.«

Sie beugte sich zu dem Dackel hinab und streichelte ihm über das seidige Fell. Peter sah auf ihre bloßen, braunen Schultern. Ihre Haut war glatt, als sei sie gewachst.

»Ich bin noch nie gestreichelt worden«, sagte er.

»Wünschen Sie, daß isch es tue hier auf Rennplatz?«

»Der Neid wäre zu groß, Madame.«

»Kommen Sie«, sagte sie einfach, wandte sich ab und ging. Peter hatte Mühe, ihr zu folgen. Sein verwildertes Aussehen, das ihm den Anschein einer mühsam überstandenen Schlägerei gab, bei der man ihm das Hemd zerrissen und die Krawatte zerfetzt haben mußte, ließ ihm alle Blicke folgen. Auf dem Parkplatz sah er schon von weitem die Taxe des französisierten Berliners stehen. Mit langen Schritten, die junge Dame fast nachziehend, eilte er auf den Wagen zu, riß die Tür auf, schob die Dame samt dem um sich beißenden Dackel hinein, rannte um den Wagen herum, warf sich auf seinen Sitz und stieß dem sprachlosen Berliner in die Schulter.

»Fahren Sie! Schnell!«

Der Wagen schoß vom Parkplatz weg, hinaus auf die Allee, wo er notgedrungen wegen der promenierenden Menschen das Tempo verlangsamen mußte. Peter sah sich um. Es war verwunderlich, daß ihnen niemand wie einem Gangsterwagen folgte.

Der Berliner sah sich kurz um. Sein Gesicht war verschlossen. »Wohin?«

»25. Rue Championnet«, sagte die Dame.

»Das ist auf dem Montmartre, nicht wahr, Madame?«

»Oui.«

Wieder raste der Wagen quer durch Paris. Die Sonne brannte auf das Autodach. Es roch penetrant nach Benzin und heißem Öl. Der Dackel hatte die Pfoten auf den Vordersitz gelegt und leckte dem Chauffeur den Nacken. Bis auf das Schmatzen des Hundes war es still im Wagen. Die Dame und Peter Sacher sahen, jeder auf seiner Seite, aus dem Fenster. Ab und zu schielten sie zu sich hin. Wenn sie sahen, daß der andere es auch tat, wandten sie schnell wieder die Köpfe zur Scheibe.

Die Bäume im Parc de Monceau waren staubig und saftlos. Ihre Blätter waren wie versengt. In den Haustüren von Batignolles saßen auf Rohrstühlen die Concierges und rauchten ihre Pfeifen oder algerische Zigaretten. Einige schliefen im Schatten der Balkone, neben sich ihre struppigen Hunde. Es war einfach zu heiß, um in den Wohnungen zu bleiben.

Rue Championnet. Nummer 25. Ein hohes Haus. Ein halbes Glasdach. Ein Atelier. Ein typisches Montmartrehaus.

Die junge Dame stieg aus, nahm ihren Papillon auf den Arm und ging ins Haus. Peter bezahlte die Fahrt.

»Eigentlich könnte ich Sie für sechs Wochen mieten«, sagte er krampfhaft fröhlich.

Der Berliner nahm das Geld ungezählt und steckte es in die Tasche. Dann kratzte er sich den Kopf und sah auf das Haus Nr. 25.

»Woll'n Se 'nen Rat haben, Landsmann?«

»Wenn er was wert ist.«

»Det is' keene von denen. Ick hab 'nen Blick dafür. Passen Se uff, Landsmann! Nich alles, was auf'n Montmartre wohnt, is dat, wat man sich von Paris vorstellt und für Jugendliche verboten is. Soll ick warten, oder?«

»Ich rufe Sie, wenn ich Sie brauche.«

»Ick habe meenen ständigen Stand am Gare St. Lazare.«

»Danke, Berliner.«

»Nischt for ungut.«

Der Wagen fuhr davon. Peter Sacher stand allein auf der Straße und zögerte, ins Haus zu gehen. Er mußte plötzlich an Sabine denken und schämte sich. Die Haustür öffnete sich wieder. Der Puppenkopf sah hinaus.

»Hier ist kühl«, sagte er. Peter nickte. In mir nicht, mein Mädchen. Ich bin bestimmt der erste Mann deiner Bekanntschaft, der zögert.

Im Hausflur blieb er stehen und sah die steile Treppe empor. Sie verlor sich in einem Halbdunkel.

»Ganz oben!« sagte die Dame. Papillon war nicht zu sehen. Er war anscheinend schon emporgelaufen.

»Gehen wir«, sagte Peter heiser. Er stieg voran, sechs Stockwerke hoch. Ganz oben blieb er vor einer großen Bohlentür stehen. Papillon saß davor und wedelte mit dem Schwanz.

»Voilà!« sagte die Dame. Sie schloß die Tür auf, stieß sie weit zurück und winkte einladend mit der Hand. »Entrez.«

Ein weiter Raum mit einem schrägen Glasdach öffnete sich vor Peter. Staffeleien und viele Gemälde und Skizzen an den Wänden machten das Zimmer bunt und wohnlich. Sie verdeckten die roh geputzte und gekalkte Wand.

In der Ecke des Zimmers stand eine Couch. Davor ein runder Tisch, bedeckt mit Paletten. Drei Sessel, zwei Hocker. Hinter einem zurückgezogenen Vorhang sah er einige Regale mit Töpfen und Geschirr. Auf einem verbeulten Blechtisch stand ein zweiflammiger Gaskocher. An in den Wänden eingeschlagenen Haken hingen Kleider und Unterwäsche frei zwischen einigen Gemälden. Auf dem Atelierboden lag ein handgewebter Teppich. In einer alten Truhe ahnte man die Bettwäsche. Vor dem großen Glasfenster standen Blumen in bunt bemalten Töpfen. Bis an die Decke stieß das große Fenster. Man hatte das Gefühl, unter freiem Himmel zu sitzen.

Papillon war auf die Couch gesprungen und hatte sich grollend zusammengerollt. Die junge Dame ging Peter voraus, zog einen Sonnenvorhang halb vor das Fenster und wandte sich um.

Lächelnd sah sie, wie Peter Sacher die Wände entlang ging, Bild nach Bild betrachtend. Vor einem Männerakt blieb er stehen.

»Soso«, sagte er. »Das malen Sie auch?«

»Er heißt René.«

»Ihr Geliebter.«

»Mein Modell!«

»Das dürfte doch das gleiche sein.«

Er hatte plötzlich eine sinnlose Wut auf diesen René und wandte sich schroff ab. Die junge Dame hob die Schultern.

»Sie scheinen zu verstehen ebensowenig von Malerei wie von Pferderennen.«

»Ein Mann, der sich so, so, na, eben so malen läßt! Ich bitte Sie!«

»Wenn Sie hätten gute Figur, würde ich Sie bitten, sich auch so, so, malen zu lassen!«

»Ich habe eine gute Figur!« sagte Peter schroff. Er war ins Innere getroffen.

»Es gefällt Ihnen nicht bei mir?« fragte die junge Dame. Sie ging zu dem Aktbild und nahm es von der Wand. »Wir können es wegnehmen. Ist es so besser?«

»Wesentlich.« Peter lächelte. Im Winkel seines Herzens hatte er Angst vor dem, was noch entstehen konnte. »Es ist das Paris, das ich suchte.«

»Fast 'abe ich es gewußt.«

Sie ging an ihm vorbei, zog den Sonnenvorhang ganz vor das riesige Fenster und knöpfte ihr Kleid am Hals zwei Knöpfe weiter auf. Rot-weiße Streifen lagen über dem Dielenboden. Die Sonne schien den Vorhangstoff zu durchglühen.

»Setzen Sie sich doch. Papillon tut Ihnen nichts mehr. Er 'at Sie bereits 'alb in sein Leben aufgenommen.«

»Das geht aber schnell.« Peter schluckte.

»In Paris wissen wir zu genau, wie schnell die Zeit vergeht. Wir nützen sie. Setzen Sie sich bitte.«

»Nicht, bevor ich weiß, wer Sie sind, Madame.«

»Ich bin Yvonne Sandou. Sagt Ihnen das etwas?«

»Yvonne Sandou. Eine Melodie in Moll.«

»Namen sind so dumm im Leben. Wir lernen doch keine Namen kennen, sondern Menschen. Daß ihr immer nach den Namen fragen müßt. Yvonne genügt doch. Und Sie?«

»Bei euch würde man mich Pierre nennen.«

»Nur Pierre?«

Peter lächelte. »Was sind Namen, Yvonne?« Sie nickte zurück und wandte sich ab. »Yvonne und Pierre, klingt das nicht wie ein Lied eurer Troubadours?«

»Sie sangen von Liebe, Pierre.«

»Und jeder verstand sie.«

Yvonne ging hinter den Vorhang der Küche. Sie nahm den Strohhut vom Kopf, schüttelte den Kopf, um die Haare zu lokkern und strich sich mit beiden Händen über das Gesicht. Peter sah ihr zu. Er saß auf der Couch, die Hände zwischen den Knien, wie ein befangener Schüler vor seinem Direktor. Die Streifen des Sonnenvorhanges fielen über seinen grauen Cut. Es sah schrecklich aus. Yvonne sah ihn mitleidig an.

»Ziehen Sie doch aus dies schreckliche Ding, Monsieur«, sagte sie. Darauf griff sie hinter den Vorhang und warf Peter einige Kleidungsstücke zu. Eine blaue, enge Hose, ein gelbes Baumwollhemd, flache Sandalen.

Peter betrachtete die Dinge mit Abscheu.

»Von René?« fragte er widerspenstig.

»Von François!«

»Noch ein Liebhaber?«

»Mein Bruder! Er dient jetzt in Algerien bei den Panzern. In einem Jahr ist seine Dienstzeit um.«

»Verzeihen Sie. Ich bin schrecklich unmodern.«

»Wo haben Sie eigentlich Ihre richtige Kleidung?«

»Im Schließfach 178 des Gare de l'Est.«

»Die holen wir morgen ab! Ziehen Sie die Sachen an! Oder schämen Sie sich vor einem Mädchen?«

»Nicht, wenn es schon Männerakte gemalt hat!« sagte Peter giftig.

Er legte seinen Cut ab, zögerte einen Augenblick, ehe er die Hosen auszog, dann stieg er in die blaue Hose, streifte das gelbe Hemd über und angelte nach den Sandalen. Als er einen Blick in den Spiegel warf, der seitlich des Vorhangs an der Wand hing, sah er sich wieder als armer Maler. Nur die Baskenmütze und die Zigarette im Mundwinkel fehlten. Auch so eine dumme Kinomode, dachte er wütend. Immer haben die Maler im Film Baskenmützen und Zigaretten im Mundwinkel.

»Wie viele Männer vor mir haben das schon getragen?« fragte er, weil er nicht kampflos untergehen wollte.

»Warum fragen Sie, Pierre?«

»Es interessiert mich. Ich will mich moralisch umstellen.«

»Eifersüchtig?«

»Man *könnte* eifersüchtig werden, wenn man sich in Sie verliebt, Yvonne! Zu denken, daß in dieser Hose und diesem Hemd ein anderer . . .«

Yvonne lächelte mild. Sie stand in der ›Küche‹ und schraubte eine Kohlensäurepatrone in einen alten Syphon.

»Trinken Sie einen eisgekühlten Whisky-Soda mit mir?« fragte sie statt einer Antwort.

»Sehr gern. Nur, woher habt ihr armen Maler einen echten Whisky? Sie haben wohl einen reichen amerikanischen Freund, Yvonne?«

»Vielleicht.«

»Es wäre peinlich, ihm hier zu begegnen. Vielleicht sogar in seiner Hose.«

Yvonne lächelte wieder. »Glauben Sie, Pierre«, sagte sie milde, »ich ließe Sie bei mir einen Whisky trinken, wenn Charly in der Nähe ist?«

»Aha! Charly heißt die Kanaille!«

Peter Sacher setzte sich ernüchtert in einen Sessel. Er wollte die Beine übereinanderlegen, aber in einer Naht der engen Hose krachte es. Da ließ er es sein und saß steif wie in einem Korsett.

Yvonne spülte zwei Gläser. Sie trällerte dabei ein Liedchen. Sie schien völlig enthemmt zu sein. Ohne Moral. Eigentlich war es herrlich.

Peter stand auf und trat an das große Fenster. Er schob den Sonnenvorhang etwas zurück und sah hinaus. Vor ihm waren die dampfenden Dächer von Paris. Der Kuppelturm des Sacré-Cœur ragte über sie hinaus. Er blitzte, als sei er mit Glassplittern übersät, in denen sich jetzt die Sonne spiegelte. Auf einem Balkon unter dem Dach des gegenüberliegenden Hauses lag ein nacktes Mädchen auf einer roten Decke und sonnte sich.

»Wirklich. Eine schöne Gegend.«

Hinter ihm lachte Yvonne auf. »Liegt Margot wieder in der Sonne?«

Verlegen drehte sich Peter vom Fenster weg. Yvonne stand hinter ihm. Sie zog den Vorhang wieder vor die Glaswand und hakte sich bei ihm unter.

»Komm«, sagte sie zärtlich, »trink mit mir einen Whisky.«

Sie setzte sich Peter gegenüber auf die Couch und zog die Beine an. Wie Coucou, durchfuhr es ihn. Aber sie ist noch schöner. Noch gefährlicher. Er hielt sein Glas hin und sah zu, wie das Sodawasser sprudelnd in den Whisky schoß. Mit einem Zug leerte er das Glas und setzte es dann hart auf den Tisch. Es klirrte laut.

Yvonne hatte dunkle, glänzende Augen, als sie ihn ansah.

»Warum bist du eigentlich nach Paris gekommen, Pierre?«

»Ich wollte einen Freund besuchen.«

»Nur deshalb?« Sie nahm seine Hand und hielt sie hoch. »Du bist verheiratet.«

Peter zuckte zusammen. Eine Viertelstunde lang hatte er nicht an Sabine gedacht, und gerade Yvonne erinnerte ihn an sie. Hatte sie es verdient, daß er jetzt in einem Montmartre-Atelier um seine Fassung rang? Immerhin hatte sie ein Zimmer mit Doppelbett, und das hier ist nur eine einschläfrige Couch! Bei mir ist nichts vorausgeplant!

»Verheiratet? Ja.« Er zog die Hand zurück und streifte den Ring vom Finger, steckte ihn in die Hosentasche und bereute es gleichzeitig. »Oder auch nein. Wie du willst, Yvonne.«

»Du 'ast deine Frau verlassen?«

»Wir haben uns beide verlassen.«

Yvonne schüttelte den Kopf. Sie verstand ihn nicht.

»Du gehörst zu den berühmten Ehemännern, die sooo unglücklich sind? Das ich dir nicht traue zu. Non! Ich verstehe es nicht.«

»Ich auch nicht, Yvonne. Das ist es ja!« Er stand auf und ging an den Sonnenvorhang. Er wagte nicht, ihn zur Seite zu schieben. Margot gegenüber konnte sich noch immer sonnen, und das verwirrte ihn wieder. »Wir sind jetzt sieben Jahre verheiratet. Wir lieben uns. Ist das nicht merkwürdig?«

»O non, das ist ja Sinn von Ehe.«

»Aber wir haben uns nichts zu sagen! Verstehst du?«

»Non! Wer liebt, 'at immer zu sagen, und nicht nur mit Wort. Immer, Pierre.«

Peter Sacher hob hilflos die Arme. »Wie könntest du es auch verstehen? Du bist ein anderer Mensch. Du lebst in Paris, in dir ist ein seliger Hauch von Lebenskunst. Ihr habt das Denken in der Liebe abgeschafft, ihr liebt nur. Und das ist besser, viel, viel besser.«

»Und jetzt bist du gekommen nach Paris, um zu lieben eine andere Frau?«

»Nein. Ich wollte sechs Wochen allein sein und denken. Über alles nachdenken. Siehst du, das ist ja das Dumme an uns, wir wollen eine Liebe retten durch Grübeln! Sabine ist genauso.«

»Sabine ist sie?«

»Ja.« In einem Doppelzimmer, dachte er giftig.

Yvonne war aufgestanden und auf ihn zugekommen. Jetzt nahm sie seine Hand und streichelte sie. »Ich glaube, du denkst schon wieder, Pierre.«

Er nickte. Plötzlich zog er ihre Hand empor und küßte sie. Yvonne ließ es geschehen. Aber sie wehrte sich, als er sie zu sich heranzog, sich niederbeugte und ihre Lippen küssen wollte.

»Nein, Pierre«, sagte sie leise und drehte den Kopf zur Seite. »Nicht.«

»Ich will vergessen, Yvonne.«

»Du kannst sie nicht vergessen. Das ist Lüge. Du willst nur Rache nehmen für gekränkten Stolz. Aber isch bin keine Rache, isch bin Frau wie Sabine.«

»Du bist eine wundervolle Frau!«

Sie sah ihn ein wenig traurig an. »Warum bist du nicht wundervoller Mann, Pierre?«

Später saßen sie wieder nebeneinander auf der Couch und tranken stumm ihren Whisky-Soda. Die Sonne verblaßte langsam. Sie versank wie ein glühendes rundes Stück Eisen hinter den Dächern. Die Ziegel wurden violett. Der Sonnenvorhang vor der Fensterwand war zurückgezogen. Fahlheit verbreitete sich im Zimmer. Auf einem Kissen lag Papillon und schnarchte leise.

Peter Sacher stellte sein Glas zurück und erhob sich.

»Jetzt werde ich wohl gehen müssen«, sagte er laut. »Ich werde aus dem Schließfach 178 meine Kleider holen und ...«

»Und dann?« Yvonne hielt seine schlaff am Körper herunterhängende Hand fest. »Warum du gehen müssen, Pierre? Wartet Freund auf dich?«

»Er ist verreist.« Er entzog ihr seine Hand. »Aber dein Amerikaner könnte kommen.«

»Es gibt keinen Amerikaner.« Yvonnes Lächeln war starr. »Es war alles nur Scherz, Pierre. Kleiner Scherz, um Schutz zu 'aben. Meine Freunde sind die Farben, die Sterne, der Mond, die Sonne, die Schwalben, ab und zu der Hunger und die Tauben, die jeden

Morgen 'erüberkommen von Sacré-Cœur und ihre Brotkrumen 'olen.«

»Du bist ganz allein, Yvonne? Du?«

»Isch 'aben meine Kunst.« In ihren Augen flimmerte es.

»Und, und die Liebe?«

»Sie kommt und geht, wie Tag und Nacht. Sie ist Natur wie Regen und Sonne.«

»Und die große Liebe, die bleibende?«

Yvonne lächelte schwach. »Glaubst du noch an Wunder, Pierre?«

Peter setzte sich wieder und blickte in sein leeres Glas. Yvonnes Nüchternheit dem Leben gegenüber, ihre Illusionslosigkeit, obwohl sie Künstlerin war, stießen ihn in eine andere Welt. Es mag stimmen, dachte er. Wir denken alle zu romantisch. Aber was wäre das Leben ohne dieses bißchen Traum? Mein Gott, wäre es wert, zu leben, ohne die kleine Illusion, unsterblich lieben zu können?

Er sah zur Seite. Die Nähe Yvonnes, ihre nackten Arme, die er an seinen Händen fühlte, der Duft ihres Haares, der Schwung ihrer Brüste und die kleinen Füße, die nackt in Pantoffeln aus bemaltem Ziegenleder staken, das weite Atelier mit den vielen Bildern, die Glaswand, vor der die Nacht von Paris stand – es war ihm, als habe er gar nicht anders gelebt als in der Nähe Yvonnes. Es war alles plötzlich so selbstverständlich. Trotzdem sprang er auf und griff nach seiner hellgrauen Cuthose.

»Ich werde gehen«, sagte er rauh.

Yvonne schüttelte den Kopf. »Bitte, bleib, Pierre.«

»Ich kann nicht, Yvonne. Ich habe schon einmal gesagt, ich bin schrecklich unmodern.«

»Nur dein schrecklicher, äußerer Panzer, Pierre. Da, im Herzen, leg die Hand drauf und fühl es, Pierre, da bist du nicht unmodern. Da bist du nur ein Mensch, wie sie waren seit tausend Jahren.«

Peter Sacher blieb.

Sie machte ein Abendessen. Die letzten Büchsen öffnete sie. Es gab Thunfisch, Weißbrot, etwas Käse und ein Stückchen mageren Speck. Dazu tranken sie aus kleinen Wassergläsern Wermutwein.

»Warum hast du mich mitgenommen in deine Wohnung?« fragte Peter. Er hatte den Arm um ihre nackten Schultern gelegt. Sie hat eine Haut wie ein Pfirsich, dachte er.

»Du tatest mir leid, Pierre.«

»Ich tat dir leid! Aber wieso denn?«

»Wie du da standest mit deinem grauen Cut, mit dem 'ohen, schrecklichen Zylinder auf dem Kopf, Gesicht rot wie Tomate, und alle Leute dich gucken an und lachen 'inter vorgehaltenes Programm, da dachte isch: Armes Kerl! Weiß nicht, wie dumm er aussieht. Da 'abe isch geschickt Papillon zu dir.«

»Was?« Peter Sacher fuhr herum und riß Yvonne an sich. »Du hast den Dackel auf mich gehetzt? Welch ein Luder bist du. Das kostet einen Kuß, Yvonne.«

Er wollte sie küssen, aber Yvonne bog den Kopf wieder zurück.

»Wie rauh du bist, du deutscher Barbar.« Mit beiden Händen fuhr sie ihm in die Haare und schüttelte seinen Kopf. »Nicht einmal küssen kannst du! Was soll denken deine Sabine, wenn du zurückkommst aus Paris und kannst nicht einmal richtig küssen? Schon deshalb mußt du bleiben, du dummer, lieber, wilder Pierre. Ich will dich küssen lehren, mon ami, und deine Sabine wird glücklich sein.«

VIERTES KAPITEL

Wenn man einen Stock in einen Ameisenhaufen steckt, werden hunderttausend Ameisen wild und gehen zum Angriff über.

Wenn an diesem Tage jemand den Rechtsanwalt Dr. Portz ansprach, konnte es geschehen wie im Ameisenhaufen: Er wurde attackiert.

Was sich hinter der dicken Cheftür abspielte, konnte man im Büro nur ahnen, an den schreienden Anweisungen, die ab und zu per Telefon oder Haussprechanlage durch die Anwaltsräume gellten. Zu Dr. Portz zu gehen, war ein Wagnis, vergleichbar mit dem Streicheln eines soeben gefangenen Tigers. Wer es trotzdem wagte, wurde von der Donnerstimme Dr. Portz' erfaßt; sie war wie ein Starkluftgebläse, das jeden wieder zur Tür hinauswirbelte.

Der Anlaß solcher unwirscher Behandlungen war unbekannt. Lediglich der Bürovorsteher, der eine Unterschriftenmappe ins Chefbüro getragen hatte, kam verstört zurück und berichtete, daß Dr. Portz wie ein gebrochener Mann hinter seinem Schreibtisch hocke, mit schlaffen, hängenden Wangen, krauser Stirn und gebeugter Gestalt. »Als ob er einen Schlag bekommen hätte!« sagte der Bürovorsteher.

Begonnen hatte dieser erschreckende Zustand nach der Durchsicht der Post. Unter den vielen Gerichtsschreiben und Schriftsätzen der Gegenparteien war auch ein Brief aus Borkum gekommen.

Absender: Ermano Ferro, Automobile en gros, z.Z. Borkum, Hotel ›Seeadler‹.

Niemand im Büro beachtete das Schreiben. Nur Dr. Portz fiel der Absender bereits unangenehm auf. Wieso ›Seeadler‹, dachte er, bevor er den Brief aufriß! Bornemeyer sollte doch in die ›Seeschwalbe‹ ziehen! Im Adler wohnt Frau Sacher, da hat der Bornemeyer gar nichts zu suchen.

Mit einem unguten Gefühl im Magen riß er das Kuvert auf. Dann las er den Brief, und es begann jener Zusammenbruch seiner physischen Beherrschung, der durch lautes Aufstöhnen während der Lektüre begleitet wurde.

›12 ... 21.30 Uhr. Ankunft in Borkum. Leicht seekrank. Fahre mit Bimmelbahn zur ›Seeschwalbe‹.
12 ... 22.10 Uhr. Kein Zimmer in der ›Schwalbe‹ mehr frei. Ziehe um in den ›Adler‹. Werde Frau Sacher noch heute abend sehen.
12 ... 23.00 Uhr. Habe mit Frau Sacher gesprochen. Wir haben uns geeinigt. Schlafe bis auf weiteres mit ihr zusammen.‹

An dieser Stelle warf Dr. Portz den Brief weg, als gehe er in Flammen auf. Er vergrub das Gesicht in beide Hände und schwankte im Sitzen. Dann sprang er auf, schrie durch die Tür gellend »Kognak!«, warf einige Gesetzessammlungen sinnlos gegen den Bücherschrank und benahm sich tatsächlich wie ein Irrer.

»Schlafe bis auf weiteres mit ihr zusammen.«

Dr. Portz hatte das Gefühl, ein glühendes Eisen schnüre seinen Kopf ein. Er dachte an Peter Sacher, der brav in Paris bei seinem Freund saß, und an seine Pflicht als Anwalt, ihm diesen Vorfall zu berichten. Wie sollte er Peter Sacher mit den Mitteln der Logik klarmachen, daß diese trübe Tasse von Assessor Bornemeyer, der ausgeschickt worden war, eine Ehefrau zur Rettung der Ehe zu beobachten, plötzlich selbst den Scheidungsgrund lieferte?

Die Konsequenzen waren unübersehbar. Ein Angestellter des Anwaltsbüros legt sich mit dem Beobachtungsobjekt einfach ins Bett, es entstehen Ehebruch, Betrug, Scheidung, und das alles unter dem Auftrag, eine Ehe zu flicken.

Dr. Portz war in einer verzweifelten Lage. In Paris wartete Peter Sacher auf den ersten Bericht. Er war brav, ließ sich nichts zuschulden kommen, jedenfalls waren keine nachteiligen Meldungen aus Paris gekommen. Und an diesen korrekten Ehemann, der sich wirklich bemühte, in sich zu gehen, mußte man jetzt schreiben: ›Lieber Peter, Deine Frau liegt mit meinem Assessor Bornemeyer im Bett!‹

Unausdenkbar! Dr. Portz rieb sich den Schweiß vom Gesicht und warf das Tippfräulein, das ihm eine Flasche Kognak brachte, brüllend aus dem Zimmer.

Man hätte den irrsinnigen Auftrag gar nicht annehmen sollen, dachte er. Es bewahrheitet sich immer wieder! Es ist leichter, eine Ehe zu scheiden, als eine angeknackste wieder zu leimen. Außerdem ist ein Sack blutdurstiger Flöhe leichter zu hüten als eine schöne Frau.

Auf keinen Fall aber hätte man Bornemeyer wegschicken dürfen. Ein gehemmter Typ wie er wird zum Raubtier, wenn man ihm alle Zügel nimmt. Das hätte man wissen sollen. Ein Scheidungsanwalt ist dann gut, wenn er auch ein guter Psychologe ist.

Dr. Portz entkorkte die Kognakflasche und trank erst einmal drei Doppelstöckige. Das beruhigte ihn etwas. Seine Gedanken wurden klarer. Der scharfe Alkohol brannte die Erregung fest.

Man muß sich das alles reiflich überlegen, dachte er. Man muß einmal darüber schlafen, morgen sieht alles anders aus. Nur eines ist sicher: Bornemeyer muß sofort aus Borkum zurück!

Pläne sind dazu da, daß man sie schmiedet. Ob sie ausgeführt werden, hängt von vielen Dingen ab, an die man nicht denkt und die plötzlich vorhanden sind. Der schönste Plan aber ist nichts wert, wenn für ihn eine Grundlage fehlt. Für Dr. Portz bedeutete die weitere Durchsicht der Post das Wegrutschen aller gedanklichen Plattformen.

Unter dem Berg von Briefen sah er einen länglichen herausragen, der eine französische Marke trug. Noch bevor er ihn ganz herauszog, wußte er, wer der Absender war. Mit zitternden Fingern riß er ihn auf:

›Bester, guter Ernst!
Paris – ich wollte, ich könnte Dir den Duft dieser Stadt auf die Zunge legen, damit auch Du etwas von dem Glück mitbekommst, das mich umfängt. Wie herrlich muß der Tod Adonis' gewesen sein, der an der Liebe starb.
Guter Freund: Ich liebe! Wirklich! Ich liebe! Ich brenne! Yvonne heißt sie. Ihre Lippen sind ein See, mit Nektar gefüllt. Ihre schwarzen Locken hüllen mich ein wie ein seidenes Gespinst. Ihre Augen, ihre Hände, ihr Lächeln, ihr Gang, die Neigung ihres Kopfes, ihr Hals, ihre Brust (soll ich weiter aufzählen, es würde kein Ende nehmen) – alles an Yvonne ist ein trunkener Kuß. Ich friere bei dem Gedanken, daß in sechs Wochen alles vorbei sein soll. Ich schaudere in meinem Rosenbett bei dem Gedanken an Düsseldorf und an die stillen, schläfrigen Abende in Kaiserswerth.
Hier bin ich ein Mensch – hier kann ich's sein!
Hebe das Papier dieses Briefes an die Lippen und spüre, wie Blütenduft ihm entquillt. Es ist das Parfüm Yvonnes. In diesem Hauch des Paradieses lebe ich und fühle die Jugend wieder in meinen Adern.

Beneide und beglückwünsche mich. Des Glückes ist kein Ende mehr.

Dein Peter.‹

Dr. Portz hob den Brief nicht an die Nase und schnupperte das Parfüm des Paradieses – er schleuderte das Papier in den Papierkorb und griff zum Kognak.

Sabine Sacher mit meinem Assessor Bornemeyer und Peter Sacher mit einer Yvonne, die Lippen wie Nektarseen hat. Das war auch für einen Riesen wie Portz nicht zu verkraften.

Das Maß der Dinge aber sprengte ein zweiter Bericht Assessor Bornemeyers, den Dr. Portz als untersten Brief hervorzog. Als er den Poststempel sah, warf er das Schreiben erst einmal weit weg und setzte sich erschöpft in einen der Sessel, in denen sonst seine klagenden Klienten saßen und ihn mit trauriger Miene glaubenheischend belogen.

So geht es nicht weiter, das war der Gedanke, der sich im Gehirn Dr. Portz' immer wiederholte und der wie ein Kreisel durch seine Hirnwindungen lief. Die ersten drei Tage des Eheexperimentes sind bereits eine Katastrophe. Wie wird es erst aussehen, wenn sechs Wochen herum sind? In 42 Tagen kann, wenn es so weitergeht, die Erde von der Blutrache in den Strudel Sacherscher Entgleisungen gezogener Familien überschwemmt sein! »Nur eins gibt es«, sagte Dr. Portz laut zu sich selbst. »Sie müssen alle wieder zurück nach Düsseldorf! Amerikanische Psychologie ist eben nichts für einen Rheinländer!«

Nach dieser Selbstberuhigung holte er den zweiten Brief Bornemeyers aus der Ecke und las ihn.

›13 . . . 10 Uhr morgens. Treffe mich mit Sabine Sacher im Kaffeesalon. Süße Frau! Gesteht mir, daß sie zur Zeit völlig ungebunden ist. Kann als ehewidrig ausgelegt werden! Ich pflichte ihr bei, was sie zu ermutigen scheint. Anschließend Wanderung durch die Dünen.
11.27 Uhr. Habe Sabine geküßt. Küßt wunderbar. Zeugen: Ein Strandwärter, zwei Badegäste (Namen und Anschriften in der Anlage) und ein Fischer. Sabine ist entzückend. Haben uns für 14 Uhr zum Baden verabredet.
Zum Abschied wieder Kuß.
12.05 Uhr. Zeugen: sieben Kurgäste auf der Promenade (Namen und Anschriften in der Anlage) und zwölf Kinder im Al-

ter von 5–13 Jahren. Da minderjährig, als Zeugen nicht vorschlagbar.
Nächster Bericht übermorgen.

gez. Bornemeyer.‹

Dr. Portz zerknüllte den Brief in seiner Hand. Den Papierknödel warf er irgendwohin. »Dieses Theater ist zu Ende!« brüllte er gegen die Wand, vor der er stand. »Beide kommen zurück! Und ich sperre sie so lange in meinem Büro ein, bis sie wie die Turteltauben um meinen Schreibtisch gurren! Und wenn's ein Jahr dauert! Und Bornemeyer, Bornemeyer . . .«

Dr. Portz ballte die Fäuste. Sie sahen aus wie Schmiedehämmer. Er wußte nicht, was er mit Bornemeyer tun würde, aber irgend etwas tat er.

An diesem Morgen empfing Dr. Portz keine Klienten mehr. Sogar ein Generaldirektor mußte gehen. Die Auskunft »Kann ich die kleine Wohnung meiner Geliebten als Betriebsunkosten von der Steuer absetzen?« gab ihm der Bürovorsteher.

Dr. Portz schrieb zwei Briefe.

Einen an Ferro-Bornemeyer. Strikte Weisung, sofort, *sofort!!!* zurückzukommen. Mit Sabine Sacher! Wie Bornemeyer das schaffte, war seine Sache. Hatte er es geschafft, mit Frau Sacher im Doppelbett zu schlafen, würde er auch das schaffen!

Der andere ging nach Paris.

›Rückkehr dringend erforderlich. Deine Frau plötzlich sehr erkrankt. Völlige Störung des Hormonhaushaltes. Der Beistand des Mannes ist sehr erwünscht. Außerdem stammt der Wunsch Deiner Rückkehr von Sabine selbst Portz!‹

Eigenhändig trug er diese Briefe zur Post. Bevor er sie in den Briefkasten warf, sah er nochmals auf die Kuverts.

»Das ist das letzte Mal, daß ich Schicksal spiele«, dachte er. Dann hob er die Klappe des Briefkastens und warf die Briefe hinein.

Die Post hatte wieder sinnloses Geld verdient.

Beide Briefe kamen zu spät.

In den Dünen außerhalb des regen Badebetriebes, gedrückt in das harte Strandgras, lagen Sabine und Ermano Ferro auf ihren Bademänteln und sonnten sich.

Sie trug einen golden leuchtenden Badeanzug. Wie eine Goldbronzehaut umschloß er ihren schönen Körper. Durch die schwarzen Haare hatte sie ein rotes Band geschlungen. Ihre schon angebräunte Haut glänzte vom Sonnenöl; auf ihren geschlossenen Lidern tanzten winzige Schweißperlen.

Ermano Ferro sah sie oft an und seufzte leise, aber mit südländischem Charme. Sabine überhörte es schicklich, aber unter den Wimpern hinweg beobachtete sie ihn.

Seine weiße Haut, die so gar nicht nach Süden aussah, stach kraß von seinem Gesicht ab, das braun war. Ferro hatte Sabine dieses Phänomen erklärt, als er sich zum erstenmal entblößte, weil es gar nicht anders ging, denn man kann ja nicht voll angezogen neben einer dreiviertel nackten Frau in den Dünen liegen.

»Mein Beruf schreibt immer strengste Kleidung vor«, sagte er, sogar wahrheitsgemäß. »Nur das Gesicht und die Hände können die Glut der Sonne aufnehmen. Dafür ist aber alle verlorene Glut in meinem Herzen aufgespeichert, Signora.« Und als Sabine ihn noch kritisch ansah, fügte er unter einem wohltönenden Seufzer hinzu: »Außerdem ist mein Antlitz verbrannt unter den Strahlen Ihrer Sonne, Signora. Mein Körper hat diese Gunst noch nicht gehabt.«

Da wurde sie hellrot, wandte sich ab, legte sich auf den Bademantel und schloß die Augen.

Eine Frau, die errötet und stumm bleibt, hat eine Schlacht verloren. Bornemeyer kannte dies nur aus Romanen und Filmen. Er machte die Wahrheitsprobe, beugte sich über Sabine und küßte sie. Sie wehrte ihn nicht ab, und wenn sie ihn auch nicht wiederküßte, so war doch die Duldung ein vollendeter juristischer Akt. Bornemeyer meldete den Kuß demnach auch gewissenhaft an Dr. Portz, ahnungslos ob der Wirkung, die er damit in Düsseldorf erzeugte.

Der Kuß Nummer zwei war eine Überrumpelung, von der Bornemeyer allerdings nichts schrieb. Er war neben Sabine hergegangen, war plötzlich stehengeblieben, hatte sie angeblickt und mit Spannung in der Stimme gesagt:

»Psst! Ganz still, Signora! Auf Ihrer Nase sitzt ein Käfer.«

Sabine hatte auf die Nase geschielt, aber sie hatte nichts gesehen. Desungeachtet hielt sie still. »Wo?« fragte sie nur.

»Er ist für Sie im Moment unsichtbar. Ich sehe es ganz genau. Es ist ein Käfer von der Gattung cephalus eroticus. Ich nehme ihn jetzt weg. Ganz still halten und die Augen schließen.«

Gehorsam folgte Sabine dieser Anweisung. Als sie den Kuß spürte, wehrte sie sich wieder nicht; sie war auch nicht böse oder entrüstet, sondern öffnete nur die Augen und meinte:

»Bester Signore Ferro, das hätten Sie einfacher haben können. Wozu diese faden Tricks?«

Zwei Tage war das her. Zwei Tage, in denen Ferro-Bornemeyer kaum ins salzige Meerwasser ging, weil er in einem süßen Meer des Glückes schwamm.

Heute nun lagen sie wieder in den Dünen in der Nähe der Kiebitz-Delle, sonnten sich, sprachen wenig, dachten um so mehr und hatten beide ein wenig Angst, wie es sechs Wochen lang weitergehen sollte, ohne weiter zu gehen als bisher. Ab und zu, in Abständen von zehn Minuten, küßte Ferro den ausgestreckten nackten Arm Sabines, »um die Hitze individuell aufzulockern«, sagte er einmal, und kam sich ungeheuer klug und witzig vor, seufzte dann jedesmal tief als Ausdruck seiner unterdrückten Sehnsucht und wagte es sogar einmal, Sabines Schenkel zu streicheln, was ihm ein »Na, Herr Ferro!« einbrachte. Da ließ er es sein und beschränkte sich auf Seufzer.

Sabine Sacher dachte bei den 10-Minuten-Intervall-Küssen intensiv an ihren Mann Peter. Nicht wegen der Küsse, die Ferro als so unverbindlich betrachtete, wie sie Sabine auch hinnahm, sondern weil ihre Gedanken sich damit beschäftigten, was wohl Peter jetzt in Paris machen würde. Sicherlich war er in galante Abenteuer verstrickt, denn müde Stiere werden immer munter, wenn sie auf fremden Weiden grasen.

Außerdem hatte sie gestern in Düsseldorf angerufen. Nein, hatte das Postamt ihr Auskunft gegeben, ein Peter Sacher hatte nicht nach postlagernden Sendungen gefragt. Auch ein Nachsendeantrag liege nicht vor. Das hatte sie bitter enttäuscht. Peter brach alle Brücken ab. Er nahm die sechswöchige Freiheit so ernst, als wolle er sich an sie gewöhnen, anstatt durch sie für die Weiterführung der Ehe geläutert zu werden. Vielleicht erreichte man gerade das Gegenteil des gewollten Erfolges!

Sabine begann, ängstlich zu werden. Ihr eigener Plan wuchs über sie hinaus. Das war vielleicht auch der einzige Grund, daß sie sich von Ferro so einfach küssen ließ. Innerlich war sie völlig unbeteiligt, etwa, als wenn man zu einem Hund sagt: Gib Küßchen! Seine gelackten Haare und der Menjoubart stießen sie sogar ab. Nur Geist hatte dieser Ferro, das erkannte sie an. Der Gedanke aber, sich in ihn zu verlieben, war absurd.

Sabine legte den Kopf zur Seite und schloß die Augen. Müdigkeit überfiel sie unter dem warmen Lichtmantel der Sonne. Alle Geräusche um sie herum schienen wie in Watte gepackt zu sein. Nur das Meer rauschte herrlich, bis es zu einem Wiegen wurde, das sie hinübertrug in den Schlaf.

Sie wußte nicht, wie lange sie so gelegen hatte. Es war ein Dämmerzustand, ein Schweben an der Oberfläche des Schlafes, in dem man die Geräusche vernimmt wie ein Summen. Als sie die Augen öffnete und in die Sonne blinzelte, sah sie Ermano Ferro auf dem Rücken liegen und mit seiner großen Sonnenbrille spielen. Er wartete korrekt, bis sie aus ihren Träumen erwachte. Sie fand es anständig von ihm.

»So nachdenklich?« fragte sie.

Mit einem Ruck drehte sich Ferro zu ihr.

»Gut geschlafen, Signora?«

»Ich habe nur ein wenig geträumt.«

»Von mir, Carissima?«

Sabine schüttelte lachend den Kopf. »Leider nicht, Ermano. Ich träumte vom Meer.«

Ferro hob die Fäuste und schüttelte sie. »Dieses Meer!« rief er leidenschaftlich. »Ich bin eifersüchtig auf das Meer. Es darf dich umarmen, wenn du hineinsteigst, und es darf dich küssen, wohin es will! Oh! Ich möchte nur ein Tropfen dieses Meeres sein!«

Ferro-Bornemeyer kam in Schwung. Ein herrlicher Gedanke kam ihm. Er erfaßte beide Hände Sabines und zog sie an seine Brust.

»Sabine, wir werden das Meer bestrafen! Fahren wir hinaus zu den Robbenriffen. Mit einem kleinen Boot! Und dort will ich dich küssen, bis das Meer neidisch wird!«

»Sind alle deine Landsleute so stürmisch?!«

»Wir leben zwischen Vesuv und Ätna. O Favorita, wir sind selbst Vulkane!«

Er wollte sie wieder stürmisch küssen, aber ein Räuspern hielt ihn zurück. Oben, auf dem Kamm der Düne, stand ein Herr in einem weißen Anzug und sah auf sie hinab. Auf dem Kopf trug er einen Panamahut. Er stützte sich auf einen Bambusstock und sah so aus, wie man sich wohlsituierte Herren vorstellt.

Der ungebetene Beobachter Ferroscher Liebessentenzen zog höflich den Hut, machte ein zerknirschtes Gesicht und sagte, mit einem Blinzeln in den Augenwinkeln:

»Verzeihen Sie einem alten Mann, wenn er die Unterhaltung junger Leute stört, vor allem, wenn sie so verliebt sind wie Sie. Aber ich habe Sie gesucht und freue mich, Sie gefunden zu haben, Herr Ferro.«

Bornemeyer erblaßte unter seiner Schminke. Er kennt mich, durchrann es ihn heiß. Das heißt, er kennt einen Ermano Ferro! Ich habe nie gedacht, daß es wirklich einen Menschen mit solchem Namen gibt. Ich habe ihn mir selbst erdacht.

Ferro erhob sich langsam. Er klopfte sich den Seesand von der Badehose und atmete tief durch. Kühnheit war die einzige Rettung. Bornemeyer wurde kühn.

»Sie kennen mich?« fragte er kühl.

»Persönlich hatte ich noch nicht die Ehre.« Der alte Herr verbeugte sich korrekt. Erst vor Sabine, dann vor Ermano. »Von Bergenfeldt. Ich hörte in meinem Hotel, daß Sie, Herr Ferro, auf Borkum sind. Alle Welt spricht ja von Ihnen. Sie haben in Genua eine Autofirma?«

»Ganz recht.« Ferro-Bornemeyer fühlte, daß er zu schwitzen begann. Verzweifelt suchte er nach einem Ausweg. Was will er bloß, dachte er. Kannte der Baron seine Firma? War er in Genua gewesen und wollte über die Stadt plaudern? Bornemeyer kannte Genua nur vom Atlas und Lexikon her. In der Schule hatte er gelernt, daß Genua einen Hafen hatte, in manchen Stadtteilen sehr schmutzig war und von Händlern wimmelte, die von überhöhten Preisen lebten. Das war aber auch alles, was er von der Stadt wußte.

Freiherr v. Bergenfeldt nickte freundlich.

»Sie müssen wissen, ich habe eine große Vorliebe für italienische Wagen. Ihre Form, ihre Schnelligkeit, ihre Eleganz, ihr Komfort – einfach große Klasse ohne Beispiel.«

»Wir wissen es«, sagte Ferro stolz. »Sie sind der Ausdruck unserer ewigen Sehnsucht nach Schönheit.« Dabei sah er Sabine an. Sie errötete leicht und sah zur Seite.

In Wahrheit war es Bornemeyer alles andere zumute, als in diesem Augenblick zu flirten. Da stand ein Autonarr, ohne Zweifel, und wollte sich unterhalten über italienische Superwagen. Bornemeyer kannte keine einzige italienische Automarke, geschweige denn wußte er, wie die Traumautos aussahen. Doch halt! Da gab es den Alfa Romeo. Natürlich. Als Kind hatte er immer gesagt: Ich fahre einmal einen Romeo! Aber wer weiß, ob es die heute noch gibt?

Ferro-Bornemeyer klemmte sein Monokel ins Auge, das er an einer Seidenschnur auf der nackten Brust trug. Es sah lächerlich aus, ein Mann in Badehose mit Monokel, aber Bornemeyer kam es lediglich auf das Gewinnen von Zeit an.

»Lieber Herr Baron«, sagte er würdevoll. »Ich bin auf Borkum, um einmal nichts, absolut nichts von Autos zu hören. Für sechs Wochen völlige Ruhe. Das war mein innigster Wunsch. Seit drei Jahren hatte ich keinen Urlaub. Die Autos fressen mich auf! Können Sie das verstehen, ohne mich mißzuverstehen?! Immer nur verhandeln, vorführen, verkaufen, Neukonstruktionen ausprobieren.«

»Interessant.« Bergenfeldt setzte seinen Panamahut wieder auf. »Sie haben eine Neukonstruktion! Das nenne ich geradezu delikat. Sie müssen mir darüber genau berichten. Was es auch sei, der Wagen ist gekauft.«

Bornemeyer fühlte ein Kribbeln in den Adern.

»Ich habe Ferien!« sagte er grob.

»Ferien?« Der Baron winkte lässig ab. »Wie kann ein Mann, der neue Autos konstruiert, jemals Ferien haben? Das wäre ja widernatürlich! Beim Auto liegt die Zukunft der Welt, mein Herr! Der Motor wird das neue Herz!«

Was tun, brütete Ferro-Bornemeyer. Baron v. Bergenfeldt war nicht der Mann, der sich durch billige Reden abwimmeln ließ. Er würde ihnen folgen, in den Seeadler, in die Dünen, sogar ins Meer! Es gibt Fanatiker, deren Hartnäckigkeit tödlich wird.

»Kommen Sie in vier Wochen wieder«, sagte Ferro laut. »Ich werde Sie in Bremen erwarten.«

»In vier Wochen, Herr Ferro? Ich bitte Sie! Ich bin der Aufsichtsratsvorsitzende eines Riesenwerkes. Ich werde dafür sorgen, daß alle Aufsichtsratsmitglieder Ihren Wagen fahren! Ich kaufe Ihre Neukonstruktion!«

»Sie ist noch in der Erprobung!« schrie Ferro gequält auf.

»Dann räumen Sie mir eine Option auf die ersten zwanzig Stück ein! Wir müssen darüber sprechen! Ich zahle fünfzig Prozent an! Ist das ein Angebot?« Der Baron kam in Eifer. Er schob den Panamahut in den Nacken und kam die Düne herab. »Welche Firma bringt denn den Wagen?«

Die Frage! Da ist sie! Ferro-Bornemeyer sah in den wolkenlosen, hellblauen Himmel. Ich möchte ein Wassertröpfchen sein, dachte er, und jetzt von der Sonne aufgesaugt werden. Pff, und weg, das wäre herrlich. Aber er war kein Wassertröpfchen, obgleich der Mensch zu achtundneunzig Prozent aus Wasser besteht, und verdunstete nicht.

»Ich vertrete die Firma ›Pneumastica‹«, sagte er frech.

Bergenfeldt schaute Ferro einen Augenblick verdutzt an. Man sah, wie seine Gedanken arbeiteten, wie sie suchten, wie sie sich erinnern wollten. Da es vergeblich war, schüttelte er den Kopf.

»Ich kenne alle italienischen Autofirmen. Doch der Name ›Pneumastica‹, vergeben Sie mir, Herr Ferro, dieser Name ist mir nicht haften geblieben.«

»Was?!« Ermano Ferro war tief gekränkt. Bornemeyer spielte es vorzüglich. Sein Monokel entfiel dem Auge und klatschte auf die nackte Brust. Er sah sogar Sabine an, als könne sie ihm bei diesem Affront des Barons zu Hilfe eilen.

»Sie kennen die alte Firma ›Pneumastica‹ nicht? Dreimal haben wir die Goldmedaille gewonnen! Wir haben auf den Weltausstellungen in Paris, Chikago und Brüssel die meisten Aufträge bekommen!« Hoffentlich war in Chikago eine Weltausstellung, dachte er. »Der Kaiser von Siam und der Radschah von Brimopur fahren nur unsere ›Pneumasticas‹! Beim letzten Rennen in Rio haben wir den zweiten Preis gemacht – und Sie kennen unsere Firma nicht! Sie sehen mich völlig entsetzt, Baron!«

»Erstaunlich! Wirklich erstaunlich!« Bergenfeldt wischte sich den Schweiß von der Stirn. »Das Alter, Herr Ferro. Die Erinnerungen versagen. Aber ich werde vom Hotel aus gleich meinen Sekretär anrufen, damit er in der Liste der italienischen Wagen nachsieht. Es soll nie wieder vorkommen.« Er ergriff Sabines Hand und küßte sie galant. Unter Bornemeyer schwankte der Dünenboden. Er läßt nachsehen, dachte er. O Gott! O Gott!

Der Baron hielt noch immer Sabines Hand fest.

»Geben Sir mir Gelegenheit, es wiedergutzumachen, Gnädigste«, sagte er. »Erweisen Sie mir die Ehre«, er wandte sich an Ferro, »Sie und Ihre Frau Gemahlin zu einem kleinen Souper zu laden.«

Bornemeyer erkannte die Alternative sofort. Es gab nur zwei Wege, und jeder Weg war beschämend. Entweder er nahm die Einladung an und wurde dabei kläglich entlarvt, oder er flüchtete von Borkum und verkroch sich irgendwo. Doch wohin flüchten?

»Um acht Uhr, morgen abend?« fragte v. Bergenfeldt. »Ist es Ihnen recht?«

»Ist es uns recht?« fragte Ferro zu Sabine hin.

»Einverstanden«, sagte sie und blinzelte ihm zu.

Sie nimmt es als Scherz hin, was für mich eine bittere Situation ist! Mit zitternden Fingern klemmte er das Monokel wieder ins Auge.

»Also gut, morgen um acht Uhr abends!«

Der Baron zog seinen Panamahut und entfernte sich diskret schnell. Zurück ließ er einen fast verzweifelten Bornemeyer und eine lachende Sabine Sacher.

»Er hält uns für ein Ehepaar!« sagte sie fröhlich.

»Allein dieser Gedanke macht mich benommen.« Ferro meinte es ehrlich. Sabine nahm es als ein sehr galantes Kompliment und wandte sich errötend ab.

Weg aus Borkum, dachte Ferro. Nur weg von hier. Aber wohin fährt man mit einer schönen Frau? Allein zu fahren, verwarf Ferro. Einmal in seinem Leben hatte er es geschafft, eine schöne Frau zu erobern. Jetzt klammerte er sich an diesen Höhepunkt seines Lebens und war nicht bereit, ihn wieder herzugeben.

Verliebte, Seitenspröngler, Brautleute und müde Ehemänner mit neuerwachten Ambitionen reisen nach Venedig. Aber Venedig liegt in Italien, und was soll ein Italiener, der keiner ist, in Italien. Zumindest muß er seine Muttersprache sprechen. Venedig war also undiskutabel.

Die Riviera! Wer sich an der Riviera nicht verliebt, muß anormal sein. Das blaue Mittelmeer, die weißen Villen unter Palmen und Agaven, die Eleganz, Lebensfreude und Großzügigkeit und vor allem die Hoteldirektoren, die einen Meldezettel nicht durchlesen und das ›mit Frau‹ gelassen hinnehmen.

Langsam gingen Ferro und Sabine durch die Dünen zur Promenade. Sie sprachen kaum, nur ein paar belanglose Bemerkungen. Selbst als Sabine sagte: »Gratuliere, Ermano! In den Ferien ein dicker Abschluß«, zwang er sich nur zu einem schiefen Lächeln.

Wohin? grübelte er. Wohin bloß? Und wie sage ich es Sabine Sacher? Freiwillig wird sie nie mitgehen!

Sabine ging neben ihm her. Sie hatte den Arm unter seinen Arm geschoben. Sie spürte durch den Bademantel die Wärme seines Körpers. Wie soll das weitergehen, dachte sie wieder. Es ist ja Wahnsinn, was ich hier tue!

Sie drückte den Arm gegen seine Seite. »Warum so still?« fragte sie.

Ferro schrak zusammen. »Vergebung, Madonna!« sagte er

stockend. »Es ist nur.« Er blieb stehen und nahm ihre Hände, küßte sie und sah sie feurig an. Daß ihm das noch gelang, war selbst für ihn verblüffend. »Favorita, hast du Lust, eine kleine Reise zu machen?«

»Eine Reise? Mit dir?« Sabines Herz setzte einen Augenblick aus. Es wird Ernst, dachte sie. Was soll ich tun? Im letzten Moment fiel ihr ein, was jeden Mann von weiterem Drängen abhalten mußte: »Aber ich muß doch in Borkum bleiben! Vielleicht kommt in Kürze mein Mann.«

Das weiß ich besser, dachte Bornemeyer. Anstatt sich zurückzuziehen, wurde er zur größten Verblüffung Sabines doppelt so feurig.

»Immer dein Mann! Immer! Ich werde wild!« rief er. »Ja, ich könnte ihn ermorden! Erdolchen, das ist eine Spezialität meiner Familie! Seit der Renaissance erdolchen wir uns! Oh!« Er umarmte sie, ungeachtet der Passanten, die über die Promenade gingen und diskret die Szene übersehen wollten. »Komm mit mir, Madonna! Ich flehe dich an! Ich habe ein Telegramm bekommen! Ich muß nach Frankreich.«

Sabines Kopf flog herum. »Nach Paris?!« rief sie begeistert. Peter! Zu Peter!

»Nein, nicht Paris! Ich muß ans Mittelmeer. Nach Nizza!«

Nizza fiel Bornemeyer beim Sprechen ein. Als er es gesagt hatte, bekam er eine heillose Angst vor den Konsequenzen. Nicht nur Borkum, sondern auch Nizza mußte Dr. Portz bezahlen! Ob er es tat, war eine Frage, die in den Sternen lag. Außerdem war Nizza weit. Man mußte nur eine Begründung finden, die Dr. Portz anerkannte.

»Nizza ist ein Garten Eden!« sagte Ferro schwärmerisch. »Kennst du Nizza?«

»Nein.«

»Ein Paradies! Und ich sehne die Stunde herbei, in der du zu mir als Schlange kommst.«

»Sie wird beißen!« sagte Sabine kritisch.

»Ich werde den Biß mit einem goldenen Medaillon einrahmen!«

»Du bist ein unverbesserlicher Charmeur.«

Sie lachte und ging weiter. Ferro trottete hinter ihr her.

In ihrem gemeinsamen Zimmer trennte sie wieder die spanische Wand. Sie zogen sich um. Bornemeyer saß in Unterhosen auf seinem Bett und hatte Angst vor seinem eigenen Mut.

»Ist es dir recht, wenn wir schon morgen fahren?« fragte er.

Sabines Lachen girrte durch die spanische Wand. Ein Parfümzerstäuber zischte. Es roch nach frischen Maiglöckchen.

»Ich habe ja gar nicht gesagt, daß ich mitfahre!«

»Ich setze es voraus, Madonna!«

»Wie selbstherrlich! Und wenn ich nein sage?«

»Du sagst nicht nein! Ich weiß, du bist auf Nizza viel zu neugierig, um nein zu sagen! Es reizt dich, im Paradies die Schlange zu spielen! Welche Frau wäre nicht neugierig auf Nizza?«

»Ich.«

»Du lügst! Verzeih, Favorita, aber du lügst! Es liegt nur an der Geschicklichkeit des Mannes, ob eine Frau nach einer Stunde oder nach einem Jahr ›Ja‹ sagt!«

»Und wieviel Zeit gibst du mir, Ermano?«

»Im höchsten Fall eine Minute!«

»Pfui!« Sie lachte dabei, aber dieses Lachen war vermischt mit Angst. Bornemeyer nahm es als klare Antwort hin.

Im Speisesaal des ›Seeadler‹ erwartete Ferro eine unangenehme Überraschung. Die Post war mit dem Schiff gekommen und gerade verteilt worden.

Kaum saß er mit Sabine Sacher am Tisch und war damit beschäftigt, eine knusprig gebackene Seezunge ›Müllerin Art‹ von den Gräten zu schälen, als der Boy zuerst Sabine, dann Ferro ein gelbes Kuvert überreichte.

Telegramme!

»Bitte entschuldige einen Augenblick«, sagte Ferro mit einem unguten Gefühl im Magen. Er machte dabei ein Gesicht, als stinke die herrliche Seezunge, schlitzte das Kuvert auf und las zuerst die Unterschrift.

Dr. Portz. Bornemeyer biß sich auf die Lippen. Das Telegramm lautete:

›nichts weiter unternehmen – stop – brief abwarten – stop – alle unterlagen vernichten – stop – untersage alle transaktionen – stop – portz.‹

Zur gleichen Zeit las auch Sabine Sacher ihre Nachricht. Auch sie kam aus Düsseldorf und lautete kurz:

›haben alles erfahren – stop – ihr mann außer sich – stop – rückkehr nach düsseldorf dringendst empfohlen – stop – warten sie bitte brief ab – stop – dr. portz.‹

Ermano Ferro zerknüllte das Telegramm und steckte es in die Hosentasche. Mit bleichen Lippen schob er die Seezunge weg. Der Appetit war ihm vergangen.

Mit großen Augen sah ihn Sabine an. Sie war blaß geworden und legte die Hände auf ihren Schoß, weil sie zitterten.

»Ist es etwas Schlimmes?« fragte sie ängstlich.

Bornemeyer schüttelte heftig den Kopf.

»Nein, nein! Rein geschäftlich! Mein Kompagnon, man soll nie Kompagnons haben, drahtet mir, daß die Fertigstellung der neuen Automodelle sich um zwei Monate verzögert. Am Auspuff stimmt etwas nicht.«

»Am Auspuff.«

»Ja!«

»Das ist wohl ein großer Schaden für dich?«

Ferro hob die Hand. Er lächelte gewaltsam. »Ich werde es verschmerzen müssen! Und dein Telegramm, Carissima? Von deinem Mann?!«

»Nein, nein!« Sabine steckte das Telegramm in ihre kleine Handtasche. »Eine Nachricht von einer Freundin. Man soll so wenig Freundinnen wie möglich haben. Es sind alles Schlangen! Diese hier will nach Borkum kommen! Gerade jetzt! Und ich kann diese Frau nicht ausstehen!« Sie ergriff Ferros Hand. »Ermano, wann fahren wir nach Nizza?!«

»Du kommst mit?!« schrie Bornemeyer fast.

»Ja! Ich muß weg von hier!«

»Wir fahren sofort! Mit dem nächsten Schiff! Von Emden nach Brüssel! Von dort nach Paris.«

»Paris!« Sabine schauderte zusammen, als fröre sie. »Müssen wir über Paris?«

»Nur umsteigen. Von dort geht's nach Nizza!« Ferro schnellte vom Stuhl hoch. »Ich lasse sofort unsere Koffer packen. Ja?«

»Ja.«

Ferro eilte aus dem Speisesaal.

Flucht, das war auch der erste Gedanke bei Sabine, als sie das Telegramm las. Peter weiß alles. Und er tobte! Peter war nie jähzornig, aber welcher Mann bleibt gelassen, wenn er erfährt, daß seine Frau . . .

Sabine stützte den Kopf in beide Hände. Wieso ist er so aufgeregt, dachte sie. Wenn seine Frau ihm völlig gleichgültig ist, braucht er nicht den starken und wilden Mann zu spielen. Und was hatte man im Grunde genommen denn getan? Man hatte sich umschwärmen lassen, man hatte sich küssen lassen. Beim letzten Karneval in Düsseldorf hatte Peter mindestens zwanzig Frauen geküßt, und keiner hatte es übel genommen. Und weiß man, was er in Paris getan hat oder noch tut?

Sabine Sacher ging auf ihr Zimmer. Hinter der spanischen Wand hörte sie Ferro rumoren. Er packte.

Dieses Zimmer, dachte sie. Ein Doppelzimmer! Natürlich gibt es zu kritischen Betrachtungen Anlaß. Aber konnte sie dafür, daß die Hotelleitung falsch disponiert hatte? Sie hatte das Zimmer allein gemietet. Das konnte sie beweisen. Und zudem war eine spanische Wand dazwischen, ohne Löcher und Ritzen!

Juristisch allerdings bleibt ein Doppelzimmer immer ein Doppelzimmer. Es war nur unerhört, daß Peter auf einmal so juristisch dachte!

Sie setzte sich auf das Bett, starrte gegen die spanische Wand, und plötzlich weinte sie, obgleich sie es nicht wollte.

Ein leises Klopfen schreckte sie auf. Ferro trommelte mit dem Fingerknöchel gegen die spanische Wand.

»Favorita!«

»Was ist?« sagte Sabine kläglich.

»Wir fahren mit dem nächsten Schiff. In einer halben Stunde geht es ab.«

Sabine schüttelte den Kopf. Da Ferro es nicht sehen konnte, meinte sie mit schwankender Stimme:

»Ich glaube, ich bekomme eine Migräne. Es wird nicht gehen.«

»O Santa Maria!« Bornemeyer prallte zurück. »Lassen Sie mich jetzt nicht allein, Madonna! Bloß das nicht! Ich bitte dich, komm mit! Wir müssen das letzte Schiff bekommen. Morgen ist es zu spät.«

Morgen hat der Baron die Auskunft seines Sekretärs. Dann platzt der Ermano Ferro wie ein Luftballon, in den man hineinsticht.

Morgen kommt ein Brief von Dr. Portz, und ihn konnte man nicht verleugnen. Ein Telegramm kann verstümmelt ankommen, ein Brief ist aber klar!

Ferro rang die Hände. Er kannte die Frauen nicht, aber soviel hatte er bei erfahrenen Schriftstellern und bei scheidungsfreudigen Ehemännern gelesen und gehört, daß für Frauen, die Migräne haben, die Welt untergehen kann; sie haben dafür nur ein mitleidiges Lächeln. Die Migräne einer Frau ist der Untergang der männlichen Beherrschung.

Bornemeyer schloß den Kragen seines Hemdes, schlang die Krawatte um, fuhr in seinen Rock und rannte aus dem Zimmer. Handeln! Die Migräne aufhalten, ehe sie Welten zerstört! Mit langen Schritten raste er die Treppe hinab und stolperte in die Halle, faßte den ersten Geschäftsführer, der gerade in sein Büro gehen wollte, an den Rockschößen und zog ihn zu sich heran.

»Ein Mittel gegen Migräne!« schrie er. »Schnell! Die Signora hat Schmerzen!«

Der Geschäftsführer war zunächst erstarrt. Ehe er etwas antworten konnte, erhob sich ein älterer Herr aus einem der Foyersessel und kam auf Ferro zu.

»Mein Herr, ich hörte soeben Ihren Ruf nach einem Migränemittel. Ich bin Arzt. Dr. Bergner. Wenn ich Ihnen meine Hilfe anbieten darf. Ich werde gerne nach der Dame sehen.«

»Tun Sie es! Schnell! Helfen Sie ihr.«

Bornemeyer raste wieder die Treppen hinauf. Der Arzt folgte ihm. Er ging schnell in ein anderes Zimmer, kam dann mit einer Tasche zurück und betrat darauf das Zimmer, das ihm Bornemeyer zeigte. Er selbst blieb auf dem Flur stehen, verwünschte sich, daß er keine Zigaretten dabei hatte, denn er hätte jetzt gerne geraucht, und rannte im Gang unruhig hin und her.

Der Arzt kam schneller aus dem bizonalen Zimmer, als es Ferro erwartet hatte. Bornemeyer stürzte auf ihn zu.

»Was hat sie?« fragte er atemlos.

»Die Dame hat einen schweren seelischen Schock erlitten.« Der Arzt schüttelte den Kopf. Er sah Ferro kritisch an. »Hatten Sie Streit?«

»Im Gegenteil.«

»Die Dame braucht unbedingte Ruhe! Zwei Tage Bettruhe sind das mindeste.«

Ferro-Bornemeyer hatte das Gefühl, grün im Gesicht zu werden.

»Zwei Tage!« stammelte er.

»Mindestens! Ich habe ein Rezept auf den Tisch gelegt. Die Dame schläft jetzt. Ich habe eine Beruhigungsinjektion gemacht. Sie wird bis morgen fest durchschlafen. Gegen Mittag sehe ich noch einmal nach ihr. Guten Abend.«

»Guten Abend.«

Als der Arzt den Flur verlassen hatte, stürzte Bornemeyer in das Zimmer. Er betrat Sabines Wohnteil und blieb vor dem Bett stehen.

Sabine lag auf ihrem Bett und schlief. Der Arzt hatte ihr die Schuhe ausgezogen, das Kleid und die Strümpfe. Sie lächelte im Schlaf wie ein Kind, das von Puppen träumt.

Verzweifelte haben verzweifelte Gedanken. Das steht ihnen zu; sogar im Gesetz ist für sie der § 51 Abs. 2 eingerichtet worden. Auch Ferro-Bornemeyer balancierte in diesen Augenblikken auf der Schneide seiner Vernunft. Beim Anblick von Sabines wohlgeformten schlanken Beinen brütete er ein Kabinettstück verminderter Zurechnungsfähigkeit aus.

Er zog die wie eine Tote schlafende Sabine Sacher wieder an.

Er packte ihre Koffer fertig.

Dann ging er hinunter, beglich Sabines und seine Hotelrechnung, erklärte, daß man aufgrund familiärer Ereignisse den Urlaub abbrechen müsse und morgen früh abfahre. Frau Sacher ebenfalls, er selbst fahre gleich. Als neuen Aufenthaltsort gab er Kopenhagen an.

Die Direktion war untröstlich. Ihr Paradepferd verließ die Insel wieder. Aber so ist es, je reicher man ist, um so unruhiger wird man.

Ferro-Bornemeyer rannte wieder die Treppen hinauf, in das Zimmer und packte seine eigenen Sachen. Ein Blick auf die Uhr, die Zeit war knapp geworden bis zum letzten Schiff.

Einen Augenblick zögerte er. Der letzte Augenblick vor § 51 Abs. 2, dann zog er Sabine Sacher vom Bett, legte sie auf eine große Reisedecke und rollte sie in die Decke ein. Er hatte sie bei Sabines Gepäck gefunden. Wie einen Seesack verschnürte er das Bündel und hängte an den oberen Bindfadenknoten ein großes Schild: ›Bitte nicht werfen! Wertvolles Porzellan!‹

Am Kopf Sabines, er hatte ihn locker verpackt, damit sie nicht erstickte, befestigte er ein zweites Schild: ›Hier oben! Aufrecht stellen!‹

Noch einmal betrachtete er sein Werk, dann rief er den Hausgepäckträger. »Mit Handwagen, bitte«, sagte er ins Telefon. »Ich habe eine wertvolle Vase mitzunehmen.«

Der Transport zum Hafen gelang vorzüglich. Um 21.15 Uhr fuhr das letzte Schiff nach Emden. Wie ein Museumsdiener saß Ferro-Bornemeyer vor dem langen Paket und bewachte es. Wenn es beim Rattern der Inselbahn umzufallen drohte, stemmte er sich dagegen und drückte die Rolle wieder aufrecht an die Zugwand. Im Hafen trug er mit einem Gepäckträger selbst die wertvolle ›Vase‹ aufs Schiff und stellte sie sicher zwischen einigen Koffern in eine Ecke.

So schaffte man einst Cleopatra zu Caesar, eingehüllt in einen Teppich, dachte Ferro zur eigenen Beruhigung. Was Caesar konnte, kann auch Bornemeyer, wenn Männer lieben, ändern sich Zeiten nie!

Er hatte Glück und bekam noch eine Kabine. Mit dem Steward trug er seine ›Vase‹ in den engen Raum.

»Vorsicht! Langsam!« schrie er. »Nicht fallen lassen!«

In der Kabine legte er das lange Paket aufs Bett und gab dem Steward fünf Mark Trinkgeld. Dann saß er vor der Deckenrolle, öffnete ein wenig den Kopfteil, so daß Sabines Mund frei lag. Ein schöner Mund mit leicht geöffneten Lippen. Wenn sie durch das Schaukeln des Schiffes bloß nicht aufwacht, dachte er. Mein Gott, wenn sie die Augen aufschlägt und zu schreien beginnt. Ich stürze mich ins Meer.

Die Motoren stampften, die freie See war erreicht. Borkum lag hinter ihnen. Er spürte es am Schaukeln des Schiffes auf den langen Wellen.

Nach einer Weile stummer Betrachtung von Sabines Mund ging er an Deck. Vorher verschloß er die Kabine und nahm den Schlüssel mit.

Mit wehenden Haaren stand er später an der Reling und sah zurück auf das Lichterband am Horizont. Borkum versank im Meer. Die Arme des Leuchtturmes griffen in den Nachthimmel und rissen die Wolken aus der Dunkelheit. An der Bordwand rauschte und gischtete das Meer empor.

Wie befreit breitete Bornemeyer seine Arme aus. Dann eilte er zurück zur Kabine, schloß von innen ab und begann, Sabine wieder aus der Decke zu wickeln. Er legte sie aufs Bett, deckte sie zu und gab ihr einen Kuß.

Sabine Sacher lächelte noch immer im Schlaf.

Bornemeyer setzte sich in eine Ecke, unter das verhangene Bullauge, und kam sich unendlich glücklich vor.

Er dachte nicht an morgen.

Welcher Mann denkt auch an morgen, wenn er glaubt, die beste Tat seines Lebens vollbracht zu haben?

FÜNFTES KAPITEL

Das Schicksal ist ein Komödiant. Manchmal spielt es Tragödie, aber sein Herz hängt an der Komödie, denn unser kurzes Leben sollte ein fröhliches Spiel sein. Nur so ist es zu ertragen. Wer immer nur das Traurige unseres Daseins sieht, weiß am Ende gar nicht, warum er überhaupt gelebt hat. Sagte Shakespeare nicht: »Der Mittelpunkt des Lebens ist der Narr?« Geben wir ihm recht, nur so verstehen wir vieles, was sonst unverständlich ist.

Peter Sacher verlebte in Paris einige sehr unbeschwerte Tage. Von Sabines Misere hatte er gar keine Ahnung. Dr. Portz hatte nicht geschrieben, also schien alles in Ordnung zu sein.

Peters Tageslauf war gesund und primitiv. Man kann auch sagen: primitiv und deshalb gesund. Morgens schlief er bis weit in den Vormittag hinein, frühstückte dann, ging in der Sonne spazieren, kaufte Gemüse, Fleisch und anderes Eßbares und stellte sich gegen Mittag bei Yvonne ein.

Gemeinsam kochten sie dann das Mittagessen, diskutierten über neue Arbeiten Yvonnes, fuhren am Nachmittag in die Umgebung von Paris, das herrliche Seinetal hinab, auch einmal nach Versailles, aßen außerhalb der Stadt zu Abend, fuhren zurück und gingen brav jeder in sein Bett.

Man kann nicht sagen, daß dies ein durchaus moralischer Lebenslauf ist.

Fünf Tage lang genoß Peter Sacher die Vorzüge Yvonnescher Gastfreundlichkeit. Am Abend des fünften Tages, als er zurück in die Rue de Sèvres kam, lag ein Brief unter der Tür. Der Stempel zeigte ›Nizza‹. Ein Absender war nicht angegeben.

Es war ein Brief von Heinz v. Kletow.

Liebes Peterlein!
Wenn Du das Erwachen Coucous überlebt hast und nicht an dem Zorn, Dich in eine so impertinente Lage versetzt zu sehen, geplatzt bist, wäre es schön, wenn Du mich in Nizza besuchen würdest. Ich habe hier eine kleine weiße Villa gemietet und dabei entdeckt, daß die Abende ohne Deine Gegenwart einer gewissen demoralisierenden Note entbehren.
Sollte Coucou sich in Dich verliebt haben und Dich in Paris

halten wollen, so setze sie einfach vor die Tür. Das ist eine Geste, die zu ihr gehört, wie zu uns ein Schluck Whisky.
Ich erwarte Dich also in Nizza am Bahnhof. Komm mit der Bahn und lasse Deinen Wagen – falls Du ihn mithast – in Paris stehen. Mit einem Wagen kannst Du in Nizza wenig anfangen, denn die Winkel, die wir hier durchstöbern, sind nicht mit Autos befahrbar.
Ich bin gespannt auf unser Wiedersehen. Laß mich bloß nicht sitzen! *Dein Heinz.*

Peter steckte den Brief in die Tasche und fuhr sofort zu Yvonne. Sie saß noch vor der Staffelei und malte im Licht einiger Scheinwerfer Ecken, Kreise, Winkel und bunte Punkte.

»Mein neues Bild«, sagte sie, ohne sich umzuwenden. »Titel: ›Sonnenreigen‹.«

Peter warf einen Blick auf die bunt beschmierte Leinwand und setzte sich auf die Couch.

»Immerhin, der Titel ist schön. Mir will nur nicht in den Sinn, wieso geometrische Figuren im Sommer tanzen können.«

Yvonne blickte böse zur Seite. Ihre Augen waren dunkel.

»Das sind Kinder!«

»Kinder?« Er betrachtete die Winkel und Kreise noch einmal. »Ich danke Gott, daß du nicht meine Frau bist, Yvonne.«

»Oh!« Sie sprang auf und warf die Palette auf den Boden. »Warum, mon Cher?«

»Ich würde in der ständigen Angst leben, unsere Kinder müßten so aussehen wie deine Gemälde.«

»Du bist gemein!«

»Ehrlich.«

»Das ist oft dasselbe! Picasso bekam für solche Bilder 500000 Francs!« Sie warf den Pinsel, den sie noch in der Hand hielt, auf den Tisch. Ein großer, knallroter Fleck entstand auf der Platte. »500000 Francs!« wiederholte sie böse.

Peter nickte. »Das ist eines der Rätsel, vor denen auch Philosophen verzweifeln.«

Sie verzog den Mund, es sollte echt wirken, ein Spott für den Kulturbanausen, bedeckte die Staffelei mit einem Nesseltuch und wandte sich dann zu Peter.

»Was willst du?« fragte sie knapp. »Bist du zurückgekommen, um mich zu ärgern?«

»Ich fürchte es fast, Yvonne.«

»Frechheit!«

»Nein, Yvonne, es ist eine große Traurigkeit.« Peter Sacher sah zu Boden. Das Mondlicht, das über die Dächer von Montmartre glitt und durch die große Glaswand fiel, verwandelte den Staub auf den Dielen zu Silberflocken. Yvonne hatte die Scheinwerfer ausgeknipst, nur das Mondlicht erhellte fahl das Atelier.

Yvonne lehnte sich an die Staffelei. Ihr Mund zuckte, aber es war so dunkel, daß Peter es nicht sah.

»Du willst weggehen«, sagte sie leise.

»Ich muß morgen früh Paris verlassen.«

»Für immer verlassen? Mich verlassen.«

»Nicht dich. Paris!«

»Das ist doch dasselbe.«

»Nein. Ich verlasse eine Stadt. Aber ich lasse mein Herz bei dir zurück.«

»Wie du lügen kannst.«

»Yvonne!«

Er sprang auf, aber die Hand Yvonnes, die aus der Dunkelheit abwehrend ihm entgegenfuhr, hielt ihn zurück.

»Warum lügt ihr Männer alle, wenn ihr weggeht? Warum 'abt ihr nicht den Mut, zu sagen: Es geht nicht mehr! Ich gehe zu meiner Frau zurück, oder ich 'abe dich satt, oder du langweilst mich, oder ich 'abe eine andere Geliebte. Es gibt doch so viele Gründe und Worte, die einer Frau so weh tun, daß man aus Trotz sagt: Nun geh doch schon! Ich 'abe dich auch über! Man geht am besten auseinander, wenn man sich abtötet. Eine Lüge ist so billig, und es ist schrecklich für eine Frau, wenn sie die Lüge glaubt.«

»Du weißt, was diese fünf Tage für mich bedeutet haben«, sagte Peter Sacher rauh. Die Worte Yvonnes brannten in seiner Seele.

»Warum bist du nicht einfach gefahren?« Yvonne blieb im Schatten ihrer Staffelei. Ihr Gesicht war leer. »Einfach verschwinden, das ist doch so bequem. Wie viele Männer, die Paris genossen 'aben, sind plötzlich verschwunden? Wenn ich dann in die Rue de Sèvres gekommen wäre, um zu sehen, ob du vielleicht krank geworden bist, hätte mir der Concierge gesagt: ›Monsieur Pierre? Der ist weg! Ja, schon seit drei Tagen. Wohin? Nach Deutschland natürlich.‹ Dann 'ätte ich vielleicht geweint, wie viele Mädchen in Paris, eine ganze Nacht 'indurch, vielleicht auch nur eine Stunde, und wenn dann der Morgen wieder über die Dächer von Montmartre geglitten wäre und die Kuppel der Sacré-Cœur hätte in der Morgensonne geleuchtet, 'ätte ich gesagt: C'est la vie! Und ich 'ätte dich vergessen, wie so viele Mädchen in Paris einen Mann vergessen müssen, der am Morgen gegangen ist und nicht mehr wiederkommt. Ich 'ätte nur eine Erinnerung be'alten, ganz schwach. Aber es wäre ein Schnitt gewesen, der alles ablöst. Jetzt ist es ein Abschied geworden. Weißt du, wie schrecklich ein Abschied ist? Man sieht immer wieder die Augen beim letzten Kuß, von dem man weiß, daß er der letzte ist. Man 'ört immer wieder die Worte, die trösten sollen und keinen Trost 'aben, weil sie lügen. Man 'at immer das ›andere‹ in sich und kann es nicht abschütteln. Ein Abschied ist wie ein langsamer Mord.«

Peter Sacher erhob sich von der Couch. Langsam ging er zur Tür. Erst, als er die Klinke schon heruntergedrückt hatte, sah er noch einmal zurück. Yvonne stand im milchigen Mondlicht. In ihren Augen lag maßlose Traurigkeit.

»Ich bin mit einem Irrtum nach Paris gefahren, Yvonne«, sagte Peter Sacher leise. »Ich habe geglaubt, man könne sechs Wochen Eheferien absitzen wie der Buchhalter Schmidt sein Büroschläfchen. Es war eine Dummheit. Ein Dichter sagte einmal: ›Es gibt keine Erholung von der Moral.‹ Ebensowenig gibt es eine Erholung von der Ehe. Es gibt nur ein Wegfahren für immer, oder ein Bleiben. Liebe kennt keine Kompromisse, die von Dauer sind. Sie will bedingungslos sein.«

»Warum wirst du sentimental, wenn du die Klinke der Tür schon in der 'and 'ast?« Yvonnes Kopf sank nieder. »Wir Frauen vom Montmartre 'aben die Resignation gelernt. Wir brauchen keine Erklärungen. Wir verstehen immer.«

»Yvonne!«

»Geh! Bitte, geh.«

Sie ergriff einen Pinsel, knipste die starken Scheinwerfer wieder an und malte grelle Farben auf das Bild.

»Nicht so, Yvonne. Es war eine schöne Zeit in Paris. Wir haben uns gut benommen. Es wird uns zwar keiner glauben, und jeder wird sagen: Dieser Peter Sacher ist ein Idiot, ein Übermensch, ein anormaler Träumer, aber . . .«

»Aber! Aber!« Yvonne fuhr nervös mit dem Pinsel über die Leinwand. »Was ist dieses Aber?! Ich liebe dich, mein Gott, 'ast du das nie gemerkt?! Ich 'abe Papillon auf dich gehetzt, aus einer Laune 'eraus, um ein Erlebnis zu 'aben. Aber jetzt liebe ich dich.«

Sie sah, daß Peter ins Zimmer zurückkam und streckte ihm wie eine Waffe den tropfenden Pinsel entgegen: »Nein! Bleib stehen! Geh! Du siehst doch: Ich löse die Welt in Quadrate, Kreise und Rechtecke auf. Ich analysiere sie, wie meine Gefühle! Und was bleibt übrig? Nichts! Gar nichts! Geh!«

»Du bist ungerecht, Yvonne.« Er nahm ihr den Pinsel aus der Hand. Sie ließ es geschehen, ihre Finger waren schlaff, als seien sie Glieder einer Stoffpuppe. »Du weißt, daß ich eine Frau habe.«

»Warum bist du dann 'ier?« schrie sie wild.

»Ich habe es dir erzählt. Wir lebten uns auseinander, seit Jahren verstehen wir uns nicht mehr, ich habe Erfolg im Leben gehabt, ich habe geschuftet. Ich habe eigentlich alles nur für meine Frau getan. Und jetzt wird mir gesagt: ›Du hast meine Seele getötet. Du bist eine lebende Rechenmaschine.‹ Es ist eine Kluft aufgerissen, und ich weiß nicht, woher sie kommt. Darum haben wir uns getrennt, um zu sehen, ob wir uns brauchen.«

»Und du liebst deine Frau?«

»Ja.«

»Warum gehst du nicht zu ihr?«

»Soll ich mich auslachen lassen? Soll ich zu Kreuze kriechen?! Ich habe ein sorgloses, reiches Leben geschaffen und soll mich beschimpfen lassen und Reue zeigen? Reue worüber? Daß ich erfolgreich bin?«

»Der 'err der Welt! Der Mann, der Mittelpunkt der Erde! Wir Frauen 'aben eine Seele, mein Freund! Du 'ast, wie sagt man bei euch, durch dein Wirtschaftswunder das 'erz deiner Frau zerstört. Sie ist allein geblieben. Sie ist einsam. Sie friert in der Pracht, die du geschaffen hast! Denn du fehlst ihr, du!«

»Ich bin immer bei ihr! Jeden Tag!«

»Ja! Ja! Als angezogener, schwatzender Körper! Aber ist deine Seele bei ihr? Verstehst du, daß sie allein ist, auch wenn du da bist?«

»Nein. Ich liebe sie, und sie hat alles, was sie sich wünscht. Eine Villa, Kleider, Pelze, Schmuck.«

»Sie würde alles, alles wegwerfen, wenn sie dich wieder hätte!« Yvonne strich sich über die Haare. »Ich kann sie so gut verstehen«, sagte sie leise und wandte sich ab. »Und nun geh endlich, Pierre!«

Peter Sacher nickte. »Gut. Ich gehe. Ich sehe, daß alle Frauen mich wegstoßen.«

»Weil du sie nicht verstehst. Würdest du sie verstehen, wie könntest du gehen.«

»Yvonne!« Er ergriff ihren Arm und riß sie an sich.

»Geh!« schrie sie. »Geh!« Mit beiden Fäusten trommelte sie gegen seine Brust. »Du 'ast eine Frau! Eine Frau! Eine Frau!«

»Ich habe nichts mehr!« sagte Peter dumpf. »Ich bin wie ausgehöhlt. Was morgen ist, ob ich Sabine liebe, ob sie mich liebt, ob du mich liebst, ich weiß gar nichts mehr. Ich bin wie ausgesetzt, ich kenne mich in mir selbst nicht mehr aus.«

Er hielt ihre trommelnden Fäuste fest und zog ihren Kopf zu sich. Sie wandte ihn ab, aber er drehte ihn zu sich hin und küßte leidenschaftlich ihre fest zusammengepreßten Lippen.

»Yvonne, es geht über meine Kraft«, sagte er leise.

Sie lächelte mit geschlossenen Augen und schob die Arme um seinen Hals.

»Es würde auch niemand verstehen, wenn du jetzt gingst«, flüsterte sie.

Mit dem linken Arm tastete sie zur Seite und löschte das Licht.

Sabine wußte nicht, wie lange sie geschlafen hatte. Ihre Erinnerung setzte da aus, wo sie das Gesicht eines älteren Herrn sah, der zu ihr sagte, er sei ein Arzt. Er hatte ihr väterlich-gütig zugesprochen, dann hatte sie einen kleinen Stich in der Armbeuge gespürt, und von da ab kam ein Dämmern über sie, das überfloß in einen herrlichen Traum.

Zwei fröhliche Menschen tollten am Meer. Sie warfen sich jauchzend in die schäumenden Wellen, ihre braunen Körper glänzten in der Sonne. Es war ein herrlicher Traum, denn beide glücklichen Menschen waren Peter und Sabine.

Geweckt wurde Sabine durch ein eintöniges Schaukeln und das Klatschen von Wasser gegen eine Wand. Als sie die Augen aufschlug, nahm sie erst nur ein fremdes Zimmer wahr. Die Erinnerung kam langsam zurück, aber dann, als sie ihre Umgebung erkannte, sprang sie mit einem spitzen Schrei auf.

Eine Kajüte, ein auf hoher See fahrendes Schiff, Nacht!

»Hilfe!« schrie sie. »Hilfe!«

Ferro-Bornemeyer, der unter dem Bullauge eingenickt war, schoß empor. Er erreichte Sabine gerade noch, bevor sie die Tür der Kajüte aufgerissen hatte, und hielt sie zurück.

»Favorita!« rief er.

Sabine wirbelte herum. »Ha!« schrie sie. »Wo sind wir? Was soll das? Sind Sie total verrückt geworden?«

Ferro führte sie zu einem Sessel zurück und drückte sie hinein.

»Es ist gar nichts passiert«, sagte er beruhigend. »Bitte, schreien Sie nicht, Madonna. Ich habe Sie bloß entführt.«

»Was, was haben Sie?« stammelte Sabine. »Sind Sie völlig übergeschnappt?«

»Wir mußten an diesem Abend noch die Insel verlassen! Ich mußte fort nach Nizza! Aber ohne Sie, Favorita! Nie! Sie schliefen so fest nach der Injektion, da habe ich Sie, wie einst Cleopatra, in eine Decke gehüllt aus dem Hotel und aufs Schiff geschmuggelt.« Er griff in die Tasche und holte zwei Fahrkarten heraus. »Es ist für alles gesorgt, auch für den eingetretenen Fall, daß Sie vorzeitig aufwachen.«

»Sie Wahnsinniger!« Sabine begrub das Gesicht in beide Hände. Dann sprang sie wieder auf und rannte in der kleinen Kajüte hin und her. »Das gibt einen Skandal! Oh, welch einen Skandal gibt das! Ich bin doch verheiratet! Was soll man in Borkum von mir denken? Wenn mein Mann das erfährt! Oh, Gott!«

»Er wird es nie erfahren! Er ist in Paris, wie Sie sagen, wir fahren nach Nizza! In Nizza wird alles anders sein. Dort treffen wir keinen Bekannten. Dort sind wir ganz allein, mit uns und unserer Liebe.«

»Liebe?« Sabine fuhr sich durch die zerwühlten Haare. »Was bilden Sie sich eigentlich ein, Herr Ferro? Ich liebe meinen Mann!«

»Du hast ihn verlassen – oder nicht?«

»Wir machen Ferien. Getrennte Ferien, weiter nichts!«

»Du hast gesagt, daß eure Ehe auseinanderbricht!«

»Das habe ich geglaubt. Mein Gott, von dem Augenblick an, in dem ich allein war, habe ich ihn vermißt. Überall fehlt er mir! Ich wollte, er wäre jetzt hier.«

»Ich bin doch da.«

»Sie? Ja, Sie sind da! Sie Irrer! Sie waren bis jetzt ein lieber, guter Freund. Ein Ferienabenteuer, weiter nichts. Gut, wir haben uns geküßt! An einem Kuß stirbt man nicht, auch unsere Ehe nicht! Ich habe mir nichts dabei gedacht, ich wollte fröhlich sein, weiter nichts.« Sie wich zurück, weil Ferro auf sie zukam. »Bleiben Sie stehen!« sagte sie scharf. »Ich weiß, es hat keinen Sinn, jetzt zu schreien und einen neuen Skandal heraufzubeschwören.

Ob ich mit nach Nizza fahre, wird sich zeigen, zuerst werden wir ja in Emden ankommen.«

»Ich habe alle Fahrkarten für uns.«

»Die kann man zurückgeben!« Sabine setzte sich. Ihre Beine wurden plötzlich weich. Peter, dachte sie. Wenn er jemals erfährt, was hier vorgefallen ist. Es war ein Gedanke, der nicht weitergedacht werden durfte. Er war zu schrecklich. »Wie wollen Sie meinem Mann erklären, daß Sie mich entführt haben?«

»Ich bin wahnsinnig in Sie verliebt, Madonna.«

»Schrecklich, schrecklich! Sie erreichen genau das, was ich verhindern wollte: Sie zerstören meine Ehe.«

»Da ist nichts mehr zu zerstören«, sagte Ferro-Bornemeyer frech. »Ein Doppelzimmer mit einem Mann, die spanische Wand ist dabei unwichtig, unsere Küsse unter Zeugen, das alles reicht schon für eine Scheidung! Und im übrigen reden Sie sich jetzt nur ein, daß Sie Ihren Mann noch lieben.«

»Nein! Es stimmt, daß wir uns wenig zu sagen hatten. Ich war eifersüchtig, auf seinen Beruf, weil er keine Zeit für mich übrig ließ, auf seine Erfolge, weil sie ihn mir entfremdeten, auf seine Reisen, weil ich vor Eifersucht platzte. Wenn er dann zurückkam, wenn er im Bett lag und schlief, bin ich wieder aufgestanden und habe seine Taschen kontrolliert. Ich habe Hotelrechnungen gesucht, Kellnerbelege, Adressen und Telefonnummern von Frauen. Ich habe an seinem Anzug herumgeschnuppert wie ein Hund, ob nicht ein fremdes Parfüm an ihm klebte. Ich habe neben ihm gelegen und sein Gesicht angesehen: Was denkst du jetzt, habe ich gegrübelt. Was geht hinter dieser Stirn vor? Welche anderen Lippen hat dieser Mund geküßt? Welche Geheimnisse liegen hinter diesen Haaren? Vergangen bin ich vor Eifersucht. Und am Morgen war ich einsilbig, knurrig, böse, aber ich war zu stolz, ihm zu sagen, warum ich so war. Einmal habe ich es getan, da hat er mich schallend ausgelacht und mich ein Schaf genannt. Von da ab habe ich alles in mich hineingefressen, um nicht wieder ausgelacht zu werden. Ich habe alles, alles falsch gemacht! Und jetzt sind Sie Wahnsinniger da und entführen mich auch noch!«

»Ich würde dich auf Händen tragen, wenn du meine Frau wärst«, sagte Ferro kühn. Wie er das machen wollte, darüber dachte er nicht nach. Das Gehalt eines kleinen Assessors ist nicht in der Lage, eine Frau wie Sabine Sacher zu verwöhnen. »Ich werde zu deinem Mann fahren.«

»Nichts werden Sie! Ich werde versuchen, ihm alles zu erklären. Ich werde reumütig nach Düsseldorf zurückkehren und nichts mehr sagen, gar nichts, wenn ich wieder nur ein Einrichtungsgegenstand seiner Villa bin, ein lebendes Inventar, ein Prellbock seiner Launen und nach außen hin ein Renommierpüppchen seines Wirtschaftswunders.« Sie fuhr zu Ferro herum, der wie geschlagen neben der Tür stand. »Ich liebe meinen Mann! Und von Emden aus fahre ich zurück nach Düsseldorf!«

Ferro-Bornemeyer nickte. »Dort werden Sie fünf Wochen ganz allein sein. Denn Ihr Mann vergnügt sich sechs Wochen lang in Paris! Er wird keine Stunde davon abziehen, oder glauben Sie das?«

»Wenn ich ihm schreibe: Peter, komm.«

»Machen Sie den Versuch!«

Sabine Sacher wandte sich ab. Würde Peter kommen, wenn sie ihm schrieb? Sie wußte es nicht. Vielleicht lachte er wieder und schrieb zurück: Unsere sechs Wochen wollen wir durchstehen! Du hast es so gewollt! Wieder überfiel sie die Ungewißheit und die Angst vor der Scham, von ihm ausgelacht zu werden. Wie wenig kennt man seinen Mann, dachte sie.

»Ich werde es tun«, sagte sie. Sie wußte, daß sie ihm nicht schreiben würde. Er ist ein Dickkopf. Ich kann es auch sein. Wenn man nur einmal sehen würde, daß ihm alles leid tut. Es wäre ja alles so einfach und herrlich.

Was Ferro-Bornemeyer nie geglaubt hatte, geschah in Emden.

Sabine erklärte sich bereit, mit nach Nizza zu fahren.

»Aber zwischen uns ist eine Distanz wie unter guten Freunden!« stellte sie fest. »Wir vergessen, daß wir uns jemals geküßt haben! Ich fahre nur deshalb nach Nizza, um meinen Mann von Paris nachkommen zu lassen!«

»Natürlich!«

Bornemeyer war bereit, alles zu akzeptieren. Die Gegenwart Sabines allein genügte ihm, dazu Nizza, das Mittelmeer, die Palmen und die Illusion, reich zu sein.

Der kleine Mann Bornemeyer erlebte ein Märchen, das ein anderer bezahlte. Und er war bereit, für dieses kurze Märchen alles zu opfern und alle Konsequenzen zu tragen.

Im Gare d'Orléans stauten sich die Menschen vor den Fahrkartenschaltern. Zeitungsjungen riefen die Morgenblätter aus. Irgendwo hatte ein Politiker gesagt, die Lage sei noch nie so ernst gewesen. Die zu den Zügen hastenden Menschen hörten kaum hin. Es vergeht keine Woche, in der ein Politiker nicht so etwas sagt. Vielleicht gehört es zur Berechtigung ihrer Gehälter, so etwas zu sagen. Wer weiß es?

Auf einer Bank des Bahnsteigs 1 saß Peter Sacher und wartete auf seinen Zug nach dem Süden. Nach Nizza.

Er kam sich schlecht vor, und er hatte allen Grund, einen seelischen Kater mit sich herumzuführen.

Als er am Morgen das Haus Rue Championnet 25 verließ, hatte er nur einen Gedanken gehabt: Sofort zurück nach Düsseldorf! Er hatte Yvonne verlassen, so, wie sie es wollte. Während sie schlief, hatte er sich weggeschlichen, war in die Rue de Sèvres gefahren, hatte seinen Koffer gepackt und war hinausgefahren zum Gare d'Orléans.

Aber er kam nicht weit. Schon zwei Straßen von der Rue de Sèvres entfernt stieß er mit einem Milchwagen zusammen, weil er von Sabine träumte.

Drei Stunden dauerte das Polizeiverhör, das Abschleppen in die Werkstatt, dann endlich fuhr er mit einer Taxe zum Bahnhof, etwas verstört, nun auch noch ohne Wagen, denn die Reparatur, ein neuer Kühler samt zwei Kotflügeln, würde mindestens vier Wochen dauern.

Peter Sacher war in diesem Augenblick alles gleichgültig. Er kam sich von Kopf bis Fuß elend vor.

Das Erlebnis mit Yvonne bedrückte ihn. So oft er sich auch sagte, daß es hunderttausend Ehemänner gibt, die mit weniger oder gar keinen Skrupeln ihre Frauen betrügen – für sich nahm er diese billige Entschuldigung nicht an.

Er hatte in den vergangenen Tagen in seltener Klarheit erkannt, daß ihm trotz Paris, trotz Coucou, trotz Yvonne Sandou seine Frau Sabine fehlte. Überall. Beim Morgenkaffee schon fing es an. Niemand war da, der sich aufregte, weil er die Zeitung las, und der zu ihm sagte: ›Morgens liest du, am Tage bist du weg, am Abend liest du oder siehst fern, im Bett liest du, bis dir die Augen zufallen und dann schnarchst du! Ist das eine Ehe?‹ Es war überhaupt niemand da, der ihn ansprach. Es war schrecklich.

Das Mittagessen ging reibungslos vonstatten. Yvonne kochte, und man aß pünktlich um 12½ Uhr. In Düsseldorf war das anders. Da rief er aus seinem Büro an: ›Du, ich komme heute erst um 2 Uhr.‹ Sabine rief dann wütend: ›Ich habe heute Reibekuchen gemacht! Die kann ich nicht warm halten!‹ ›Gut‹, sagte er dann. ›Ich komme pünktlich!‹ Und er kam weder um 2 Uhr noch um 2 1/2 Uhr, es wurde 3 Uhr. Sabine saß wortlos im Sessel und stopfte, und er ging in die Küche und sah einen Berg kalter Reibekuchen. ›Sauerei!‹ hatte er dann gebrüllt und war in eine Wirtschaft essen gegangen. Kam er abends nach Hause, hatte Sabine rotgeweinte Augen, sprach immer noch nicht mit ihm, ging ins Bett, weil er wieder am Fernsehapparat hockte. Das alles war hier nicht. Hier verlief der Tag reibungslos, unpersönlich.

Ihm fehlte Sabine, wo er hinsah und was er tat.

Hatte er deshalb Yvonnes Nähe gesucht, um die Gedanken und seine Einsamkeit zu betäuben? Wenn er sich ehrlich darauf eine Antwort gab, mußte sie nein lauten. Er war einfach nicht stark genug gewesen, Yvonne auszuweichen. Er war ihr erlegen. Er war kein Übermensch gewesen, und niemand konnte es auch von ihm verlangen. Trotzdem aber kam er sich Sabine gegenüber schäbig vor. Sie hatte es nicht verdient, hintergangen zu werden. In diesen Tagen hatte er es erkannt! Er brauchte sie. Er liebte sie. Sonst wäre er auch nie auf den verrückten Gedanken gekommen, Sabine aus einer unerhörten Eifersucht heraus beobachten zu lassen.

Das war der Augenblick, in dem Peter Sacher vom Gare d'Orléans wegfahren wollte, um am Gare du Nord in den Zug nach Düsseldorf zu steigen. Aber schon auf dem Wege zum Taxenstand überlegte er.

Bis heute hatte Sabine nicht aus Borkum geschrieben. Dr. Portz würde es berichtet haben. In Borkum bewohnte sie ein Doppelzimmer! Sie war eine schöne, lebenslustige Frau, die bestimmt nicht allein in einer Ecke saß und voll Heimweh an Düsseldorf dachte. Wenn es ihr Ernst mit einem Zurückfinden in der Ehe gewesen wäre, hätte sie längst geschrieben: Peter, komm zurück. Wir waren ja verrückt! Wir benehmen uns wie Kinder, nicht wie erwachsene, reife Menschen. Sie hatte überhaupt nichts geschrieben. Also ging es ihr gut! Sie amüsierte sich. Es brauchte nicht so weit zu gehen wie zwischen ihm und Yvonne, aber . . .

Bei diesem ›aber‹ wurde Peter Sacher blaß vor Eifersucht. Es verletzt die männliche Würde, in einem Ehekonflikt als erster beizugeben. Männer werden immer wie trotzige, kleine Jungen, wenn sie keinen Ausweg mehr wissen. Peter Sacher machte da keine Ausnahme.

Er ging an dem Taxenstand vorbei, stand an der Straßenecke und kam sich in der Riesenstadt verloren vor. Zunächst fahre ich nach Nizza, dachte er. Das ist klar. Und wenn ich zurückkomme nach Düsseldorf, werde ich ja sehen, was aus Sabine in diesen sechs Wochen geworden ist. Wenn sie mir nur ein klein wenig entgegenkommt, nur ein ganz klein wenig, wird es werden wie in den Flitterwochen. Verdammt, das schwöre ich! Ein Leben ohne Sabine ist doch Unsinn. Wir gehören einfach zusammen.

Er rief doch eine Taxe heran und ließ sich über die Seine zum Boulevard Haussmann fahren. Was schon viele Ehemänner vor ihm getan hatten, tat auch Peter Sacher: Er suchte für Sabine ein Geschenk aus. Auch das ist eine merkwürdige Ansicht der Ehemänner: Mit einem Geschenk an die eigene Frau besänftigen sie ihre Reue. Seht, wie lieb ich zu ihr bin, denken sie dann. Was ich ihr alles mitbringe, das da aus Paris oder Hamburg oder Köln, na ja, das Leben ist manchmal wie Glatteis, und man rutscht aus. Und das Geschenk wäscht einen seelisch rein. Je größer, um so gründlicher. Denken die Ehemänner.

Peter Sacher ging über den Boulevard Haussmann und sah sich die Schaufensterauslagen an. Vor einem Juwelierladen blieb er stehen und starrte fasziniert auf ein Collier aus Gold und blutroten Rubinen. Es lag auf einer schwarzen Samtpuppe und funkelte. Wie untergehende Sonnen leuchteten die Rubine. Der Preis, in diskret kleinen Ziffern, war wahnsinnig.

Schon immer hatte sich Sabine ein Collier gewünscht, dachte Peter Sacher. Zwar nicht solch ein wertvolles, aber wenn sie ihr Abendkleid trug, fehlte wirklich etwas um ihren weißen, schönen Hals.

Lange stand er vor dem Schaufenster. Ihm gegenüber, hinter der seidenen Gardine, die die Fenster vom Laden trennte, stand der Juwelier und beobachtete ihn. Er schätzte ihn ab, kein Franzose, das war sicher. Auch kein Engländer oder Amerikaner. Vielleicht ein Schwede, ein Schweizer, ein Holländer, schlimmstenfalls ein Deutscher. Man würde auf Barzahlung bestehen müssen.

Ein Mann, der seine Frau betrogen hat, obgleich er sie liebt, ist für weitere Torheiten prädestiniert. Das muß irgendwie mit einem seelischen Schock zusammenhängen. Hier hätten die Psychologen noch ein reiches Forschungsgebiet! Peter Sacher folgte jedenfalls dem uralten Drang der Wiedergutmachung und betrat den Laden. Vorher hatte er seine Reisekasse durchgerechnet. Ihm blieb noch so viel, daß er nach Nizza fahren konnte.

Der Kauf war schnell getätigt. Die Barzahlung verscheuchte alle unangenehmen Gedanken des Juweliers. Er packte das Collier in einen roten Samtkasten, verschnürte und versiegelte das Paket im Beisein Peters, zählte dreimal die Geldscheine, sah, daß es keine Fälschungen waren, und geleitete Peter zufrieden bis vor die Tür.

Etwas benommen stieg Peter Sacher wieder in eine Taxe und ließ sich zurück zum Gare d'Orléans fahren. Auf den Knien lag ein Vermögen. Für Sabine, die er mit Yvonne, für seine Frau, die er wegen eines dummen Experimentes, obgleich er sie liebte, sechs Wochen lang . . . Er wischte sich über das Gesicht. Wie idiotisch wir uns benehmen, dachte er zum ungezählten Male. Wenn ich wüßte, daß Sabine mich nicht für einen Schwächling hält, würde ich zu ihr nach Borkum fahren, statt nach Nizza. Ich würde sie in die Arme nehmen und – Aber ebensogut kann sie mich ansehen, als sei sie tief beleidigt, und fragen: »Was machst du denn hier? Nicht einmal in den Ferien hat man Ruhe vor dir! Übrigens, in der Halle des Hotels steht ein Fernsehgerät. Heute abend gibt's eine Revue. Viel Vergnügen.«

Mit einem Rubincollier in der Tasche und wahnsinniger Sehnsucht nach Sabine fuhr Peter Sacher nach Nizza.

Durch seinen Juwelenkauf hatte er den Frühzug verpaßt. Der Mittagszug war von der Sonne ausgeglüht. Peter zog seine Jacke aus, krempelte die Hemdsärmel hoch und las in einigen Buntprospekten der Riviera, bis der Zug anruckte und aus dem Backofen der Bahnhofshalle rauschte.

Die herrliche Provence erlebte er im Abendrot. Die Weingärten sahen aus, als habe man sie mit Rotwein übergossen. In Avignon wurde der Zug auf ein totes Gleis geschoben und blieb die Nacht über stehen.

Peter kaufte von einem Bahnhofshändler einige Kekse, Käse und eine kleine Flasche Wein, aß dies als Abendmahlzeit und zog dann die Sitze heraus, um zu schlafen.

Mit dem rechten Arm als Kopfkissen schlief er ein. Unter seinem Kopf lag die Aktentasche mit dem Rubinschmuck. Vorher hatte er die Abteiltür verriegelt und das Fenster kontrolliert. Es konnte von außen nicht geöffnet werden.

Er träumte schrecklich. Sabine, im Traum, nahm das Collier, wog es in der Hand und sagte: »Du Schuft! Um mir das zu schenken, mußt du mich tausendmal betrogen haben!« und warf es ihm an den Kopf.

Schweißgebadet wachte er auf. Der Zug fuhr durch das morgenhelle Südfrankreich, der Küste des Mittelmeeres entgegen. Zerschlagen ruckte Peter das Fenster hinunter und steckte den brummenden Schädel in die kalte Morgenluft. Der Zugwind blies ihm ins Gesicht, riß an seinen Haaren. Die ersten Pinien und Zypressen tauchten auf. Ab und zu schon eine Palme, windzerzaust. Ein Dichter würde sagen: Er roch schon das Meer.

Durch Tunnel und Felsen ratterte der Zug. Peter wusch sich auf dem Zug-WC, rasierte sich elektrisch, ließ sich ein Kännchen Kaffee bringen und starrte hinaus auf die schon subtropisch werdende Landschaft.

Dunst hing über den Weingärten und Felsendörfern. Plötzlich, als ob man einen Schleier wegzieht, zerriß der Dunst, und in strahlendster Sonne lag wie eine blaue, riesige Scheibe das Mittelmeer vor seinen Augen. Ein Zypressenwald wiegte sich im Meerwind. Weiße Villen klebten wie bizarre Vogelnester an den Felsen, zu deren Füßen die See emporschäumte. Auf dem unwahrscheinlichen Blau des Wassers schwebten die weißen Segel der Boote oder schaukelten die Jachten, mit bunten Fahnen und Girlanden umkränzt.

Dann sah er Nizza. Eine weiße Stadt an einem goldenen Strand, so schien es. Hotels mit Riesenterrassen reihten sich wie Perlen an der weißen Schnur der Uferpromenade. Palmen wogten im Wind, Luxusautos glitten langsam über das in der Sonne flimmernde Pflaster.

Langsam, als stocke er vor soviel Schönheit auf einem kleinen Fleck Erde, fuhr der Zug in die Glashalle des Bahnhofes ein. Ein Heer von Gepäckträgern und Hotelboys bevölkerte den Bahnsteig und belagerte die Ausgänge.

Auf einer weißen Bank saß ein langer, schmaler, englisch wirkender Herr in einem weißen Tennisanzug, rauchte eine lange, gebogene Virginiazigarre, hatte ein hochmütiges, schon snobistisches Gesicht, trug seine Tennisschuhe an nackten Füßen und hatte die Hosen so hochgezogen, daß jeder sah: Er trägt keine Strümpfe.

Heinz v. Kletow.

Peter sah ihn schon von weitem, als der Zug langsam in die Halle rollte. Man konnte ihn nicht übersehen. Er fiel auf, und er lebte davon. So war es schon vor drei Jahren gewesen, als Heinz v. Kletow zum letztenmal mit Peter Sacher zusammen war. Was Frankreich und vor allem Paris in diesen drei Jahren aus Heinz gemacht hatten, war im Augenblick noch nicht zu übersehen. Eines war aber sicher: Geändert hatte er sich nicht.

Wenn Männer nach langen Jahren sich wiedertreffen, brüllen und schreien sie sich an, als wollten sie sich an den Kragen. Sie hauen sich auf die Schulter, schlagen sich den Hut vom Kopf, boxen sich in die Rippen, benehmen sich wie ausgebrochene Irre und lassen im Umkreis von hundert Metern alle wissen, wie herrlich es ist, den Fritz oder Franz oder Willi endlich wiederzusehen.

Es ist, als seien sie allein auf der Welt. Die staunenden Mitmenschen erfahren, daß sie gut verdienen, daß es ihnen blendend geht, daß man eine süße Frau habe, oder eine verdammt feurige Geliebte, und daß die siebte gerade dabei sei, einen Tee zum Empfang zu kochen.

Dann faßt man sich unter, entschuldigt sich nicht, wenn man andere anrempelt, weil man es gar nicht merkt, rennt aus der Bahnhofshalle und brüllt sich weiter an. Was man in Jahren erlebte, teilt man in fünf Minuten mit. Selbst auf anwesende Jugendliche nimmt man keine Rücksicht.

Das alles gehört, ein Geheimnis, warum, zu einer echten männlichen Begrüßung.

Heinz v. Kletow verfeinerte die Begrüßung nach dem ersten Sturm durch eine kleine Schau. Er stellte Peter Sacher mitten auf den Bahnhofsvorplatz und zeigte mit großer Gebärde um sich.

»Weißt du, was das ist?«

»Nizza, du Idiot!«

Der Umgangston zwischen Freunden bedarf noch einer gründlichen moraltheoretischen und sprachwissenschaftlichen Untersuchung. Er gehört zu den ungelösten Phänomenen.

»Nein!« Heinz v. Kletow stand wie eine Säule. »Mein Untergang!«

Peter Sacher winkte ab und lachte. »Heinz, mach dir keine Illusionen! Ich bin völlig abgebrannt!«

»Geld!« Kletow zeigte ein verächtliches Gesicht. So muß er aussehen, dachte Peter, wenn Frauen zu ihm von Liebe sprechen. »Wer spricht vom Mammon? Wer wird beim Anblick der Palmen, des weißen Strandes und des braungebrannten Mädchenfleisches so prosaisch sein? Nein! Nizza bedeutet für mich den Untergang meiner Moral!«

»Oh!« Peter Sacher lockerte den Schlipsknoten. »Es kann sich da höchstens um ein Wrack handeln, das endlich untergeht.« Er stieß Heinz in die Seite. »Nun los, quatsch nicht so kariert. Wo ist dein Wagen? Wo liegt deine weiße Villa?«

»Sofort!« Heinz streckte den Arm aus und zeigte auf einen Felsen, der an der Autostraße fast unmittelbar in das tintenblaue Meer abfiel. Um seinen Fuß tummelten sich Segler und Jachten. »Siehst du das steinerne Wunder, Freund?«

»Den Klotz? Allerdings.«

»Und auf ihm das bescheidene Häuschen?«

Peter Sacher sah Heinz von der Seite an. Was soll's, dachte er.

»Ein Märchenpalast«, sagte er.

Heinz v. Kletow zog Peter ein Stück des Weges fort und blieb dann wieder stehen. Wie im Anblick des herrlichen weißen Hauses versunken, starrte er zu dem jetzt nahen Felsen hinüber.

»Das Ganze ist eine äußerst solide und lebensnahe Geschichte«, meinte er. »Es gehört einem Grafen Fiorini.«

»Die Geschichte?«

»Das Haus, du Depp!«

»Graf Fiorini? Kein Begriff.«

»Mir auch nicht. Ich habe ihn nie gesehen. Der Graf ist dauernd auf Reisen. Um sein Haus nicht verkommen zu lassen, hat er einen Verwalter eingesetzt. Dieser Verwalter hat eine dicke, häßliche Frau, kannst du mir folgen?«

»Schwer. Ich verstehe noch gar nichts. Häßliche, dicke Frauen waren nie mein Typ!«

»Dieser Verwalter ist immer genau über die Reiseroute seines Herrn orientiert, weil er ihm die Post nachschicken muß. So hat er Gelegenheit, sich eine dicke Nebeneinnahme zu verschaffen: Er vermietet das Haus!«

»Gauner!«

»Der Mietpreis ist nicht sehr hoch. Dafür bekommen das Haus aber auch nur Eingeweihte. Grundbedingung ist Verschwiegenheit.«

Peter Sacher betrachtete seinen Freund kritisch. Irgend etwas stimmte hier nicht. Mit solch langen Vorreden hatte sich Heinz v. Kletow nie aufgehalten.

»Was soll das?« fragte er. »Wozu erzählst du hier die traurige Moritat vom Grafen Fiorini und seinem dickbeweibten Verwalter?«

»Ich habe das Haus gemietet!«

»Du? Bist du wahnsinnig?«

Peter Sacher sah noch einmal hinüber zu dem von der Brandung umspülten Felsen. Eine riesige Villa mit großen Terrassen und einem künstlich angelegten Zypressenpark, mit Wasserspielen und Brunnenkaskaden, Springbrunnen, Rosenbeeten und weißen Kieswegen. Sitz eines unermeßlich Reichen. Ein Traumschloß. Und Heinz v. Kletow bewohnte es?

»Wie willst du denn das bezahlen?« stammelte Peter.

»Sprich nicht von Geld!« Kletow hob die Hand. Er wischte die Worte Peters weg. »Es gibt zwei Worte, die mich rasend machen: Geld und Frauen! Jedes Wort auf seine Art.«

»Also pleite!«

»Dummheit! Pleite kann nur der sein, der etwas hatte. Wer nichts gehabt hat, kann nie pleite sein. Das ist das Gute an der ganzen Sache: Man kommt sich nie ratlos vor. Ich leide lediglich an chronischer Zahlvergeßlichkeit.«

»Das ist ja wohl dasselbe!«

»Nicht ganz. Es gibt da dialektische Unterschiede. Du wirst es als überkorrekter Mensch nie verstehen. Warum bist du eigentlich nicht Beamter geworden?«

»Heinz! Ich –«

»Reden wir nicht davon! Zurück zum Grafen Fiorini. Ich habe die Villa gemietet. Ich habe sie sogar bis heute bewohnt!«

»Unglaublich. In der Tat.«

»Aber nun, gerade heute, will der Verwalter einen Gegendienst.«

»Ohne Dialektik: Geld!«

Heinz v. Kletow verzog das Gesicht.

»Ich sagte klar: Gegendienst! Das Wort Geld macht mich übel! Der Verwalter und ich hatten ein Abkommen getroffen: Da wir uns auf eine Barsumme nicht einigen konnten . . .«

»Deine Dialektik ist bezwingend«, lachte Peter.

». . . vereinbarten wir, daß Leistungen meinerseits in Naturalien zu erfolgen hätten.«

»Du willst einen Gemüseladen aufmachen?«

Heinz v. Kletow sah Peter strafend an. »Warum nennst du Coucou Gemüse?«

»Was hat denn Coucou mit Gemüse zu tun?«

»Eben!«

»Der Verwalter, sagtest du, verlangt statt Miete Naturalien.«

»Genau!« Heinz steckte die Hände in die Hosentaschen und sah wieder hinüber zu dem weißen Schloß. »Willst du bestreiten, daß Coucou keine Naturalie ist?«

»Heinz!« Peter Sacher riß seinen Freund am Arm zu sich herum. »Das ist Kuppelei!«

»Welch ein ordinärer Mensch du doch bist! Wie kann man so ausfällig werden? Die Lieferung von Naturalien fällt unter den Begriff der Ernährung.«

»Du willst doch nicht im Ernst behaupten, daß Coucou zur Ernährung des Verwalters beiträgt?«

»In erster Linie zu seinem körperlichen Wohlbefinden.«

»Unerhört!«

»Unerhört ist nur die Sucht der Moralisten, dort Moral zu lesen, wo keine ist! Schon im Altertum war es üblich, Mietrückstände durch Austausch netter Sklavinnen zu begleichen.«

»Wir leben nicht zur Zeit Trajans, sondern im 20. Jahrhundert!«

»Deswegen sind die Sklavinnen doch nicht häßlicher geworden? Nur die Namen haben sich geändert. Früher hießen sie Hetären, heute heißen sie . . .«

»Schon gut! Schon gut!« Peter Sacher sah sich um. Es war ihm peinlich, daß Heinz so laut und ungeniert sprach. Auch wenn es Deutsch war, so gab es auch in Nizza genug Leute, die die deutsche Sprache verstanden. »Wir werden also Coucou dort oben bei dem Verwalter wiedersehen.«

»Nein!«

»Aber du hast doch gesagt?«

»Du wirst nie meine Gedankengänge verstehen!«

»Wie dem auch sei, fahren wir erst einmal hinauf zu deinem Traumschloß.« Peter Sacher sah sich um. Kleine, bunte, leichte Eselskarren warteten am Straßenrand. Es war eine neue Attraktion Nizzas, mit der die Reisenden zu den Hotels und Pensionen gefahren wurden. »Nehmen wir solch einen Karren, was?«

Heinz v. Kletow hielt den Arm Peters fest, bevor dieser einen der Eselskarren herbeiwinken konnte.

»Noch einen Augenblick. Ich habe noch eine Fortsetzung meiner Moritat: Der Verwalter wiegt 210 Pfund. In seiner Jugend war er Halbschwergewichtsmeister von Nizza. Er schlägt heute noch eine schnelle und knallharte Rechte. Außerdem frönt er der niedrigen Eigenschaft, nicht mit sich feilschen zu lassen.«

»Ich habe mit ihm nichts zu feilschen. Wir nehmen einen Karren und fahren hinauf.«

»Auf deine Verantwortung!«

Peter winkte einen der Eselskarren heran und stieg in das wakkelige Gefährt. Heinz blieb auf der Straße stehen. Nachdenklich sah er hinüber zu der weißen Villa.

»An mich denkst du wohl nicht?« fragte er. »Er wird mit mir nicht handeln wollen.«

»Was sollte er auch? Du hast ihm Coucou als leckeren Blumenkohl geliefert.«

»Einen Dreck habe ich!«

»Was?« Peter sprang aus dem Eselskarren und drückte dem verblüfften Kutscher zwanzig Francs in die Hand. Dann zog er Heinz in eine Türnische. »Coucou ist nicht oben im Schloß?«

»Wie sollte sie das wohl? Glaubst du, sie gibt sich zu solch einem Handel her? Sie liebt mich!« Heinz tupfte sich die Stirn mit einem nach Rosen duftenden Seidentaschentuch ab. »Ich habe dem Verwalter Naturalien *versprochen*, geliefert habe ich noch nichts! Woher auch? Bin ich ein Mädchenhändler? Er hat das Bild Coucous gesehen, sie liegt auf einer Couch und hat nur eine Perlenkette an, und war so begeistert, daß er mir die Miete für drei Monate erlassen wollte, wenn ich Coucou heranschaffte. Ich sagte ja. Wer weiß, was in drei Monaten ist, dachte ich. Nun will der dicke Kerl aber einen Vorschuß haben und hat seine Frau weggeschickt. Was soll ich tun? Es gibt nur eins: Aus der Reichweite der 210 Pfund kommen!«

»Dafür läßt du mich nach Nizza kommen? Lockst mich aus Paris. Verhinderst meine Rückkehr nach Düsseldorf!«

»Was willst du in Düsseldorf?«

»Ich will zurück zu Sabine. Ich liebe sie, du Trottel! Jetzt weiß ich es!«

»Nach fünf Tagen Eheferien! Oh, es gibt keine richtigen markigen Männer mehr! Nur Waschlappen!«

»Vor sieben Jahren hast du vor Sabine auf den Knien gelegen und sie angefleht, nicht mich, sondern dich zu heiraten! Gewinselt hast du!«

»Jugendsünden! Wenn ich sehe, wie du unterm Pantoffel stehst.«

»Wir fahren aufs Schloß!« schrie Peter Sacher. »Ich gönne dir eine Tracht Prügel!«

Heinz v. Kletow kratzte sich den Kopf. »Die Sache hat noch einen Haken. Du wirst mit verprügelt.«

»Ich?«

»Ja. Ich habe gesagt, daß du die süße Coucou hierherbringst.«

»Du gemeiner Hund!«

»Freundesdienst, Peter. Geteiltes Leid unter Gleichgesinnten. Außerdem kannst du den Reiz der Mittäterschaft genießen.«

»Danke! Gehen wir! Aber ich schwöre dir: Morgen fahre ich zurück nach Düsseldorf. Das heißt . . .« Peter Sacher dachte an seine paar Francs, die ihm geblieben waren. Er mußte seine Bank telegrafisch beauftragen, neues Geld an die Nationalbank Nizza zu überweisen. Das würde sicherlich drei Tage dauern. »Ich werde drei Tage bei dir bleiben! Und dann hoffe ich, dich wiederum drei Jahre nicht mehr zu sehen.«

Er sah sich um. Hotel reihte sich an Hotel. Die Uferpromenade war eingefaßt mit großen Villen inmitten von Palmengärten. Eine glühende Hitze lag über der Stadt. Selbst der Wind war heiß. Er kam übers Meer, aus den endlosen Wüsten Nordafrikas.

»Also denn, gehen wir!« sagte Peter noch einmal.

»Sofort! Aber wohin, edler Charakter?«

»Ein Hotel suchen.«

»Welch ein Luxusschwein! Die billigste Übernachtung in der Herberge ›Zur fröhlichen Wanze‹ kostet 25 neue Francs! Allerdings sind in diesen Preis mit einbegriffen: Salmiakwaschungen gegen Flohstiche und Honorar heißer Kellnerinnen. Freiwillige Spenden ausgeschlossen! Ein Zimmerlein zum Hinterhof einer Villa am Meer: 40 neue Francs! Dafür atmest du Seeluft und hörst das Meer rauschen. Es kann aber auch der daneben liegende Lokus sein. Einrichtung des Luxuszimmers: Ein Bett mit vier wackeligen Pfosten und Ausblick auf einen Haufen Küchenabfälle. An mehr zu denken, wäre vermessen, es sei, du stellst Dosenfleisch in Chikago oder Nylonwäsche in New Orleans her!«

Peter Sacher sah die lange Reihe der weißen Villen entlang. Breite Fenster mit Jalousien, Palmen, hinter Markisen sich leise summend drehende Ventilatoren. Es mußte herrlich sein, in einem solchen Haus zu wohnen.

Er dachte an seine eigene Villa am Rhein, und es wurde ihm wehmütig ums Herz.

»Irgendwo müssen wir ja schlafen!«

»Das werden wir auch!« Heinz v. Kletow sah hochmütig auf ein paar Amerikaner, die an ihnen vorbeigingen. »Zunächst, wieviel Geld kannst du ausgeben?«

»Nichts!«

»Du witzelst, Freund.«

»Ich bin blank.«

»Aber du hast doch einen gutgehenden Beruf! Du hast am Rhein . . .«

»Zähle nichts auf. Ich habe im Augenblick kein Geld. Bis es kommt, können drei Tage vergehen. In diesen drei Tagen aber können wir doch nicht auf einer Bank schlafen!«

»Dir fehlt das wahre Genie! Wir werden nicht nur schlafen, sondern sogar ruhen! Was Millionäre mit Scheckbüchern erkaufen, bekommen wir für 3 Francs: fließendes Wasser, Nachtmusik, Klimaanlage, Meeresrauschen, kostenlose Vorführungen von Liebespaaren bis zur jugendgefährdenden Darbietung. Es ist doch kein Bonner Staatsanwalt hier?«

»Nein«, sagte Peter Sacher verwundert.

»Alles für 3 Francs!«

»Blödsinn!«

»Tja, da staunte selbst der Krebs, bevor er ins kochende Wasser fiel und rot wurde. Wir werden in Nizzas bester Gesellschaft schlafen! Ein Luxusschlaf für drei Francs!«

»Und wo ist das Hotel?«

»Am Strand.«

Peter Sacher setzte sich auf eine der weißen Holzbänke an der Promenade und streckte die Beine von sich. Heinz v. Kletow blieb stehen. Er hatte zwei Mädchen kommen sehen.

»Also ein Strandhotel?« fragte Peter. »Muß ja ein Wunderhotel sein! Für 3 Francs! Oder hast du dem Geschäftsführer etwa auch Coucou avisiert?«

»Mitnichten! Du greifst nur wieder zu hoch in deinen Erwartungen. Unser Hotel wird ein Strandkorb sein!«

Als sei die Bank durch einen elektrischen Strom geladen worden, zuckte Peter empor.

»Du bist wohl völlig geistig ausgerutscht? Ein Strandkorb?«

»Bitte, ereifere dich nicht! Wer es nicht kennt, sollte sich überraschen lassen. Eine Nacht im Strandkorb am Strand von Nizza ersetzt sieben Sittenfilme.«

»Schlafen will ich!« rief Peter.

»Auch das kann man. Eingewiegt vom Gemurmel der Wellen und dem Schmatzen küssender Mädchen.«

»Mein Gott, hast du nichts anderes im Sinn?!«

Heinz v. Kletow hob die breiten Schultern. »Ein Lebenskünstler hält sich immer am Mittelpunkt des Lebens.«

»Ich kenne Erstrebenswerteres: ein eigenes Heim, eine liebe Frau.«

»Wie Sabine!« sagte Heinz gehässig.

»Genau! Das Leben, das du führst, ist ekelhaft!«

»Peter, der Moralist! Nach ›Peter und der Wolf‹ ein neues Märchen! Wie sieben Jahre Ehe einen Menschen wie dich verändern!« Er winkte ab, als Peter Sacher erneut auffuhr und etwas dazwischenrufen wollte. »Lassen wir das Thema. Wärest du Schriftsteller, würdest du in einem nächtlichen Strandkorb den Stoff von zehn Romanen bekommen! Alle die reichen, vornehmen Herren und die hochgeschlossenen sittsamen Damen des Nachts allein im Mondschein, man erkennt sie kaum wieder! Es gibt da soziologische Studien.«

»Du kannst sagen, was du willst: Ich schlafe nicht wie ein Landstreicher in einem Strandkorb!«

»Es wird uns nichts anderes übrigbleiben.«

»Ich will ein richtiges Bett!«

»Der biedere Muffelbürger! Oben ein Daunendeckchen, unten ein Daunendeckchen.« Heinz v. Kletow hieb Peter auf die Schulter. »Verhätschelt die Ehe einen Mann so sehr, daß er wie ein Baby nach seinem Bettchen schreit? Kerl, wo ist der Peter Sacher geblieben, der in München auf der Universität dem Germanistikprofessor beweisen wollte, daß das Wort Mist eng mit dem Wort Most verwandt sei, weil beides in Gärung übergehe? Was ist davon geblieben?«

»Wir sind immerhin fünfzehn Jahre älter geworden!«

»Körperlich. Jedes Jauchefaß nutzt sich ab. Aber unser Herz ist doch jung, verdammt noch mal! Komm mit in den Strandkorb! Vielleicht lernst du heute nacht schon einen nackten Millionär kennen, dem du ein Schloß für 2 Millionen bauen darfst! Von unserer ›Villa‹ kann man die besten Beziehungen knüpfen. Man sieht dann die Menschen ohne die Maske, die sie tagsüber tragen.«

Peter Sacher hob resignierend die Schultern. »Es wird uns nichts anderes übrigbleiben.« Er griff in seine Gesäßtasche und holte das Portemonnaie hervor. Heinz v. Kletow zählte mit, als Peter die wenigen Francs durch die Finger gleiten ließ.

»87 Francs und 33 Centimes«, sagte Kletow. »Du bist zwar reich, mein Freund, aber für ein gutes Bett drei Nächte lang reicht es nicht. Komm, gehen wir!«

»In drei Tagen bin ich weg! Das verspreche ich dir!« Peter Sacher steckte das Geld wieder ein. Er nahm seine beiden Koffer von der Straße und ging Heinz v. Kletow nach, der elegant, die

Blicke auf sich ziehend, vorausschritt wie ein Millionär oder Meistergauner.

Später, nachdem sie Peters Koffer in einem großen Strandzelt, das sie mieteten, abgestellt hatten, gingen sie wieder über die Promenade, Arm in Arm, durch die Sonne, das Meer und die Landschaft versöhnt. Die herrlichste Uferstraße Europas ist die von Nizza. Palmen wiegen sich im warmen Meerwind, über die Terrassen der Hotels klingt leise Musik, die Fassaden und der Sand des Strandes blenden mit ihrem Weiß. Schöne Frauen sitzen in Korbsesseln oder weißlackierten Boulevardstühlchen unter bunten Sonnendächern und lassen sich bewundern.

Heinz v. Kletow nickte, als Peter einige begeisterte Blicke auf sie warf.

»Unter südlicher Sonne gedeiht eine gute Rasse«, sagte er weise. »Orchideen, die du mit Goldwasser begießen mußt. Nimmt man einfaches Leitungswasser, fangen sie an zu stinken.«

»Wie witzig du bist«, sagte Peter gereizt.

»Ein guter Ehemann wie du wird das nie verstehen! Junge, Junge, was hat unsere Sabine bloß aus dir gemacht!«

Es gibt Menschen, die werden vom Alltag erschlagen. Sie sitzen dann herum, stieren Löcher in die Tapete, essen die Suppe mit der Gabel, sehen einen, wenn man sie anspricht, mit den Augen eines sterbenden Tieres an, als wollten sie sagen: Seht, es geht zu Ende! Sie sind eben in einem Zustand völliger geistiger Verstörtheit.

Daß solche Symptome bei einem Riesen wie Dr. Ernst Portz auftraten, war unheimlich. Der Buchhalter und der Bürovorsteher, die Tippmädchen und der Postbote sahen ihn wie ein Wrack hinter seinem Schreibtisch sitzen. Er hing auf seinem Stuhl wie ein hingeworfenes Handtuch, schlief nachts nur unter Hilfe von Brom, ja, es schien fast, als sei er plötzlich abgemagert und der Talar ihm zu weit geworden.

Das Leben hatte es bisher gut mit ihm gemeint, bis zu jenem Tag, an dem der eingeschriebene Brief an E. Ferro, Borkum, Pension ›Seeadler‹, als unbestellbar zurückkam mit dem Vermerk: ›Adressat nach Kopenhagen verreist‹.

Was Dr. Portz flehentlich als ›unmöglich‹ herbeisehnte, bestätigte die Mittagspost: Auch der Brief an Sabine Sacher kam zurück. Verreist nach Kopenhagen!

»Sie sind zusammen gefahren«, sagte Dr. Portz dumpf. Dann vernichtete er die Schreiben, gab telefonisch ein Telegramm an Maître Emile Caravecchi in Paris durch mit der dringenden Bitte, alles zu versuchen, Peter Sacher zu einer Rückkehr nach Düsseldorf zu bewegen. Sofort! Mit dem Flugzeug!

Maître Caravecchi antwortete prompt nach vier Stunden. Das Telegramm, das der Bürovorsteher hereintrug, als käme er zu einem Schwerkranken, lautete:

›peter sacher aus paris verschwunden – stop – neues ziel unbekannt – stop – nach ermittlungen festgestellt daß sacher auf dem boulevard haussmann ein collier im werte von 27000 neuen francs gekauft hat – stop – abreise nach kauf – stop – vermuten abschiedsgeschenk für freundin – stop – vermute daß auch reise nicht allein erfolgte – stop – caravecchi‹

Das Leben war für Dr. Portz wirklich traurig geworden.

Eine zersprungene Ehe zu flicken, ist schlimmer, als 30 Esel zu überreden, einen Karren zu ziehen. Bei den Eseln hat man immerhin noch die Hoffnung, daß sie gehorchen. Aufgescheuchte Eheleute sind störrischer. Es gibt deshalb auch mehr Scheidungsanwälte als Standesämter.

Was Bornemeyer in Kopenhagen wollte, war Dr. Portz völlig rätselhaft. Eine ganz leise Hoffnung hatte er, daß sich alles als harmlos herausstellen würde. Vielleicht hatte Sabine ihren Plan geändert und war nach Dänemark weitergefahren. Bornemeyer, getreu seinem Auftrag, war hinterhergefahren. So konnte es sein. Es gab aber auch noch andere Möglichkeiten. An sie wagte Dr. Portz nicht zu denken, ohne vor sich selbst rot zu werden.

Das Verhalten Peters war absolut ehewidrig. Der enthusiastische Brief aus Paris hatte es bewiesen, das Collier und das Verschwinden aus Paris waren nur eine Folge davon. Er hatte sich diese Yvonne zugelegt und war im Augenblick moralischen oder gar ehelichen Zusprüchen völlig abhold. Sabine durfte davon nie etwas erfahren. So etwas regelt man unter Männern und Freunden hinter der vorgehaltenen Hand. Aber wenn Sabine und Bornemeyer . . .

Dr. Portz begriff es nicht. Es war auch zu schwer zu verstehen, daß eine so elegante und verwöhnte Frau wie Sabine plötzlich an einer so faden Nudel wie diesem Bornemeyer Gefallen finden konnte. Das alles war so absurd, daß Dr. Portz zum erstenmal in seinem Leben vor der Frage stand, ob der Mensch im Grunde genommen doch nicht ganz fertig von der Schöpfung geliefert worden war.

Was man zunächst tun konnte, war nichts. Man mußte warten. Irgendwie löst sich alles auf. Und dieses untätige Warten war es, was Dr. Portz die Nerven raubte. Wissend um die Dinge mußte er zusehen, wie sich Unglücke zusammenbrauten, deren Verhinderung ihm aus der Hand genommen worden war.

Gegen Mittag brachte die Sekretärin einen Stapel Zeitungen ins Büro. Meistens überflog Dr. Portz nur die Überschriften der Artikel und die Schlagzeilen, um dann den Wirtschaftsteil und die Gerichtsberichte genauer zu studieren. Widerwillig nahm er deshalb die erste Zeitung und blickte über die erste Seite. Eine Überschrift sprang ihn an und schüttelte ihn durch.

Ein Hochstapler auf Borkum?

Dr. Portz bekam einen steifen Nacken. Wie Blei lag es ihm im Genick. Das ist nicht wahr, sagte er immer wieder. Das ist nicht wahr.

Aber es war so. Der Artikel wurde nicht anders, auch wenn Dr. Portz schweratmend bei jeder Zeile sagte: »Das ist Wahnsinn!«

Wie uns aus Borkum von einem Kurgast, dem Baron B., berichtet wird, hat dort seit einigen Tagen ein übler Hochstapler sein Unwesen getrieben. Als italienischer Millionär und Autohändler Ermano Ferro auftretend, in der besten Pension wohnend, versuchte er, die Kurgäste zu betrügen. Er bot Luxusautos einer nicht existierenden italienischen Autofirma ›Pneumastica‹ an und versuchte, hohe Anzahlungen zu kassieren. Nur der Wachsamkeit des Barons B. war es zu verdanken, den Betrüger, der mit einer Komplicin auftrat, zu entlarven. Leider waren die Galgenvögel schon ausgeflogen, als die Polizei sie verhaften wollte. Nach Aussagen des Portiers der Pension sollen sie in Richtung Kopenhagen geflohen sein. Man nimmt aber an, daß diese Adresse falsch ist und nur zur Täuschung gegeben wurde. Das Paar, dem es nicht gelang, einen Kurgast zu schädigen, muß noch in Deutschland sein. Beschreibung der Betrüger: Der Mann – 1,85 bis 1,90 groß (!), überschlank ...

»Bornemeyer! O Bornemeyer!« stöhnte Dr. Portz und warf die Zeitung weg. Er vergrub sein Gesicht in beide Hände und saß eine Zeitlang wie versteinert. Der Bürovorsteher, der nach mehrmaligem Klopfen den Kopf ins Chefzimmer steckte, schloß schnell wieder die Tür. Der Anblick war erschreckend.

Es muß etwas geschehen, dachte Dr. Portz. Es ist unmöglich, untätig herumzusitzen und abzuwarten. Aber was soll man machen? Bornemeyer ist niemals in Kopenhagen. Peter Sacher amüsiert sich irgendwo in Frankreich mit einer anderen Frau. Das alles ist kein Grund, über den Rundfunk Peter zu erreichen oder die Kriminalpolizei einzuschalten. Was die Zeitung da von Bornemeyer erzählte, war absoluter Unsinn. Die Zeitung! Dr. Portz sah einen Lichtblick.

Er rief die Redaktion an. Er stellte sich als Anwalt des beschuldigten ›Hochstaplers‹ vor und bat um genaue Auskunft, wie dieser irrsinnige Artikel erscheinen konnte.

Die Auskunft war klar und doch verworren: Der Bericht war von einem Reporter durchgegeben worden, der ebenfalls zur Erholung auf Borkum weilte. Als Zeugen wurden angegeben: Baron v. Bergenfeldt, der Portier vom ›Seeadler‹, die Direktion und einige Herren der Kurverwaltung. Nur der Boy sagte gut aus . . . er hatte fünf Mark Trinkgeld bekommen. Er schied als befangen aus.

Dr. Portz rief Borkum an. Die Direktion des ›Seeadlers‹ war noch immer konsterniert. Sie berichtete kurz: Herr Ferro sei bei ihnen abgestiegen, habe mit Frau Sacher ein Doppelzimmer bewohnt, mit Einverständnis der Dame übrigens, was man heute verstehen könne, denn es handelte sich um ein Gauner-Duo! Alles andere sei durch die Presse bekannt.

Dr. Portz legte auf. »Es ist wahnsinnig!« sagte er. Dann rief er die Reederei an. Die Verwaltung sah die Liste der Vorbestellungen durch und bestätigte folgendes:

Telefonisch hatte ein Herr Ermano Ferro einen Platz für den letzten Dampfer bestellt und bekommen.

»*Einen* Platz?« rief Dr. Portz hoffnungsvoll ins Telefon.

»Ja. Ferner eine Gepäckfracht für eine große, wertvolle Porzellanstatue.«

»Was?« schrie Dr. Portz. »Eine Porzellanstatue?! Das ist doch unmöglich!«

»Herr Ferro hat sie sogar mit 2000,– DM transportversichert.«

»Das muß ein Irrtum sein«, keuchte Dr. Portz. Eine schreckliche Ahnung quoll in ihm auf wie ein Hefekuchen und drückte seine Stimme ab.

»Herr Ferro kam wirklich mit einer Statue. Der zweite Offizier half sogar noch beim Tragen. Er wunderte sich, wie schwer sie war.«

»Und die Dame?« stammelte Dr. Portz.

»Welche Dame?«

»Herr Ferro reiste doch in Begleitung einer Dame.«

»Davon wissen wir nichts. Herr Ferro hat nur eine Fahrkarte gelöst. Eine zweite, bestellte Fahrkarte ließ er als Frachtschein für die Porzellanfigur umbuchen.«

»Da-, danke«, stotterte Dr. Portz.

Als gebrochener Mann hockte er hinter dem Telefon. Es gab gar keine Fragen mehr. Ganz klar stand ihm vor Augen, was in Borkum geschehen war. Bornemeyer hatte Sabine Sacher gewaltsam entführt! Als Porzellanfigur verpackt, hatte er sie auf das Schiff gebracht. Wie er sie betäubt hatte, wie er überhaupt auf diesen irrsinnigen Gedanken gekommen war, das waren Dinge, die später geklärt werden konnten. Allein die Tatsache, daß Bornemeyer die Frau eines Mandanten entführte, war genug, um Dr. Portz zusammenbrechen zu lassen.

Er wußte, daß es nur einen Weg gab: die Fahndung!

Noch einmal trank er einige Gläser Kognak, zog dann seinen Mantel an und verließ durch den Hintereingang sein Büro.

Er fuhr zu einem guten Bekannten. Zum Ersten Staatsanwalt.

Das Unabänderliche mußte seinen Lauf nehmen. Es gab jetzt kein Zurück und keine Rücksichten mehr.

Der Strand war weißsandig, breit, flach und übersät mit bunten Schirmen, Zelten, Körben, langhaarigen Mädchen und dicklichen Genießern. Ab und zu sah man auch langjährige Ehepaare – man erkannte sie daran, daß der Mann mißmutig auf die schönen jungen Mädchen blickte und innerlich Vergleiche anstellte.

Heinz v. Kletow und Peter Sacher blickten von der Strandpromenade auf das bunte Treiben. Etwas außerhalb des Badestrandes, zum Felsen hin, auf dem die herrliche weiße Villa in der Sonne strahlte, standen vier buntgestreifte Strandzelte. Sie waren wie eine Burg zusammengerückt. Die Sonne prallte auf sie herab. Kletow wies mit ausgestrecktem Arm auf sie hin.

»Unsere Strandvilla!«

»Luxuriös! Dort braten wir wie Thunfisch im Öl.«

»Tagsüber liegen wir im Wasser. Und nachts wird dir heiß von den Vorführungen um dich herum.«

Sie tapsten durch den Sand zu den vier Zelten. Als sie die ›Burg‹ betraten, dampfte ihnen die Hitze entgegen. Sie zogen sich aus, schlüpften in die Badehosen, stellten die Koffer Peters in eine Ecke des Zeltes und traten dann wieder hinaus in die Sonne. Peter Sacher dehnte sich. Weit ab lag der Lärm des Badestrandes, hier war Ruhe. Nur ein paar Reiter trabten am Meer entlang.

»Trotz allem, es ist wirklich herrlich«, sagte Peter Sacher. »Endlich ist man allein!«

»Denkste!« Kletow grinste. »Das hier ist der schönste Platz von ganz Nizza. Man muß nur Augen haben, Freund! Sieh einmal hinüber zu den Felsen. Weder von der Promenade noch von den Hotels, sondern nur aus diesem Winkel heraus hast du einen solchen märchenhaften Anblick!«

Von den Felsen ragte auf halber Höhe eine Felsnase ins Meer hinaus. Die Brandung schäumte an ihr empor und sprühte den Gischt über die Steine. Oben auf dem Felsen schimmerte etwas Weißes. Ab und zu bewegte es sich, schnellte auf, drehte sich, streckte sich.

»Hm«, sagte Peter Sacher. »Man kann es schlecht erkennen! Was ist's?«

»Die Contessa Maria della Sacraterra. Sie liegt auf einem weißen Badetuch und sonnt sich.«

»Allein?«

»Stets!«

»Wie alt?«

»24 Jahre. Schwarzlockig, kurvenreich, ein Traum von einem Weib!«

»Und sie liegt da ohne etwas an?!«

»Immer! Es sieht sie ja keiner!«

»Wir zum Beispiel.«

Heinz v. Kletow winkte ab. »Dieser kurze Blickwinkel ist meine Entdeckung. Übrigens kennt sie mich, und dich wird sie nie kennenlernen.«

»Du wirst mich ihr natürlich vorstellen.«

»Natürlich nicht. Das wäre Kuppelei.«

»Ach, und die Sache mit Coucou, was war das?«

»Notwehr!«

Peter Sacher starrte zu der Felsnase hinüber. Der weiße Fleck bewegte sich. Der Gischt sprühte über ihn. Jetzt sprang der Fleck auf. Mit etwas Fantasie konnte man eine nackte, schlanke Frauengestalt erkennen.

»Hast du kein Fernglas hier?« fragte Peter Sacher.

»Nein.« Kletow grinste. »Daß Ehemänner immer so ungeduldig sind.«

»Sie wird sich in der prallen Sonne einen Sonnenstich holen! Das muß man ihr doch sagen!«

»Wie besorgt. Ich werde es ihr bestellen! Es wäre nicht gut, wenn du ihr den Schatten liefern würdest!«

»Eifersüchtig?«

»Vorsichtig.«

Peter wandte sich ab, stapfte durch den tiefen, weißen Sand zurück zur Zeltburg, zog seine Badehose aus und legte sich nackt in den Sand. Heinz v. Kletow sah verwundert auf ihn hinab.

»Du hast dich ja schnell hier eingelebt!«

»Wenn die Contessa das kann! Vielleicht hat *sie* ein Fernglas!«

»Sie wird aber nicht von ihrem Felsen steigen wie Circe zu Odysseus! Im übrigen hat sie ein Erbteil von ca. 2 Millionen zu erwarten. Ich habe mich entschlossen, mit ihr darauf zu warten.«

»Gratuliere.« Peter dehnte sich wohlig im heißen Sand. »Es ist merkwürdig, daß die größten Nichtstuer die größten Chancen haben. Mit was beschäftigst du dich jetzt eigentlich?«

»Mit Frauen.«

Sie lachten. Und es war, als drehe sich die Zeit zurück. Irgendwie fühlten sie in sich noch die Jugend, die langsam von ihnen wegglitt. Wenn Männer allein unter sich sind, werden sie wieder zu Jungen. Ihr Übermut kennt keine Grenzen, und ihre Streiche unterscheiden sich von ihren Jugendsünden nur durch die Intelligenz der Ausführung. Ansonsten sind es doch nur Varianten einer aus der Tiefe der Vergangenheit wieder auftauchenden Jugend.

Der erste Tag in Nizza verlief für Peter und Heinz wie der erste Ferientag übermütiger Schuljungen. Nur, ihrer Reife entsprechend, war er genüßlicher.

Sie brieten in der Sonne, schwammen nackend hinaus in das warme, blaue, salzige und an den Felsen tobende Meer, umkreisten die Felsnase, auf der die Contessa lag und sahen, daß man auch vom Wasser aus nichts sehen konnte, schwammen bis zu den Riffen und schaukelten sich auf den Bojen, tauchten, bespritzten sich, machten ein Wettschwimmen, überlegten, ob sie nicht die Felsnase erklettern sollten und die Contessa wegen ihres Aufzuges mit der Begründung um Verzeihen bitten sollten, daß auf dem Festlande die Spinnstoffe knapp geworden wären. Es war eben herrlich, so ungebunden zu sein.

Dann lagen sie wieder im Sand; ihre Körper dampften.

Gegen Mittag dehnten sie ihre Ausflüge in die Flegeljahre aus. Sie gingen in die Stadt, aßen Thunfisch mit gerösteten Maiskolben, weil es billig war, nahmen am gesellschaftlichen Leben Nizzas teil, indem sie die elegante Promenade dreimal hinauf und hinabschlenderten, sich auf die Bänke setzten, die Blicke schöner Frauen erwiderten, jedoch in Ermangelung eines geldlichen Rückhaltes nicht das durch diese Blicke freigiebig verteilte Kapital in Anspruch nahmen. Sie besuchten sogar die teuersten und exklusivsten Hotels unter dem Vorwand, einen Herrn zu suchen, der sich ›Carambolage‹ nannte. Allein dies beweist die infantile Stimmung, in der sie waren. Saßen in den Foyers unter Kristallüstern und vor marmornen Wänden an parfümierten Springbrunnen, gingen wie Millionäre durch die Dachgärten und lehnten an den Sonnenterrassen des Monbijou. Sie flirteten mit verführerischen Frauen, deren Lebensaufgabe die Verführung war, erzählten nie erlebte Abenteuer aus dem Dschungel Bengalens und verlebten einen Nachmittag in der Sonne eines künstlichen Luxus'. Zwei Vagabunden, vor denen die Kellner dienernd die Türen aufrissen.

Gegen Abend setzte Heinz v. Kletow seinen Freund in einer rauchigen, nach Fisch stinkenden Kneipe am Hafen ab.

»Hier bleibst du, bis ich wiederkomme«, sagte er. »Ich werde für unser weiteres Wohl sorgen.«

Peter sah sich um. Präparierte Fische hingen von der Decke, der Wirt stand hinter der Theke und priemte, die Wirtin war angetrunken und sang mit einem quietschenden Radio um die Wette, an einem runden Tisch hockten einige finstere Gestalten, tranken Anisschnaps und spielten Karten. In ihren Gürteln trugen sie lange, feststehende Messer.

»Gibt es keinen anderen Ort?« fragte Peter Sacher leise.

»Das schon. Aber keinen, wo du für 50 Centimes einen Pernod bekommst und drei Stunden sitzen bleiben kannst.«

»Und wo willst du hin?«

»Geld beschaffen.«

»Warum darf ich da nicht mit?«

»Weil wir es nie bekommen würden, wenn du dabei wärst. Ich bin in einer Stunde wieder da!«

Unwillig, ein wenig ängstlich, blieb Peter in der Hafenkneipe zurück. Die singende Wirtin knallte ihm ein Glas Pernod auf den Tisch und schrie: »Soixante Centimes!« Das waren zehn Centimes mehr, als Heinz gesagt hatte. Aber nach einem Blick auf den priemenden Wirt, die präparierten Fische und die mit feststehenden Messern spielenden Männer am Nebentisch wagte er nicht zu reklamieren und zahlte 60 Centimes.

Dann starrte er hinaus auf den Hafen und dachte an Sabine. Noch zwei Tage, dachte er. Dann fahre ich zurück nach Düsseldorf. Dann ist mein Geld da! Dann hole ich Sabine zurück, und wenn sie am Nordpol ist! Und dann gebe ich ihr das Rubincollier. Gott, was sind wir doch für Schafe gewesen, sieben Jahre lang aneinander vorbeigegangen zu sein.

Unterdessen hatte Heinz v. Kletow einen seiner unverschämten und doch genialen Gänge unternommen. Er traf sich mit der sonnenhungrigen Contessa auf der Promenade. Neunzehn einviertel Minuten brauchte er, bis er nach einigen Küssen dazu kam, ihr zu erklären, daß er vergessen habe, seine Bank zu besuchen, die jetzt geschlossen hatte, und daß er ohne einen Pfennig Geld bis morgen früh dasäße. Die Contessa half ihm aus und gab ihm fünfhundert neue Francs. Er steckte sie in die Tasche seines Anzuges, als sei es schmutziges Papier, das man nicht auf den Boden einer so vornehmen Promenade wirft, verbrachte nochmals siebzehn einviertel Minuten mit der Contessa, entschuldigte sich dann und rannte zurück zum Hafen. Dort löste er Peter aus, der leichtsinnigerweise einen zweiten Pernod trank (er mochte ihn gar nicht), aber die Wirtin hatte, als er das Glas leer hatte, ohne zu fragen ein zweites hingestellt. Peter wagte auch dieses Mal nicht, dagegen zu rebellieren. An der Theke schnitt der Wirt mit einem riesigen Messer Knoblauch in Würfel.

»Komm«, sagte Heinz v. Kletow gutgelaunt. »Wir haben fünfhundert Francs! Die Welt gehört uns wieder!«

»Dann können wir ja in ein richtiges Hotel einziehen!«

»Du Wahnsinniger!« Kletow bezahlte 50 Centimes, und die Wirtin nahm sie ohne Gegenrede an. Der Wirt unterbrach sogar sein Knoblauchschneiden und rief: »Bon soir, Messieurs!«

»Mit diesen 500 Francs müssen wir auf unbestimmte Zeit leben! Wer weiß, wann ich wieder Geld bekomme?«

»Du solltest eine reiche Frau heiraten«, sagte Peter, als sie vom Hafen zum Strand gingen.

»Heiraten?« Kletow fuhr sich mit der Hand über das Gesicht. »Peter, da muß ich aber schon ganz am Ende aller Weisheiten angekommen sein.«

Es wurde schon dunkel, als sie vor ihren vier Strandzelten standen. Das Meer strahlte Kühle aus. Noch war der Sand warm, und der Wind, der von Afrika herüberkam, war samtweich. Peter sah sich um.

»Am Tage sieht es entschieden besser aus.«

»Man gewöhnt sich an alles. Wie denkst du dir das Schlafen eigentlich?«

»Wir rücken die Zelte aneinander, schieben die Sitze nebeneinander, pumpen uns mit Schnaps voll und schlafen. Wir bauen eine Burg aus Strandzelten, eine Igelstellung, vorn eins, hinten eins, links eins.«

»Und rechts eins!« schrie Peter Sacher wütend. »Und wenn es zufällig regnen sollte?«

»Die Sonnendächer sind wasserdicht.«

Sie rückten die über ein festes Holzgestell gespannten Zelte zusammen, legten sich auf die zusammengeschobenen Sitze, deckten sich mit ihren Mänteln zu, tranken aus einer Flasche, die Kletow aus der Tasche zog, einige Schluck Kognak und nahmen sich vor, zu schlafen. Plötzlich zuckte Peter empor.

»Bist du gestochen worden?« murmelte Heinz.

»Wo hast du eigentlich dein Gepäck?«

»Himmel! Deswegen erschreckst du mich?« Heinz dehnte sich. »Das hat der Verwalter der Villa beschlagnahmt, bis ich ihm Coucou bringe. Erst nach Lieferung bekomme ich meine Sachen wieder. Der Mann ist stur. Er pocht mehr auf Vertragserfüllung als ein Verleger.«

Leise rauschte das Meer. Irgendwo kreischten ein paar Möwen. Ganz, ganz weit war Musik. Sie kam mit dem Wind und strich über die Zelte hinweg.

Die beiden Freunde fröstelten und krochen näher zusammen. Hundegebell geisterte durch die Nacht. Auf dem Meer heulte fern die Sirene eines Schiffes. Nicht weit von ihrer Burg entfernt erklang plötzlich ein unterdrücktes, kicherndes Lachen. Peter Sacher fuhr kerzengerade empor und rüttelte Heinz.

»Es geht los!« flüsterte er.

»Warte ab und laß dich weiter verwöhnen«, knurrte Kletow. »Es geht erst los, wenn die Bars schließen.«

Sie verschliefen die erste Nacht und wachten auf, als die Sonne schon auf die Zeltdächer brannte. Laut gähnend reckte sich Heinz v. Kletow. Peter Sacher saß wütend auf der Bank und kämmte sich die Haare.

»Dein verdammter Kognak«, sagte er. »Jetzt haben wir tatsächlich geschlafen!«

Für Bornemeyer kamen Stunden tiefster Erniedrigung.

Die Ankunft in Nizza ließ ihn noch von Abenteuern träumen. Aber schon in der Halle des Hotels, in dem sie abstiegen, bekam er einen Vorgeschmack dessen, was ihn erwartete. Sabine Sacher bestellte zwei Zimmer, die möglichst weit auseinanderliegen mußten. So bekam Bornemeyer Zimmer 145 im fünften Stock, während Sabine mit Zimmer 12 auf der ersten Etage einen herrlichen Seeblick genoß. Ihr Fenster lag einem ins Meer ragenden Felsen gegenüber. Die Brandung schäumte empor. Weiß leuchtete eine märchenhafte Villa in der Sonne.

»Unvergleichlich«, sagte Sabine und sah hinüber zu dem Haus. »Wer mag da wohnen?«

»Im Augenblick niemand.« Das Zimmermädchen sah sich um. Sie waren allein im Zimmer. Der Hoteldiener hatte die Koffer abgestellt und war gegangen. »Wenn man erfährt, was ich Ihnen verrate, fliege ich.«

»Ein Geheimnis?« Sabine lächelte. »Ich verrate Sie bestimmt nicht.«

»Das Haus kann gemietet werden. Es ist frei geworden. Ich kenne den Verwalter.«

»Es muß ja wahnsinnig teuer sein.«

»Das weiß ich nicht.« Das Mädchen machte einen Knicks und lief aus dem Zimmer.

Fasziniert stand Sabine am Fenster und starrte hinüber zu der weißen Villa. Es war, als lockte dieses Haus. Man kann es mieten, dachte sie. Angenommen, ich ziehe in die Villa ein und schreibe nach Paris: ›Komm nach Nizza, Liebster, ich habe für uns ein Traumschloß am Meer.‹ Ob er kommen würde? Ob wir dort oben, ganz allein unter der Sonne, so glücklich werden könnten, daß wir nie mehr auseinandergehen?

Der Gedanke setzte sich fest. Er war so stark, daß Sabine sogar

Bornemeyer verzieh, ohne anzuklopfen ins Zimmer gekommen zu sein.

»Wir werden morgen viele Wanderungen machen«, sagte sie. »Und noch diese Woche wird mein Mann kommen.«

»Sie machen mich unglücklich«, sagte Ferro-Bornemeyer ehrlich. »Ich bin ein von der Natur benachteiligtes Kind! Ich werde immer vernachlässigt.«

»Sie haben Ihre Millionen.«

»Geld ist mir nichts wert!«

»Ich wünschte, ich hätte soviel wie Sie.«

»Wünschen Sie sich das nicht, Signora!« Bornemeyer wischte sich den Schweiß von der Stirn. »Alles ist relativ.«

Er war in diesem Augenblick versucht, ihr alles zu gestehen. Die Fahrt über nach Nizza hatte er Zeit genug gehabt, sich die Konsequenzen, die auf ihn in Düsseldorf warteten, auszumalen. Was er getan hatte, er war ehrlich genug, es einzusehen, war ohne Beispiel und das Ende seiner Karriere. Für einige Tage Traum vom großen Leben hatte er sein ganzes weiteres Leben verpfuscht. Das war ein zu hoher Einsatz gewesen, gewiß, aber die Sehnsucht der bornemeyerschen Seele, *einmal* in der Sonne des Glücks zu stehen, war zu übermächtig gewesen.

»Ich möchte mich umziehen«, sagte Sabine. Ferro sah sie an wie ein Verhungernder.

»Ich gehe, Favorita. Wann sehen wir uns?«

»Am Abend. Beim Essen.«

»Erst am Abend?«

»Ich habe noch etwas zu besorgen.«

»In Nizza? Aber du kennst doch Nizza gar nicht.«

»Was ich suche, habe ich schon gesehen. Also, bis zum Abendessen!«

Sie schob den unglücklichen Bornemeyer aus dem Zimmer und schloß hinter ihm ab.

Eine Stunde später klomm Sabine Sacher den etwas steilen Felsweg zur weißen Villa hinauf. Ab und zu blieb sie stehen und blickte über den weißen Strand, die Stadt Nizza, über das tiefblaue Meer mit den weißen Segelbooten und Jachten, den Wasserskifahrern und den Schwimmern, die sich auf Gummiflößen treiben ließen. An einer Biegung des Weges blieb sie plötzlich stehen. Ein Mann stieg unterhalb des Felsens aus dem Wasser. Er tauchte aus der Brandung wie ein großer, leuchtender Fisch auf und legte sich auf die Steine einer Felsenspitze in die Sonne.

Der Mann war nackt, das sah Sabine. Sonst war die Entfernung zu weit, um zu erkennen, wie er aussah.

Der muß gut schwimmen können, dachte sie und ging weiter. Bei dieser Brandung durch die Klippen zu schwimmen. Schnell ging sie weiter. Vielleicht beobachtete man sie, und es wäre peinlich gewesen, sie bei der Betrachtung eines nackten Mannes zu überraschen.

Das Schicksal hatte einen Witz gemacht. Der Mann, der unten auf der Klippe lag, schwer atmend und doch vergnügt wie ein Junge, war Peter Sacher.

Heinz v. Kletow umschwamm die Felsnase, auf der die Contessa liegen mußte. Heute lag sie nicht da. Es war noch zu früh. Erst wenn die Sonne voll auf das Meer schien, kam sie mit ihrem großen, weißen Badetuch.

Nach einer halben Stunde stand Sabine Sacher vor einem großen, schmiedeeisernen Tor. Es bildete den Eingang zur Villa. Ein weißer Kiesweg führte durch einen kleinen, fast tropischen Park. Im Hintergrund sah man das Haus. Marmorterrasse zum Meer, bunte Sonnendächer vor den Fenstern, Palmen und Riesenagaven.

Sabine suchte nach einer Klingel. Sie fand keine und drückte vorsichtig das große Tor auf. Langsam ging sie über den Kiesweg dem Hause zu. Unter hohen, schmalen Säulen lag eine breite Glastür mit einem weißen Gitter. Durch die Tür blickte man durch das Haus hindurch, durch eine große Halle, deren Rückwand nur aus Glas bestand und die Bläue des Meeres ins Haus holte. Es war, als brandete das tintenblaue Wasser in die Halle und schwämmen die Palmen und weißen Jalousien darin wie bizarre Fische.

Das ist nichts für uns, dachte Sabine. Das ist unerschwinglich, auch gemietet. Darüber würde Peter nicht glücklich sein, sondern schimpfen. Es wäre Verschwendung, hier zu wohnen.

Sie wollte sich abwenden und wieder zur Felsenstraße gehen, als ein großer, breitschultriger Mann um die Ecke des Hauses bog. Er trug einen riesigen, aus Stroh geflochtenen Sonnenhut auf dem dicken Schädel und hielt eine Gartenharke in den behaarten Händen. Wie ein Gorilla sah er aus. Er grinste auch so, als er die junge Frau an der gläsernen Tür stehen sah, verlegen, nach Worten suchend.

Mit ausgestreckten Armen kam der Gorilla auf Sabine zu. Sein breites Gesicht war ein niederwerfendes Leuchten.

»Oh, du bist gekommen, Coucou?!« rief er auf französisch. »Oh, quel bonheur!«

Er verwechselt mich, dachte Sabine. Sicherlich tut er das! Sie schüttelte den Kopf und wich zurück, als der Koloß auf sie zukam.

»Sie irren sich!« rief sie auf deutsch. »Ich bin kein Fräulein mit Namen Coucou!«

»Nix Coucou?!« Der Verwalter der Villa nahm den Hut ab, warf seine Harke weit weg und schnaufte wie ein gereizter Stier. »Wer Sie dann?!«

»Ich bin Frau Sabine Sacher.«

»Nix gehört davon. Warum schickt Sie? Warum nix Coucou, wie Monsieur Kletow versprochen?«

Sabine hob die Schultern und wollte sich abwenden. In diesem Augenblick zündete der Name Kletow in ihrem Gehirn wie ein einschlagender Blitz. Sie wirbelte herum und starrte den verblüfften Verwalter an.

»Sagten Sie eben Kletow?«

»Oui, madame!« Der Gorilla zerknüllte den Strohhut in den Pranken. »O – quel filou! Isch ihn umbringe!«

»Recht so!« In Sabine stieg eine Enttäuschung empor, die wie eine alles ergreifende Übelkeit durch ihren Körper zog. »Er ist hier in Nizza?«

»Oui! Seit sechs Tagen!« Der Verwalter ballte die Fäuste. »Ein Gauner! Ein Schuft! Ein Verbrecher!«

»Seit sechs Tagen.« Sabine sah auf den weißen Kiesweg. Vor ihren Augen flimmerte es. Seit sechs Tagen war Peter in Paris, angeblich bei seinem Freund! Er hatte sie belogen. Er war allein in Paris, allein in einer Wohnung, allein mit, mit . . .

Sie brach den Gedanken ab. Er tat ihr weh. Ihr Herz stockte. Es war, als risse es mittendurch.

»Hat er Sie betrogen?« fragte sie mühsam.

»Um ganze Miete, oui!« schrie der Gorilla. »Isch erwürge ihn!«

»Er hatte dieses herrliche Haus hier gemietet?«

»Oui! Madame. Sie kennen Kletow?!«

»Nein, nein«, sagte Sabine schnell. »War er allein hier?«

»Ganz allein!« Der Verwalter grinste breit. »Tagsüber, Madame. C'est la vie.«

»Und es war kein anderer Herr dabei?«

»Ein Monsieur? O non! Was soll Kletow machen mit Messieurs?! Er nur, olala!« Der Verwalter schnalzte mit der Zunge. Schon der Gedanke an schöne Frauen verscheuchte in ihm alle Wut. Man beneide darum die Franzosen.

Für Sabine war alles klar. Sie brauchte keine weiteren Erklärungen. Was hatte Dr. Portz geschrieben: ›Peter ist in Paris bei seinem Freund v. Kletow. Rue de Sèvres. Sie brauchen gar keine Sorgen zu haben.‹

Alles war Lüge. Alles! Peter hatte gewußt, daß v. Kletow nicht in Paris war. Allein war er in der Wohnung, und wenn ein Mann allein in Paris ist . . .

In ihr brach alles zusammen, was sie an Sanftmut und Versöhnung in den vergangenen Tagen gesammelt hatte. Das Ende ihrer Ehe sah sie vor sich, das Experiment war mißlungen, oder gelungen, wie man's betrachtet. Es hatte keinen Sinn mehr, zusammenzubleiben und sich vorzulügen, der andere sei notwendig für das weitere Leben.

»Wo ist Monsieur v. Kletow jetzt?« fragte sie. Ihre Stimme war hart. Sie spürte es. Sie war kühl bis ins Herz hinein.

»Oh, wenn isch wüßte das! Isch zermalme ihn! Isch werde Mörder!«

Sabine atmete tief. »Ermorden Sie bitte zwei!« sagte sie hart. »Der andere heißt Peter!«

Sie wandte sich ab und rannte den Weg hinunter, aus dem Tor hinaus, als werde sie gehetzt. Auf der Felsenstraße blieb sie stehen und sah schaudernd den steilen Abhang hinab in die tosende Brandung. Der nackte Mann auf den Klippen war fort. Er schwamm wieder außerhalb der kleinen Klippen zum Strand hin. Sein Kopf tauchte ins blaue Meer.

Hinabspringen und Schluß machen, dachte Sabine einen Augenblick. Wer hier auf die Klippen springt, vierzig oder mehr Meter tief, hat keine Probleme mehr, wenn er unten aufschlägt.

Sie lehnte an einem Felsvorsprung und sah hinab. Schwindel ergriff sie. Sie drückte den Kopf an den kalten Stein und schloß die Augen. Nein, sagte sie sich. Nein, nein! Warum das Leben wegwerfen wegen eines Mannes? Auch wenn man ihn so liebt wie ich und so grausam enttäuscht wird. Es lohnt sich nicht, mit allem abzuschließen, nur weil ein Lebensabschnitt eine Verblendung war.

Sie stieß sich von dem Felsen ab und trat mitten auf die Straße. »Nein!« sagte sie laut. »So einfach mache ich es dir nicht!«

Schnell ging sie zur Küste zurück, gesenkten Kopfes. Sie hatte keinen Blick mehr für die Schönheit des Strandes und der weißen Stadt. Sie weinte still vor sich hin.

Kurz bevor die Felsenstraße in einem weiten Schwung und breiter werdend in die Promenade mündet, hat man noch einmal einen schönen Blick auf den Badestrand. Er liegt weiter ab und bildet mit der Stadt und dem Hafen im Hintergrund ein herrliches Panorama.

Sabine Sacher wandte den Kopf zur Seite, nicht um das Bild zu sehen, sondern weil ihr ein Sandkorn ins Auge geblasen worden war. Dabei bemerkte sie zwei Männer, die in hellblauen Badehosen aus dem Wasser kamen und in schnellem Lauf auf vier Strandzelte zuliefen. Plötzlich erstarrte sie und sprang zurück hinter eine Felsnase. »Das ist doch nicht möglich«, stammelte sie. »Das, das . . .« Sie schaute vorsichtig um den Felsen herum. Die beiden Männer hatten Handtücher genommen und trockneten sich ab. Sie sprachen, sie lachten laut. Es war sein Lachen, wirklich. Es waren seine Bewegungen beim Abtrocknen, es war sein Gang. Jetzt drehte er das Gesicht zum Felsen. Er war es! Peter! Peter!!

Sabine Sacher spürte, wie es heiß in ihr emporstieg. Sie bezwang sich, nicht mit einem Schrei an den Strand zu laufen und Peter um den Hals zu fallen. Einen Augenblick war sie auch versucht, ihm alles zu verzeihen. Seine Lüge, in Paris zu sein, die Sorglosigkeit, mit der er hier lebte, alles, was in den sechs Tagen geschehen sein mochte.

Als sie wieder um die Ecke des Felsens sah, war ein junges Mädchen in knappem Bikini auf die Zeltburg zugekommen. Der eine der Männer, es mußte Heinz v. Kletow sein, sprach auf sie ein. Das Mädchen lachte. Es war hübsch, biegsam, braungebrannt. Sabine beobachtete, wie Peter aus den Zelten kam. Er sprach mit dem Mädchen, jetzt streckte er die Hand aus und faßte die langen, schwarzen Haare des Mädchens an. Das Mädchen tänzelte vor ihm herum, jetzt legte Peter den Arm um ihre schöne Schulter.

»Schuft!« sagte Sabine. Sie preßte die Lippen aufeinander. »Aas!« Damit meinte sie das Mädchen. Sie kannte den Charme Peters, seit fünf Jahren allerdings war er nicht mehr in ihrer Gegenwart ausgestrahlt worden, sie wußte, wie seine Worte auf Frauen wirkten. Mit geballten Fäusten sah sie, wie das Mädchen mit Peter und Heinz in der Zeltburg verschwand.

Ihre Freude war wieder verflogen. Wut und Eifersucht beherrschten sie mit Urgewalt. Man müßte jetzt hingehen, dachte sie, dem Mädchen ein paar Ohrfeigen geben, und ihm natürlich auch, und sagen: Das ist mein Mann, allerdings ab jetzt muß ich sagen ›gewesen‹. Vielleicht heißt es sogar Coucou?! Das wäre zwar geschmacklos, wenn zwei Männer an demselben Mädchen, aber was ist bei Männern nicht alles möglich!

Sie wartete, bis ein größerer Schwarm Badegäste über den Strand ging. Ihnen gliederte sie sich ein und erreichte die Promenade. Im nächsten Andenkengeschäft kaufte sie sich ein Fernglas und rannte zurück zum Strand, setzte sich in ein leeres Zelt und richtete das Fernglas auf die vier zusammengeschobenen Zelte.

Sie sah nichts. Das ärgerte sie maßlos. Einmal sah sie einen nackten Arm . . . aber es war nicht zu erkennen, ob es ein Männer- oder Frauenarm war.

Das Gift der Eifersucht zerfraß sie. Sie war bleich, zitterte aus einem innerlichen Frieren heraus und fauchte Ferro-Bornemeyer, der sie seit Stunden suchte, wie eine Katze an, als er sie auf die Schulter tippte und sagte: »Ich halte es bis zum Abendessen ohne dich nicht aus.«

»Lassen Sie mich in Ruhe!« zischte sie und riß das Fernglas wieder an die Augen. In den Zelten bewegte sich etwas.

Ferro suchte den Strand ab. Er bemerkte nichts Sehenswertes und ließ sein Monokel aus dem Auge fallen.

»Was beobachtest du, Favorita?«

»Einen Haifisch!« fauchte Sabine.

»Wo?«

»In der Luft.«

»In der . . .« Bornemeyer war beleidigt. Er nagte an der Unterlippe und setzte sich neben Sabine in das Zelt.

»Sie sollen gehen, Signore Ferro! Ich habe Wichtigeres zu tun, als Ihre Tiraden von Favorita und Madonna anzuhören.«

»Was ist denn da hinten so interessant?« Bornemeyer tastete mit Blicken den Strand ab. Außer einigen netten Mädchen und ein paar kräftigen Männern war nichts zu sehen. Es war nicht anzunehmen, daß Sabine Sacher ein solch reges Interesse für wohlgebaute Männer entwickelte.

»Ich habe ein wildes Schaf entdeckt!«

»Ein was?«

»Sie werden es nie verstehen, Ferro! Was ich immer annahm und dafür ausgelacht wurde, sehe ich jetzt endlich! Ich bin dabei, mich seelisch zu zerfleischen.«

»Grausam!« Bornemeyer rätselte. »Darf ich auch mal durch das Glas sehen? Vielleicht verstehe ich Sie dann.«

»Ich werde Ihnen vielleicht heute abend alles erklären, Signore Ferro.«

»Heute abend ist im Kurhaus ein Maskenball. Ich wollte dich dazu einladen, Madonna.«

Sabine schüttelte den Kopf. Das Mädchen kam aus der Zeltburg. Heinz v. Kletow folgte ihr. Peters Kopf kam hervor, seine Arme. Er winkte ihnen zu. Er rief etwas. Sabine war es, als könne sie es verstehen. »Auf Wiedersehen!«

Ihr Kopf fuhr zu Ferro herum. »Wir gehen zum Maskenball!«

»Favorita!« schrie Bornemeyer. Er wollte sie in den Nacken küssen, aber Sabine wehrte ihn ab.

»Und nun gehen Sie!« sagte sie. »Ich will allein sein. Fragen Sie nicht länger.« Gehorsam entfernte sich Ferro.

Peter Sacher zog sich an, als Heinz v. Kletow mit seiner neuen Strandbekanntschaft gegangen war. Er wollte zur Nationalbank gehen, um nachzufragen, ob das Geld noch nicht eingetroffen sei. Das war zwar schlecht möglich. Aber die Düsseldorfer Bank konnte das Geld auch telegrafisch überweisen. Dann war es bereits in Nizza. Und dann würde Peter Sacher spätestens übermorgen zurück nach Düsseldorf fahren und zu Sabine sagen: »Es ist alles Blödsinn, was wir jahrelang gesagt und gedacht haben. Es gibt nur eins!«

In einem hellgrauen Anzug, elegant und sportlich, ging er über die Promenade. Sabine verfolgte ihn mit dem Fernglas, bis er im Gewühl der anderen Spaziergänger verschwand. Da rannte sie durch Seitenstraßen zu ihrem Hotel zurück auf ihr Zimmer und stand einen Augenblick vor dem Telefon. Sollte sie Dr. Portz anrufen? Oder sollte sie mit Peter allein alles regeln?

Sie zog ein neues, in Borkum gekauftes Kleid an, das Peter noch nicht kannte, kaufte sich in der Halle des Hotels, beim Hotelfriseur, eine große, ganz dunkle Sonnenbrille und band sich einen weißen Perlonschal um die Haare. Als sie in den Spiegel sah, erkannte sie sich selbst nicht mehr.

So verkleidet eilte sie zurück auf die Promenade. Es war ein Glücksumstand, wenn sie Peter wiederfand. Ruhelos wanderte sie hin und her, immer am Strand entlang, zwei Stunden lang, die Füße schmerzten ihr, in den Waden zuckte es. Sie biß die Zähne zusammen und ging weiter.

Vier Meter von ihr entfernt, hinter der Scheibe eines Cafés, saßen Peter Sacher und Heinz v. Kletow und starrten auf die Promenade. Immer wieder wischte sich Peter mit einem Taschentuch den Schweiß von der Stirn. Er war bleich und ernst.

»Sie ist's!« sagte er leise, als könnte man es draußen hören. »Es ist Sabine.«

»Du spinnst!« Kletow drückte die Nase an der Scheibe platt. »Schließlich kenne ich Sabine auch! Das ist eine Französin reinsten Wassers. Und sie geht auf Männerfang. Sabine sieht ganz anders aus.«

»Ich wollte, du hättest recht. Da, wie sie stehenbleibt und den Kopf zurückwirft. Das ist Sabine! So steht sie immer da, wenn ich abends später nach Hause komme und sie zu mir sagt: Jetzt ist das Essen kalt. Dreimal habe ich es gewärmt! Ich bin nicht deine Sklavin!«

»Recht hat sie!«

»Und da, wie sie sich herumdreht, jetzt macht sie die Tasche auf. Sie muß ein weißes Taschentuch mit rotem Stickrand haben. Hah! Das ist's! Es ist Sabine!« Peter sprang auf, aber Kletow riß ihn am Rock auf den Stuhl zurück.

»Benimm dich! Ändern kannst du's doch nicht!«

»Was macht Bienchen in Nizza?«

»Summsumm.«

»Ich erschlage dich!« keuchte Peter. »Sie soll auf Borkum sein. Wie kommt sie nach Nizza?! Allein fährt sie nicht nach Nizza! Das war gar nicht geplant.«

»Du bist ja auch nicht in Paris.«

»Das ist etwas anderes.«

»Ach nee!«

»Außerdem liegt Nizza in Frankreich. Ich bin also im Land geblieben. Aber von Borkum nach Nizza – das ist ein sehr verdächtiger Sprung! Da steckt ein Mann hinter! Heinz – wenn das wahr ist, es gibt einen Skandal!«

»Ruhe! Nur Ruhe!« Kletow sah Sabine nach. Sie trippelte weiter. Plötzlich blieb sie stehen. Ein großer, überschlanker Mann, Typ Italiener, blieb bei ihr stehen und küßte ihr länger als schicklich die Hand. Er trug ein Monokel, war braungebrannt und hakte jetzt Sabine unter. »Alles da!« sagte Heinz v. Kletow dumpf. »Willst du ein Messer oder einen Revolver benutzen?«

Peter Sacher starrte durch die Scheibe auf das ungeheuerliche Bild. Er war noch bleicher geworden. Sein Gesicht war kantig.

Seine Finger zerknitterten die Speisekarte des Cafés. ›Trinken Sie L'amour, den herzhaften Likör!‹ stand darauf.

»Wer ist das?« keuchte Peter.

»Geh raus und frag ihn.«

»Und sie guckt ihn an, als ob sie ihn auffressen wollte.«

»Kannibalismus bei Frauen ist immer sexueller Natur.«

»Er streichelt ihren Arm! Sie läßt es sich sogar gefallen.«

»Es wird das mindeste sein, was sich Frauen gefallen lassen.«

»Sie lacht!«

»Soll sie weinen? Bei solch einem strammen und eleganten Kavalier.«

Peter Sacher hieb mit beiden Fäusten auf den Tisch. Er sprang auf und stieß mit dem Kopf gegen die Scheibe. Wenn Sabine nicht weitergegangen wäre, hätte sie den Bums hören müssen. So ging er unter im Stimmengewirr und Autosummen auf der Promenade.

»Wo gehen sie jetzt hin?«

»Geh ihnen nach.«

»Ich blamiere mich doch nicht! Wenn meine Frau mit fremden Männern nach Nizza fährt, soll ich den Bajazzo spielen? Ich lasse mich scheiden. Sofort! Ich rufe Ernst an! Er soll in Düsseldorf alles vorbereiten! Du bist mein Zeuge!«

»Ich habe nichts gesehen!«

Peter fuhr herum und packte Heinz an der Schulter. »Was? Du stehst mir nicht bei? Bei solch einem eindeutigen Fall?! Sabine bricht die Ehe und du, du . . .«

»Es kann sich alles als harmlos herausstellen. Im Moment bist du nicht zurechnungsfähig! Frage sie erst, wie alles gekommen ist.«

»Fragen? Ich *sehe* doch! Ein Mann, per Arm in aller Öffentlichkeit, weil sie sich in Nizza sicher fühlt, Handkuß auf der Promenade. Ich wette: Sie haben auch das gleiche Hotel!«

»Wenn der Mann kein Idiot ist, sollte das als sicher gelten.«

»Und da stehst du ihr noch bei? Bist du mein Freund oder ihr ehemaliger Bewerber?«

»Beides!«

Peter rannte an die Tür des Cafés. Er konnte Sabine noch sehen. Im Arm Ferros ging sie über die Straße. Dann bogen sie nach links ab und verschwanden im Eingang eines Hotels. Peter keuchte.

»Sie wohnen im ›Majestic‹.«

»Geschmackvoller Laden.« Heinz v. Kletow zahlte den Kaffee und das Stück Kuchen, das sie gegessen hatten.

»Du mußt herausbekommen, in welchem Zimmer sie wohnt.«

»Willst du fensterln?«

»Ich werde Wache halten. Wenn ich hinter ihrem Fenster zwei Schatten sehe, stürme ich das Hotel.«

»Anfänger!« Heinz v. Kletow zog Peter aus dem Café. »Eine kluge Frau löscht vorher das Licht.«

Sie warteten noch ein wenig. Dann gingen sie über die Promenade. Ehe Heinz es verhindern konnte, hatte sich Peter losgerissen und stürmte in das Hotel. Der Portier sah ihn verblüfft an. Peter Sacher eilte bis zum Empfangschef. Er schob den Anmeldeblock weg und beugte sich über die Theke vor.

»War das eben die bekannte Filmschauspielerin Rita Boleri?« fragte er. »Die, die gerade hereingekommen ist. Mit der Sonnenbrille und dem Kopftuch.«

»Nein. Das war Frau Sacher.«

»Und der Herr, das war aber Baron v. Pulten.«

»Nein. Das war Herr Ferro aus Genua.«

»Danke. Wie man sich irren kann. Danke.«

Mit geballten Fäusten kam Peter aus dem Hotel heraus. Heinz v. Kletow vertrieb sich die Wartezeit mit dem Zulächeln schöner Passantinnen.

»Aus Genua stammt er!« schrie Peter. Er war außer sich. Er zitterte am ganzen Körper. »Sie wohnen zusammen!«

»In einem Zimmer?«

»Das habe ich vergessen zu fragen! Ich platze!«

»Anfänger!« sagte Heinz geringschätzig. »Warum soll Bienchen nicht mit einem Genueser spazierengehen?«

»Nenn meine Frau nicht Bienchen!«

»Hast du nicht auch mit Yvonne . . .«

»Das ist etwas anderes. Ich bin ein Mann!«

Heinz nickte. »Hier hört allerdings jede Philosophie auf! Was soll also geschehen?«

»Ich warte hier, bis sie wieder herauskommen!«

»Einfacher wäre es, hinauf in ihr Zimmer zu gehen.«

»Und den langen Italiener bei ihr zu finden! Es gäbe einen Doppelmord! Himmel, ich bin jetzt zu allem fähig.«

Heinz v. Kletow faßte Peter Sacher unter und zog ihn vom Hotel fort. »Komm«, sagte er. »Gehen wir zurück an den Strand.

Geh ins Wasser und kühl dich ab! Sabine ist in Nizza. Ist das nicht wundervoll?«

»Wundervoll nennst du sarkastischer Bursche das?!«

»Sie ist, so denkt sie, weit weg von dir und in Wahrheit doch so nah. Jeden Schritt kannst du überwachen! Ist das nicht ein Heidenspaß?!«

»Ich warte nur auf mein Geld, und dann hole ich sie aus dem Zimmer heraus und schleppe sie zum Zug!« Peter Sacher riß sich von seinem Freund los. »Ich mache das jetzt schon. Ich gehe zu ihr! Ich halte das nicht aus!«

Heinz ergriff Peters Ärmel und zog ihn zurück. »Das wäre grundfalsch. Welcher Ehemann kommt jemals in die Lage, seine Frau zu beobachten, wenn sie sich unbeobachtet fühlt? Man lernt ganz neue Wesenszüge an ihr kennen. Man wird erstaunt sein, wie wenig man sie kannte! Und man erkennt vor allem, was man selbst falsch gemacht hat und andere Männer richtig machen.«

Es war vielleicht das erste Mal, daß etwas, was Heinz v. Kletow sagte, einen wirklichen Sinn hatte und sich praktisch verwerten ließ. Peter Sacher wurde nach den Worten seines Freundes nachdenklich.

»Zwei Tage spiele ich diese Komödie, nein, einen Tag! Dann fahre ich mit Sabine zurück nach Düsseldorf.«

Er blieb stehen und sah zu dem Hotelpalast zurück. »Ist denn nicht alles sinnlos, was wir getan haben?! Da ist doch überall keine Logik drin!«

»Wo im Leben ist Logik? Und bei verliebten Menschen schaltet der Verstand überhaupt aus. Übrigens ist heute abend ein Maskenfest im Kurhaus. Um ganz logisch zu denken: Ich vermute, daß der Genueser unser Bienchen zu diesem Fest schleppen wird.«

»Wir gehen auch hin!« schrie Peter. »Ich werde mich als Othello maskieren.«

»Höchstens als Bettler. Bei unseren Finanzen!«

Wenn einem das Wasser bis zum Halse steht, nicht nur geldlich, sondern auch seelisch, ist man zu ungeheuren Energieleistungen fähig. Peter Sacher unternahm einen Vorstoß zur Nationalbank. Nachdem sie als Mittagessen wieder Thunfisch verspeist hatten, weil er das billigste Nahrungsmittel war, das Kletow auftreiben konnte, außerdem sei Eiweißkost besonders gesund, sagte er, ließ sich Peter beim Direktor der Bank melden, legte seinen Paß vor, seinen letzten Kontoauszug der Düsseldorfer Bank und bat um einen Vorschuß auf das zu erwartende Geld.

Die Direktion der französischen Nationalbank hat Erfahrung mit zeitweiligen Geldknappheiten, vor allem in Nizza. Es ging alles schneller, als es Peter Sacher erwartet hatte. Während er noch mit dem Direktor sprach und sich über moderne Bauten im Rheinland unterhielt, rief im Nebenzimmer eine Sekretärin in Düsseldorf an. Nach zehn Minuten kam sie ins Chefzimmer, legte einen Zettel auf den Tisch des Direktors und wartete. Der Direktor blickte kurz auf die hingelegte Notiz und nickte Peter Sacher freundlich zu.

»Es ist alles in Ordnung, Monsieur Sacher. Sie können über jeden Betrag verfügen. Wieviel dürfen wir Ihnen auszahlen?«

»5000 Francs, wenn's möglich ist.«

»Selbstverständlich.« Er wandte den Kopf zu der wartenden Sekretärin. »Lassen Sie der Kasse eine Anweisung geben und bringen Sie das Geld hierher.«

Während Heinz v. Kletow vor der Bank hin und her ging, unterhielt sich Peter Sacher noch eine halbe Stunde sehr angeregt mit dem Direktor. Dann kam er aus dem großen Gebäude. Heinz stürzte auf ihn zu.

»Geklappt?«

»500 Francs!« Peter machte ein saures Gesicht. »Man ist hier ungeheuer vorsichtig!«

»Immerhin etwas! Wir teilen uns den Betrag –«

»Ich gebe dir 200 Francs und keinen Sou mehr!« antwortete Peter.

»Das reicht gerade fürs Händewaschen auf der Kurhaustoilette!«

Peter griff in die Tasche. Er hatte im Treppenhaus der Bank 500 Francs von seinen 5000 abgezählt und in die Rocktasche gesteckt. Er nahm das Geld jetzt heraus und zählte 200 Francs ab. »Willst du also?«

»Für den Durstenden ist ein Schweißtröpfchen schon eine Labung.«

Heinz v. Kletow steckte das Geld ein. Dann gingen sie zurück über die Promenade zu ihrer Zeltburg. Seitlich des Hotels, in dem Sabine wohnte, blieb Peter Sacher wieder stehen und starrte auf das Portal. Heinz zerrte an seinem Arm.

»Komm!«

»Man sollte sie herausholen!«

»Morgen!«

»Was mag sie jetzt machen?«

»Sie nimmt vielleicht italienischen Sprachunterricht.«

Wütend rannte Peter weiter.

Hinter der Gardine stand Sabine am Fenster und sah hinunter auf die Straße. Sie hatte Peter und Heinz gesehen, zufällig, weil sie das Fenster öffnen wollte. Sie sah, wie Peter stehenblieb und zurückblickte. Er guckt wieder einem Mädchen nach, dachte Sabine und fühlte einen Stich im Herzen. Er benimmt sich wie ein Jüngling, wenn er allein ist. Zu Hause war er immer müde und sagte: »Huh, war der Tag anstrengend. Ich falle gleich ins Bett!« Hier fiel er nicht ins Bett, sondern in die Arme der Mädchen. Er benahm sich, gelinde gesagt, ekelhaft.

Wütend wandte sie sich ab und rief über das Haustelefon Ferro an.

Bornemeyer saß in seinem Zimmer und schrieb an seiner Rechtfertigung. Es war ein langer Schriftsatz, den er Dr. Portz einreichen wollte. Es war eine Beichte, vollgestopft mit Komplexen und seelischen Enthüllungen. Wer die Rechtfertigung Bornemeyers las, mußte ihm verzeihen, ihm über den Kopf streicheln und sagen: Nun weine nicht, armer Junge.

»Wann fängt der Maskenball an?« rief Sabine ihm durchs Telefon zu. Ferro seufzte tief. Er war bereit gewesen, sein Spiel aufzugeben. Nun gingen die Verstrickungen weiter.

»Um 22 Uhr.«

»Haben Sie einen Tisch bestellt?«

»Alles, Madonna.« Es tat ihm jetzt fast weh, so zu sprechen. Der kleine, arme, schüchterne, blasse Bornemeyer war mit dem Schriftsatz wiedergeboren worden.

»Wir werden tanzen, bis uns die Füße brennen! Ich freue mich so, Ermano.«

»Ja, Madonna.«

Er legte den Hörer auf und zerwühlte verzweifelt seine Haare. Er kam sich wie in einen Teufelskreis eingeschlossen vor. Es gab kein Entrinnen. Nicht auszudenken, was geschehen würde, wenn Sabine Sacher erfuhr, daß der Genueser Ferro ein kleiner Assessor aus Düsseldorf war, der zur Bewachung ihrer Moral an sie herangeführt worden war. Es gab überhaupt keine Bilder, die nur annähernd die Folgen schildern konnten.

Er schrieb mit zitternden Fingern seine Rechtfertigung zu Ende. Der letzte Satz war ein Aufschrei: »Helfen Sie, Herr Dr.

Portz! Ich weiß, ich habe mich schuldig gemacht, aber der Aufgabe, die Sie mir anvertraut haben, war ich einfach nicht gewachsen. Was soll ich tun?«

Sabine Sacher stand wieder am Fenster und sah hinaus auf die Promenade.

Heinz und Peter waren weitergegangen. Wenn man nur wüßte, wo sie wohnen, grübelte Sabine. Und ob sie allein wohnen?

Es war ein häßlicher Gedanke, aber Sabine nährte ihn, weil er weh tat und sie dadurch spürte, wie lieb sie Peter hatte.

SECHSTES KAPITEL

Die Nacht lag fahl über dem Meer, als vor dem Kurhaus die blitzenden Wagen des Reichtums vorfuhren und Herren im Frack oder bizarren Kostümen und Damen in wundervollen, aus wenig Stoffen bestehenden Fantasiemaskeraden sich den Blicken der die Auffahrt säumenden Neugierigen freigaben. Für eine halbe Stunde wehte mit den süßlichen Parfums auch ein Hauch der ganz großen Welt über die Gaffenden. Die Ansammlung von Brillanten war atemberaubend.

Peter und Heinz kamen zu Fuß. Sie hatten das Geld für eine Taxe gespart, als sie erfuhren, daß der Tarif für diese Nacht um das Dreifache erhöht worden war.

Peter Sacher hatte sich bei einem Kostümverleiher das Gewand eines Seeräubers geliehen. Da es nur aus zusammengesetzten Lumpen bestand, war es billig gewesen. Das teuerste war die Gesichtsmaske. Sie mußte groß sein, um keinen Anhaltspunkt zu geben. Heinz v. Kletow nahm ein Spanierkostüm. Es stand ihm blendend und kostete 50 Francs.

So ausstaffiert gingen sie die Treppen zum Kursaal hinauf, lösten eine Karte, 20 Francs pro Person, erwarben eine Tischkarte mit Sektzwang, 100 Francs pro Person, und betraten den Saal als arme, aber um so besser aussehende Männer.

Ein Gewimmel von Masken und Kostümen empfing sie. Musik schlug ihnen wie eine heiße Sturmwelle entgegen. Die ersten Frauen himmelten sie an. Heinz v. Kletow schob seinen Spanierhut in den Nacken. »Wenn ich darüber nachdenke, daß ich noch 30 Francs in der Tasche habe, könnte ich weinen«, flüsterte er Peter ins Ohr. »Man müßte 10000 haben. Die Frauen hier sind es wert!«

In diesem Augenblick ging eine herrliche Frau an ihnen vorbei. Sie trug eine silberne Maske, die ihr ganzes Gesicht bedeckte, das Kostüm einer Zigeunerin und schwarze Haare, in denen Mohnblüten wie riesige Blutstropfen leuchteten.

Ganz kurz sah sie zu den beiden Männern hinüber und wandte sich dann ab.

Heinz v. Kletow schnaufte durch die Nase.

»Hast du das gesehen?« fragte er leise.

»Sie hat mich angesehen!« nickte Peter Sacher. Er stellte sich auf die Zehenspitzen, um die silberne Maske zu verfolgen.

»Dich? Du Affe! Mich! Für den Rest des Abends mußt du mich jetzt entschuldigen!«

Kletow wollte davonrennen, aber Peter hielt ihn fest.

»Diese Zigeunerin ist für mich«, sagte er bestimmt. »Ich überlasse dir alle hundert Frauen, die hier noch einen Mann suchen. Nur die Zigeunerin nicht!«

»Wie großzügig! Gerade die Zigeunerin ist . . .«

»Ich gebe dir 50 Francs!«

Heinz v. Kletow zuckte hoch. »Bin ich ein Altwarenhändler?«

»75 Francs! Mach schnell, sonst ist sie weg!«

»100 Francs!«

»Hier!« Peter Sacher drückte Heinz den Geldschein in die Hand. »Mädchenhändler! Und ich will dich bis morgen früh nicht mehr sehen!«

Sie gingen in verschiedenen Richtungen auseinander. Peter Sacher rannte durch das Gewühl der herrlichen Zigeunerin nach, Heinz v. Kletow ging auf die Suche nach seinem Typ.

Vor dem Ausgang in den Park gelang es Peter, in ihre Nähe zu kommen. Er umkreiste sie, bis er vor ihr stand und ihr den Weg versperrte.

»Seeräuber verlangen Brückenzoll!« sagte er auf deutsch. Vielleicht versteht sie's, dachte er. Wenn nicht, weiß sie auch so, was ich will.

Die Zigeunerin zuckte zusammen, als sei sie wirklich überfallen worden. Sie drückte die Maske näher an das schmale Gesicht und lehnte sich an eine der Säulen.

Er erkennt mich nicht, dachte sie. So also spricht er fremde Frauen an. Wild, überwältigend, voll jungenhaftem Übermut.

»Was verlangen Sie?« fragte sie.

Peter Sacher war es, als habe man ihn in ein Becken mit Eiswasser getaucht. Sabine, durchfuhr es ihn. Ihre Stimme, die Betonung der Worte, die Haltung des Kopfes, und sie erkennt mich nicht. So also läßt sie sich von fremden Männern ansprechen: keck, ohne Zögern, mit einer Frage, was es kostet!

Er betrachtete sie genauer. Wie jung sie aussah! Und wie herrlich schön und verführerisch. Warum hatte sie sich früher für ihn nie so angezogen? Warum war sie immer das Hausmütterchen, das unter der Lampe saß und stopfte? Oder Kreuzworträtsel löste. Schimpfwort mit vier Buchstaben: doof! Das hatte ihn immer maßlos aufgeregt. Daß es nur eine Flucht vor ihm war, hatte er nie begriffen. Die Flucht aus der Eintönigkeit in die etwas anregendere Welt des Geistesspieles.

»Sie sprechen deutsch?« sagte er stockend. »Wie herrlich. Finden Sie nicht auch, daß eigentlich Seeräuber und Zigeunerin gut zusammenpassen?«

»Das ist Ansichtssache.«

»Sie könnten mir die Zukunft aus der Hand lesen.« Er streckte sie ihr hin. Sabine nahm seine Hand. Sie bezwang sich, nicht zu zittern.

»Ich sehe Schlimmes«, sagte sie mit letzter Keckheit. »In Ihrem Leben wird es bald eine Explosion geben.«

»Ich explodiere vor Ihnen, silberne Maske! Ich bin schon jetzt ein Vulkan!«

Sabine ließ seine Hand fallen. Schuft, dachte sie. So also sprichst du mit fremden Frauen! Ein Vulkan bist du, und zu Hause gähnst du, suchst deine Filzpantoffeln und schläfst beim Lesen ein! Wie gemein du bist, wie unbeschreiblich gemein!

Sie hakte sich bei Peter unter und rieb ihr Gesicht an seiner Schulter.

»Vulkane kann man löschen! Verrate mir, womit!«

Peter nahm es den Atem. Oh, dachte er. Sabine! So wirfst du dich also fremden Männern an den Hals! Locken kannst du, girren wie eine Taube, Versprechen geben, vor denen Eisberge schmelzen, und zu Hause läufst du ab 8 Uhr abends im Morgenrock herum, blätterst in der Lesemappe und amüsierst dich damit, daß der Hund bellt, wenn du mit deinen Zehen wackelst! Ich bin für dich Luft! Das einzige, was du sagst, wenn du schlafen gehst, ist: Komm nicht zu spät! Morgens kannst du dann wieder nicht aus dem Bett! Nur Vorwürfe, nur Sticheleien, und hier fragst du einen fremden Mann: Womit kann ich Ihren Vulkan löschen? Und sofort duzen tust du ihn auch noch! Oh, Sabine!

Er zog sie mit sich fort, zu einem Blumenstand. Dort suchte er eine dicke, rote Rose aus und steckte sie ihr ins Haar.

»Der allerschönsten Frau«, sagte er dazu. Er meinte es ehrlich, und doch wollte er damit sehen, wie sich Sabine benehmen würde. »Wäre sie aus Gold, sie würde trotzdem nie Deiner Schönheit gleichen.«

Sabine lächelte gequält. Sieh einmal an, dachte sie. So lieb und charmant kannst du zu anderen Frauen sprechen! In den letzten fünf Jahren hieß es immer: Ach, ich bin abgespannt und müde. Geh allein ins Kino. Laß mich in Ruhe! Was du nur immer hast mit deinem: Das Geschäft frißt dich auf. Ich arbeite ja, damit wir was zu essen haben! So hast du fünf Jahre lang auf meine Bitten geantwortet! Dann hattest du Magenschmerzen oder Fußschmerzen oder geschäftliche Besprechungen. Aber nie hast du mich so fest in den Arm genommen und getanzt. Seit vier Jahren nicht mehr! Du bist ja so gemein, Peter!

»Eine Zigeunerin kann zaubern«, sagte sie leise. »Auch ein Seeräuberherz kann sie verzaubern und stehlen! Du weißt doch: Zigeunerinnen stehlen.«

Peter Sacher atmete hastig. Wie sie rangeht, durchfuhr es ihn glühend. Als wenn sie die ganzen Jahre hindurch nur mit Männern gespielt hätte! Zu Hause hatte sie immer Migräne, wenn ich sie zu einem wichtigen Herrenabend mitnehmen wollte. Und wenn ich dann todmüde nach Hause kam, schimpfte sie noch und nannte mich einen rücksichtslosen Burschen.

»Tanzen wir!« schrie er, um seinen inneren Druck loszuwerden. »Da, ein Tango! Das ist der Tanz verliebter Seeräuber und stehlender Zigeunerinnen!«

Sie tanzten. Peter gab sich alle Mühe, diesen Tango durchzustehen. Er mochte keinen Tango. Aber er zählte innerlich alle Takte mit, rekapitulierte die Schritte und Figuren und brachte es fertig, Sabine fehlerfrei durch den Tanz zu bringen. Sie war aber auch eine herrliche Partnerin, federleicht, schwebend, sich im Takte wiegend, mit einem Siegeslächeln auf den Lippen. Einfach betörend.

Wie gut er tanzen kann, wütete Sabine dabei innerlich. Nie hat er einen Tango mit mir getanzt. Ich kann das nicht, hatte er immer gesagt. Gerade Tango! Da komme ich aus dem Rhythmus. Davon war keine Spur mehr, er tanzte wie ein Turniermeister. Er tanzte blendend. Dieser Wolf im Schafspelz!

Beide schwiegen während des Tangos. Ihre Gedanken fraßen die Worte auf. Erst am Ende des Tanzes sagte Sabine heiser:

»Du bist so ernst, Seeräuber.«

Peter zuckte aus seinen Gedanken hoch. Er lächelte gequält. »Vor soviel Schönheit in meinen Armen versagt die Stimme.«

Deshalb bist du zu Hause so einsilbig, was, dachte sie giftig. Vor soviel Schönheit! Oh, du Lump!

Sie legte den Kopf an seine Wange und hauchte ihm einen Kuß auf die Maske. So, dachte sie. Mal sehen, was er jetzt tut!

Peter Sacher erstarrte, als Sabine ihn küßte. Einen fremden Mann küßt sie einfach. Sie wirft sich ihm an den Hals, nach zehn Minuten Bekanntschaft. Wie mag das erst mit dem langen Genueser sein?! Wie kann eine Frau, *meine* Frau, so schamlos sein?!

Er umarmte sie stürmisch, drückte sie an sich und küßte sie wild, fast verzweifelt, auf die herrlichen Lippen. Sie sträubte sich nicht, sie trank den glühenden Kuß wie eine Ertrinkende, sie umklammerte seinen Rücken, drückte sich an ihn und war für wenige Sekunden glücklich. Bis die Erkenntnis kam: Er küßt ja eine Fremde! Er weiß ja nicht, daß ich . . . Da wurde sie steif und riß sich von ihm los.

»Noch nicht so wild«, sagte sie schweratmend. »Die Nacht ist noch lang!«

Peter Sacher glaubte zu verbrennen. Einen fremden Mann hat sie wiedergeküßt. Und wie sie küssen kann! Wie! Er meinte, sich nicht erinnern zu können, jemals so von Sabine umarmt worden zu sein. So wild, so völlig hingegeben, so hemmungslos, wie er es jetzt bösartig nannte.

Das koste ich aus, dachte er grimmig. Ich will sehen, wie weit sie gehen kann! Ich werde sie verführen. Und wenn sie in meinem Zimmer steht, werde ich mir die Maske herunterreißen und ihr entgegenschreien: So, ich bin es! Wir sind für immer auseinander, du, du . . . Er wagte nicht, das Wort zu denken, was er sagen wollte. Es war ein unschönes Wort, aber sie hatte es dann verdient!

»Du küßt wunderbar«, sagte er stockend.

»Mich haben schon viele geküßt«, antwortete sie.

So, dachte sie. Das saß, mein Lieber! Das ist ein Köder an meiner Angel. Wenn du mich jetzt verführen willst, bitte, tue es! Aber wenn ich dann in deinem Zimmer stehe, werde ich mir die Maske vom Gesicht reißen und sagen: Ich bin es! Deine eigene Frau hast du verführt. Aber für dich war ich ja eine Fremde! Du hast mich betrogen! Ich lasse mich scheiden! Endgültig! Sie war gewillt, es wirklich zu tun.

An ihnen vorbei tanzte ein Spanier. Er hatte ein hellblondes, üppiges, ziemlich offenherziges Mädchen in den Armen und winkte Peter zu. Dann flüsterte er dem Mädchen etwas ins Ohr. Es kreischte auf und dehnte sich in seinen Armen wie eine Raubkatze.

»Wer ist das?« fragte Sabine. Sie wußte es.

»Ein Freund von mir. Aber du sollst keine anderen Männer haben neben mir, das oberste Gebot der Liebe.« Er küßte sie wieder und zog sie hinaus in den hell erleuchteten, von Lampions durchzogenen Park. »Die Nacht!« sagte er jünglinghaft. »Was wäre die Nacht ohne eine Orchidee. Ich halte sie im Arm! Ich bin der Glücklichste der Erde! Gehen wir in den Park. Ich bin ein guter Gärtner, unter dessen Händen sich die Blüten öffnen.«

Zu Hause kannst du dich nicht bücken, weil du Ischias hast, dachte Sabine. Da muß ich das Unkraut rupfen und die Rosenbeete harken!

Sie ließ sich mitziehen, und sie hatte plötzlich Angst vor dem, was kommen würde. Schließlich ist es ja nicht alltäglich, sich von dem eigenen Mann verführt zu sehen.

Sie ließ sich mitziehen. Dabei hob sie seine rechte Hand empor. Ein schmaler, goldener Reif glänzte an seinem Ringfinger. Er hat ihn nicht abgetan, frohlockte sie einen Augenblick. Ruckartig blieb sie stehen und spielte die Verblüffte.

»Du bist verheiratet, Seeräuber?«

Peter betrachtete seine Hand und hob dann die Schultern. Jetzt werde ich es ihr sagen, dachte er gehässig.

»Ja! Stört es dich?! Ich kann den Ring abziehen! Seeräuber rauben nicht nur Waren, sondern auch Frauen.«

»Du liebst deine Frau nicht mehr?« fragte sie. Ihr Atem stockte. Peter starrte in den Nachthimmel. Es war ihm jetzt unmöglich, Sabine anzusehen.

»Sie liebt mich nicht mehr, das ist es! Seeräuber sind unbequeme Menschen, gewiß, aber wenn man ihr Wesen ein wenig verstehen lernt, wenn man einen Mann nicht nur nach dem bewertet, was er tut, sondern sich die Mühe machen würde, in seine Seele einzudringen, doch wozu sage ich dir das?! Du bist eine Zigeunerin, die Nacht Nizzas ist um uns! Wir wollen diese Nacht glücklich sein, ohne zu denken!«

»Ich glaube, du hältst deine Frau für dumm.«

»Sie ist es!«

Sabine biß die Zähne zusammen. Es war ein hartes Urteil. Ein ungerechtes Urteil. Wenn sich Peter nur einmal in den vergangenen fünf Jahren so benommen hätte wie heute, nur ein einziges Mal, wäre vielleicht alles anders geworden. Aber immer war er brummig, mißgelaunt und völlig ungenießbar, wenn er einen neuen Hausplan entwarf und durchdachte.

Von dieser Antwort wird sie sich nicht erholen, dachte Peter.

Sie wird innerlich platzen vor Wut. Für sie bin ich ja ein Fremder, und notgedrungen muß sie jetzt an ihren Mann denken. Wenn sie jetzt noch mit mir geht, weiß ich, daß sie mich nicht liebt.

Sabine nahm die Rose aus dem Haar und küßte sie. Es war eine fürchterliche Waffe gegen Peter. Wenn er so ein Urteil über seine Frau zu einer anderen Frau sagt, kann er mich gar nicht lieben. Für ihn bin ich ja eine Fremde, die er seit einer Stunde erst kennt!

Sie steckte die Rose an Peters Piratenbrust.

»Komm«, sagte sie. »Hier sind zu viele Menschen um uns.«

Sie gingen in den Park. Der süßliche Duft von Tausenden Blüten umwehte sie. Schweigend gingen sie Arm in Arm durch die Palmenallee und über enge, von Zypressen gesäumte Wege. Vor einem kleinen Weiher, der versteckt zwischen Mandelbüschen und Jasmin schimmerte, blieben sie stehen. Das Mondlicht lag wie ein bleicher Überzug über dem stillen, unbewegten Wasser.

»Ein See aus Silber«, sagte Sabine. Ihre Stimme war nicht mehr ganz fest.

»Der See hat einen Namen«, erwiderte Peter Sacher.

»Das Auge des Mondes?«

»Nein. Der ›See des Vergessens‹.«

»Welch ein gelegen kommender Name.«

Er legte den Arm um Sabines Schulter und zog sie an sich. Sie schmiegte sich an seine Seite und zitterte. Jetzt betrügt er mich mit mir, durchfuhr es sie. Jetzt lerne ich kennen, wie er andere Frauen erobert.

Peters Gesicht war hart. Jetzt läßt sie sich verführen, dachte er grimmig. Jetzt werde ich erleben, wie sie sich benimmt, wenn andere Männer ihre Gunst erringen. Das Herz schlug ihm bis zum Kehlkopf. Er war unbändig eifersüchtig auf sich selbst.

»Jeder, der von dem Wasser dieses Sees trinkt«, sprach Peter stockend weiter, »wird für eine Nacht alles vergessen. Er wird nicht an morgen denken, und das Gestern ist weit, weit weg. Jeder, der die Hand in den See taucht und damit sein Gesicht wäscht, wird willenlos sein vor der Liebe.«

Du Verführer, dachte Sabine bitter. Nie hast du zu mir so gesprochen! Selbst nicht in der Zeit, als wir verliebt waren. Jetzt kann ich verstehen, was Heinz v. Kletow mir vor sieben Jahren sagte, als Peter und ich heiraten wollten. »Passen Sie gut auf den auf«, hatte Kletow gesagt. »Dem fallen die Frauen zu wie Äpfel, die man vom Baum schüttelt.« Damals hatte sie es als Witz aufgefaßt. Jetzt spürte sie, wie seine Stimme und sein Wesen selbst sie, nach sieben Jahren Ehe, zu betören begannen. Sie stemmte sich gegen dieses Gefühl, sie wollte nüchtern bleiben. Wer einen Mann überführen will, darf nicht von ihm gebannt sein.

Sabine tat etwas, was Peter Sacher den letzten Rest seiner nur noch mühsam aufrecht stehenden Beherrschung raubte. Sie beugte sich zu dem See hinab, tauchte die Hand in das Wasser und fuhr sich mit der nassen Handfläche über die Lippen. Dann wandte sie den Kopf zu ihm, schloß die Augen und hob die Lippen zu ihm empor.

»Küß mich«, flüsterte sie.

Das ist meine Frau, durchzuckte es ihn heiß. So betrügt sie mich!

Was tut er jetzt, zitterte Sabine. Wie betrügt man seine Frau? Er wird's jetzt zeigen!

Peter Sacher tat, was alle Männer in dieser beneidenswerten Lage getan hätten. Er riß Sabine an sich und küßte sie mit einer Wildheit, die ihr den Atem nahm. Er war besonders wild, weil er wütend und voll Rachsucht war. Er preßte sie an sich, er küßte sie mit einer Verzweiflung, die sie als Leidenschaft empfand. Sie öffnete die Lippen und biß ihn. Das machte ihn rasend. Oh, schrie es in ihm. Wie grenzenlos leidenschaftlich kann sie sein bei anderen Männern! Er dachte plötzlich an den langen Genueser und an die Möglichkeit, daß auch er die Trunkenheit ihrer Liebe genossen haben könnte.

Da hob er sie hoch, wie leicht sie ist, stolperte mit seiner Last vom See weg in die Dunkelheit und wollte sie auf ein teppichdichtes Rasenstück legen.

Sabine wehrte sich. Sie wand sich in seinen Armen, sie stemmte die Beine gegen die Erde und riß sich los, als Peter fester zugriff. Zwei, drei Schritte wich sie zurück, ballte die Fäuste und stieß sie vor, als Peter sich ihr wieder nähern wollte.

»Bleib stehen!« sagte sie hart. »Du betrügst deine Frau!«

Peter Sacher lachte. »Die ist weit! Sie liegt auf Borkum im Sand und läßt sich von anderen Männern küssen.«

»Weißt du das so genau?«

»Ja!«

»Und du bist gar nicht eifersüchtig?«

»Aber nein! Ich werde nicht fragen, was sie auf Borkum gemacht hat. Ebensowenig, wie sie mich fragen wird, was ich in Paris oder Nizza getan habe.«

»So gleichgültig seid ihr euch geworden?«

»So gleichgültig!«

»Dann darfst du mich küssen!« Sabine kam auf Peter zu. »Auch ich bin verheiratet! Mein Mann ist ein Ekel! Er ist es wert, betrogen zu werden!«

Peter Sacher schnaufte durch die Nase. Er ballte die Fäuste hinter dem Rücken und war bereit, Sabine die Maske von den Augen zu reißen und . . . Ja, was und? Er wußte es im Augenblick nicht und verhielt sich deshalb so, als überwältigte ihn die Leidenschaft der fremden Frau mit der silbernen Maske.

»Komm«, sagte er leise und zog Sabine wieder an sich. »Tiefer in den Park hinein.«

»Komm auf mein Zimmer«, flüsterte sie an seinem Ohr.

Peter Sacher fror es über den Rücken. Sein Herz setzte eine Sekunde aus vor Erbitterung.

»Wo ist es?« fragte er tonlos.

»Im Majestic. Sie lassen dich nicht hinein. Die Kontrolle ist genau. Aber du kannst vom Garten aus über einen Balkon kommen. Es ist der vierte Balkon von links, in der ersten Etage. Ich warte. In einer halben Stunde.«

Sie riß sich los aus seiner Umklammerung, küßte ihn noch einmal flüchtig und rannte dann durch die Dunkelheit des Parkes davon, um den kleinen See herum, dem Kurhaus zu, schnell, atemlos, als werde sie von einem Untier verfolgt.

Mit geballten Fäusten blieb Peter Sacher zurück. Er starrte hinauf in den sternenübersäten Himmel und befand sich in einer Stimmung, in der man Amok laufen könnte.

Eine Hure ist sie, dachte er und verzehrte sich in diesem Gedanken. Einem Mann, den sie eine Stunde kennt, sagt sie ihr Zimmer, läßt ihn zu sich einsteigen und wartet dort auf ihn. Im Dunkeln, vielleicht schon im Bett liegend, heiß vor Sehnsucht. Meine Frau!

Als er ein Taschentuch aus der Hose nehmen wollte, stieß er mit den Fingern an den Kasten mit dem Rubincollier. Er trug es immer bei sich. Er nahm den Kasten aus der Tasche, klappte ihn auf und starrte auf das herrliche Schmuckstück. Dann sah er hinüber zu dem kleinen See und hob die Hand, um den Kasten ins Wasser zu werfen. Aber noch im ausholenden Schwung hielt er ein und steckte ihn wieder in die Tasche.

Das wird meine letzte Rache sein, dachte er, bevor wir uns scheiden lassen. Es wird der merkwürdigste Prozeß sein, der jemals über das Düsseldorfer Landgericht lief. Scheidung wegen Ehebruchs mit dem eigenen Mann!

Wenn die ganze Welt verrückt ist, warum soll es nicht diese Ehe sein?

Langsam ging er zurück zum Kurhaus. Unterwegs traf er Heinz v. Kletow. Er saß mit der üppigen Blonden unter einer Riesenagave auf einer weißen Bank und war intensiv und angenehm beschäftigt.

Peter Sacher machte einen Bogen um das Paar. Er war nicht in der Stimmung, den Anblick glücklicher Menschen zu ertragen.

Ferro-Bornemeyer irrte zwei Stunden durch die Säle des Kurhauses und suchte Sabine. Dann gab er die Suche auf, setzte sich in eine Ecke des großen Saales, ließ die Paare an sich vorbeitanzen und trank so lange, bis die Musik wie in Watte gepackt klang und die Paare vor seinen Augen den Boden nicht mehr berührten.

Da ging er nach Hause. Die Unmöglichkeit des eigenen Gehens einsehend, ließ er sich von einem Saaldiener bis zu einer Taxe bringen. Vor dem Hotel nahm ihn der Portier in Empfang, in der Halle ein Boy, der ihn aufs Zimmer brachte und aufs Bett legte.

Bornemeyer schlief sogleich ein, noch bevor er richtig lag. Er träumte sehr unruhig von Dr. Portz. »Sie Schwein!« schrie ihn Dr. Portz an. Und dann erschlug er Bornemeyer mit dessen Rechtfertigung.

Sabine wartete auf ihrem Zimmer. Sie hatte sich nicht umgezogen. Mit der silbernen Maske vor dem Gesicht saß sie in der Dunkelheit des Zimmers. Die Balkontür hatte sie einen Spalt offengelassen. Der leichte Nachtwind bewegte die Gardine, stieß sie ins Zimmer. Wie ein Hochzeitsschleier wehte sie. Ab und zu sah Sabine auf die Uhr. Die halbe Stunde war gleich vorüber. Gleich würde Peter in das Zimmer einer ihm fremden Frau steigen und Sabine betrügen. Seine Ernüchterung würde grausam sein, und dann würde sie die Scheidung einreichen. Sofort!

Sie saß in der Ecke des Zimmers in einem kleinen Sessel und hatte die Hände im Schoß gefaltet. Wie die Statue einer Rachegöttin saß sie da, unbeweglich, starr, aus Stein gehauen. Sie lauschte, sie starrte auf die geöffnete Balkontür, sie wartete auf den Schatten, der hinter der Gardine über die Balkonbrüstung hervorgleiten mußte. Sie wartete auf ihre Rache.

Hinter dem Hotel schlich wie ein Einbrecher Peter Sacher herum. Er stand im Garten des Hauses und war der Verzweiflung nahe.

Der vierte Balkon von links in der ersten Etage, hatte Sabine angegeben. Aber es gab zwei vierte Balkons von links! Zum Garten hinaus hatte das Hotel zwei Flügel, die im rechten Winkel an den Hauptbau angebaut worden waren. Es konnte also der linke Flügel sein, oder der rechte. Auf jeder Seite gab es sieben Balkons! Peter Sacher schlich die beiden Flügel ab. Der Balkon, wo die Tür offensteht – der mußte es sein! Aber sowohl beim vierten Balkon des linken Flügels als auch bei dem des rechten Flügels standen die Türen offen.

Er schaute auf seine Uhr. Die Zeit war abgelaufen. Irgendwo hinter diesen vielen Fenstern wartete Sabine auf einen Mann, den sie gerade eine Stunde kannte! Sie wollte ihren Mann betrügen! Mein Mann ist ein Ekel, hatte sie sogar gesagt.

Peter Sacher gab der Verzweiflung nach. Er nahm den linken Flügel und dort den vierten Balkon von links. An einem dichten Rankenwerk von wildem Wein kletterte er auf den Balkon, zögerte einen Augenblick, lauschte in das Zimmer hinein, schob leise die Tür weiter auf und schlüpfte, die Gardine zur Seite wehend, in das völlig dunkle Zimmer.

Sie macht es spannend, dachte er gemein. Vielleicht liegt sie schon nackt im Bett.

»Silberne Maske?« flüsterte er in die Dunkelheit hinein.

Aus dem Hintergrund des Zimmers hörte er ein fast asthmatisches Pfeifen. Dann ging, nach der Dunkelheit fast blendend, die Nachttischlampe an. Im Bett, das hinten an der Wand stand, saß kerzengerade ein weißhaariger, bärtiger Mann und starrte den Mann in der Balkontür an.

Wenn jemand mitten in der Nacht über den Balkon Besuch bekommt und dieser Besuch steckt in der Kluft eines wilden Seeräubers, zerrissen, bloßbrüstig, blutrünstig, der wird naturgemäß aufschreien und sich diesen Besuch nicht gefallen lassen.

Der alte, bärtige Mann tat denn auch das, was jeder getan hätte: Er quietschte auf wie eine getretene Maus, hieb mit den Fäusten gegen die Wand und schrie dann gellend:

»Help! Help! Help!«

Das alles ging so sekundenschnell, daß Peter Sacher erst nach dem englischen Notruf begriff, wo er sich befand. Nämlich im falschen Zimmer.

»Beg your pardon!« sagte er schnell. »A good night to you!«

Dann rannte er aus dem Zimmer, schwang sich über den Balkon in die Tiefe, sprang in den Garten und hetzte durch die Dunkelheit davon. Hinter sich hörte er noch immer den Schrei des bärtigen Mannes: »Help! Help! Help!«

Als er aus dem Garten auf die Promenade rannte, gingen hinter ihm die Gartenleuchten an. Einige Kellner und Boys durchsuchten den Garten. Da sie nichts fanden, gaben sie die Suche bald auf. Der Hotelarzt gab dem Engländer ein Schlafmittel. »Sie haben sicherlich intensiv geträumt«, tröstete er den Alten. »Eingestiegen wird nur bei Damen mit Brillanten.«

Zwei Stunden wartete Peter Sacher. Dann schlich er in den Garten zurück.

Er umkreiste die Blocks und stand dann unter dem Balkon des rechten Flügels, der vierte von links. Sabine hatte seine Schritte gehört. Sie stand hinter der Gardine, in einem kurzen Shorti-Nachthemd, und hielt den Atem an. Der Lärm, der vor zwei Stunden durch das Hotel zog, hatte ihren gesamten Plan durchkreuzt. Typisch Peter, hatte sie halb wütend, halb wehmütig lächelnd gedacht. So war er immer. Er stellt sich an wie ein großer Junge. Wie ein Tolpatsch. Selbst seine Frau betrügen mißlingt ihm.

»Silberne Maske!« rief Peter Sacher leise. Er stand unmittelbar unter dem Balkon. Noch einmal hinaufzuklettern wagte er nicht. Wenn es wieder ein falsches Zimmer war.

Sabine schob die Gardine zur Seite und trat hinaus auf den Balkon. Sie sah Peter ein wenig kläglich auf dem Rasen stehen und zu ihr emporblicken.

»Mein Held«, sagte sie spöttisch.

Peter duckte sich, als sei er geschlagen worden.

»Du hast mir das falsche Zimmer gesagt. Wie glücklich bin ich, jetzt unter dem richtigen zu stehen. Ich komme sofort hinauf!«

»Nein!« Sabine hob die Hand. Sie hatte die silberne Maske wieder umgebunden. »Jetzt ist es zu spät. Feuer glüht nur eine Weile, bekommt es keine Nahrung, sinkt die Glut zusammen. Aus heißer Asche aber kommen keine Funken mehr.«

»Ich werde dich an meinem Feuer entzünden!«

Sabine schüttelte den Kopf. »Denk an deine Frau.«

»Verlange das nicht von mir!« sagte er gehässig. »Wenn ich wieder in Düsseldorf bin, wird sie wieder unter der Stehlampe sitzen und stricken. Pullover, die nie fertig werden. Es macht mich rasend. Wie ein Aschenputtel läuft sie im Hause herum, mit Wicklern in den Haaren, im Bademantel, in Pantoffeln. Dabei ist sie schön, sehr schön! Aber sie achtet nicht mehr darauf. Wenn sie so wäre wie du, so frei, so lustig, so voller Glut. Aber nein, wenn ich ins Theater will (selten genug ist das, dachte Sabine), muß das erst wochenlang vorher besprochen werden. Wenn ich verreisen will mit ihr, muß es genau geplant werden. Nie geht es schnell, sofort, nie kann sie improvisieren. Sie ist eben langweilig! Das bringt mich um!«

Sabine umklammerte das eiserne Balkongeländer. Ihre Knöchel waren weiß, so sehr preßte sie die Hände gegen den Stein. So also sieht er mich, durchfuhr es sie. So soll ich sein? Aber ist er anders? Ist er so, wie er sich hier gibt, einer fremden Frau gegenüber? O nein, nein!

»So sind alle Eheleute«, sagte sie stockend. »Mein Mann ist nicht anders. Immer liegt er abends auf der Couch, mit schmutzigen Schuhen auf dem schönen Bezug. Er liegt da stundenlang und liest, die Zeitung, ein Buch, einen Kalender, einen Prospekt, das Telefonbuch. Und wenn alles weg ist, liest er die Aufschrift seiner Whiskyflasche, nur um etwas zu lesen. Es gibt für ihn nichts anderes als lesen. Und dazu raucht er. Zigarren, Zigaretten, Zigarillos. Nur priemen, das fehlt noch! Und er schweigt. Bis wir zu Bett gehen. Da sagt er: ›Schlaf gut!‹ gähnt ausgiebig und wälzt sich in sein Bett. Drei Minuten später schnarcht er. Und so geht es Tag um Tag. Ich kann es einfach nicht mehr aushalten, dieses Nebeneinanderherleben! Und darum sollte ich dich lieben, Seeräuber! Du bist so, wie ich mir einen Mann wünsche! Frech, charmant, erobernd, fröhlich und temperamentvoll! Du bist ein *Mann*, keine lesende Mumie!«

»Dann laß mich hinauf!« schrie Peter. So sieht sie mich, dachte er bitter. Das also soll ich sein? Benehme ich mich so unmöglich? Er griff in das Rankenwerk des wilden Weines, aber Sabine winkte ab.

»Ich lasse dich nicht ins Zimmer! Wir haben die Stunde verpaßt, Seeräuber! Vielleicht morgen.«

»Ich will zu dir!« schrie Peter laut.

Irgendwo klappte ein Fenster. Eine schlaftrunkene Stimme rief: »Ruhe!« Lampen gingen an. Peter duckte sich eng an die Wand in den wilden Wein.

»Geh jetzt«, sagte Sabine. »Wenn sie wieder den Garten absuchen und dich finden.«

»Ich liebe dich!« rief Peter leise. Er meinte es ehrlich, Sabine tat es weh.

Ihn wird nichts nachdenklich machen, dachte sie.

»Leb wohl!« sagte sie laut.

»Nimm das!« Peter hatte den Kasten mit dem Collier genommen und warf ihn auf den Balkon. Sabine starrte auf das Etui. »Nur allein du sollst es haben!« sagte Peter. »Nur du! Du sollst immer an mich denken.«

Mit schnellen, weit ausgreifenden Schritten lief er aus dem Park des Hotels.

Sabine blickte ihm nach, bis er hinter den Büschen verschwand. Dann bückte sie sich, nahm das Etui vom Balkonboden und ging langsam ins Zimmer. Auf dem Bett sitzend, knipste sie die Nachttischlampe an und öffnete langsam die Schachtel.

Sprachlos, dann entsetzt, schließlich aufschluchzend starrte sie auf das herrliche Rubincollier. Dann warf sie es weit weg ins Zimmer und stürzte sich in die Kissen, preßte den Mund gegen die Federn und erstickte ihren lauten Aufschrei.

So etwas schenkt er fremden Frauen. So etwas!

Es war die unglücklichste Stunde ihres Lebens.

Am frühen Morgen kündigte Sabine Sacher ihr Zimmer und nahm den ersten Zug nach Paris.

Als Ferro-Bornemeyer nach dem Genuß einiger Tabletten imstande war, zum Morgenkaffee zu erscheinen und nach Frau Sabine schicken ließ, war sie längst in der provençalischen Ebene und starrte weinend aus dem Fenster auf die riesigen, wie verbrannt aussehenden Felder.

Auch Peter Sacher kam zu spät. Er hatte die ganze Nacht über wach in seiner Strandburg gelegen. Heinz v. Kletow kam erst gegen Morgen, allein und schwankend, lallend und von der Blondine schwärmend.

Er schlief sofort ein und röchelte im Schlaf.

Als es dämmerte, sprang Peter ins Meer, badete, rasierte sich, zog seinen weißen Anzug an und machte sich auf den Weg zum Hotel Majestic. Er hatte in den langen Stunden des Grübelns sich durchgerungen, zu Sabine zu gehen und um ihre Hand anzuhalten. »Wir wollen es zum zweitenmal versuchen«, wollte er sagen. »Aber dieses Mal richtig. Wir haben uns benommen wie Kinder! Laß uns alles vergessen. Fangen wir von vorne an!«

Der Geschäftsführer hob die Schultern, als Peter bat, ihn bei Frau Sacher zu melden.

»Die gnädige Frau ist abgereist«, sagte der Mann vor dem Schlüsselbrett.

»Das dürfte unmöglich sein.« Peter lächelte. »Ich habe mit der Dame heute morgen um zwei Uhr noch gesprochen.«

»Und um sieben Uhr ist sie abgereist.«

»Unmöglich!« rief Peter entsetzt.

»Ich bitte Sie, mein Herr!« Der Geschäftsführer war konsterniert. »Es ist so!«

»Und wohin ist sie gefahren?«

»Was geht das Sie an?«

»Ich bin ihr Mann!«

»*Wer* sind Sie?«

»Peter Sacher! Aus Düsseldorf. Bitte.« Er legte seinen Paß auf die Theke. Der Geschäftsführer warf einen flüchtigen Blick darauf und wurde etwas blaß.

»Die gnädige Frau ist nach Düsseldorf gefahren«, sagte er und musterte Peter kritisch und nachdenklich. Im allgemeinen wissen Ehemänner, wohin ihre Frauen fahren.

»Nach Düsseldorf?« rief Peter. Er machte fast einen Luftsprung, klopfte dem Geschäftsführer auf die Schultern, umarmte den Boy, der neben ihm stand und rannte dann aus der Hotelhalle. Er lief wie ein Besessener zur Nationalbank, erfuhr, daß die Überweisung angekommen sei, hob das Geld ab, raste zurück zum Strand und traf dort Heinz v. Kletow, der mit einem rot angelaufenen Brummschädel in der Zeltburg saß und Selterswasser trank.

»Addio!« schrie Peter und küßte den verblüfften Kletow auf die Stirn. »Ich fahre! Ich fahre!«

»Noch ein Irrer!« Heinz goß den Rest der Seltersflasche über seinen Kopf. »Wohin denn? In die Pußta, zu deiner Zigeunerin.«

»Genau! Genau! Ich fahre zurück nach Düsseldorf!«

»Und deine Frau?«

»Was kümmern mich die Weiber denn?« sang Peter. Er war außer Rand und Band.

»Und der Genueser?«

»Soll Spaghetti essen! Was kümmert's mich?!«

»Die Zigeunerin hat dich verhext!«

»Hat sie. Hat sie! Ich platze vor Glück!«

»Ich werde es Sabine nicht vorenthalten, wie schamlos du dich benimmst.«

»Sie wird sich riesig freuen!«

»Wüstling!«

»Ich bin's! Neidisch, mein Freund?«

»Mich dauert Bienchen.«

»Welcher Edelmut auf einmal!« Peter packte seine Koffer. Heinz v. Kletow sah ihm düster zu.

»Hast du dein Geld bekommen?«

»Auch.«

»Dann fahre ich mit!«

»Nach Düsseldorf?«

»Nach Paris! Und Sabine nehme ich mit! Ich werde sie trösten und sie bei mir behalten, bis sie von dir Scheusal befreit ist!«

»Du warst immer ein rührender Freund!« Peter drückte Heinz gerührt die Hand. Kletow riß sich los, sprang ins Meer, schwamm und packte dann ebenfalls seine Sachen.

»Willst du Bienchen gleich holen?« fragte Peter. Er stand reisefertig im Sand, während sich Heinz noch mit einem alten Koffer mühte. »Erst müßtest du aber den Genueser ausräumen!«

»Den Haien zum Fraß!« schrie Kletow. »Ich mache es anders als du. Ich jammere nicht, ich handle! Und Bienchen bekommst du nicht wieder, wenn sie einmal bei mir ist!«

»Hole sie dir, Freund.«

»Schamloser! Du hast sie nie geliebt!«

»Ich fahre jedenfalls zurück nach Düsseldorf!« Peter nahm seine Koffer aus dem Sand und sah sich nach Kletow um. »Du holst also erst Sabine vom Hotel ab?! Bitte, fahrt nicht mit mir in einem Abteil. Es würde zu lustig werden.«

»Ich will dich nie mehr sehen, du ehrloser Bursche! Wer eine Frau wie Sabine betrügt, ist ein Schuft! Jetzt weißt du's! Und deine Zigeunerin ist eine ...«

»Sprich es nicht aus!« schrie Peter und stellte die Koffer ab. »Ich müßte dich zum Abschied noch zusammenschlagen!«

»Bitte! Wenn dir soviel daran gelegen ist!« Kletow hatte seinen Koffer geschlossen. »Was ich denke, kannst du nicht verwehren. Für mich ist Sabine wie ein Engel!«

»Das ehrt dich und erfreut den Ehemann!«

»Du bist's die längste Zeit gewesen!« Heinz nahm seinen Koffer unter den Arm. Er hatte keinen Henkel mehr. »Und nun gehen wir.«

»Ich geh voraus. Du holst Bienchen ab. Vielleicht sehen wir uns zufällig im Gang des Zuges! Grüß Bienchen von mir.«

»Gern!« Heinz zögerte und rieb sich die Nase.

»Nur . . .«

»Was nur?«

»Das Fahrgeld mußt du schon auslegen!«

»Ich?« Peter lachte schallend und gemein. »Leih es dir von Bienchen! So bekommt sie einen Vorgeschmack!«

»Hund, gemeiner!«

Sie gingen weiter und trennten sich auf der Promenade. Peter ließ sich zum Bahnhof fahren. Heinz v. Kletow ging zum Hotel Majestic.

Eine Stunde später fuhr der Zug ab. Peter wartete, bis er aus Nizza hinausgefahren war, dann ging er alle Wagen ab und suchte Heinz.

Er fand ihn, allein in einem Abteil zweiter Klasse sitzend, grollend und verbissen. Als er Peter breit lächelnd durch die Türscheibe sah, zog er mit einem Ruck die Gardine vor und blickte wütend aus dem Fenster.

Erst in Paris trafen sie wieder aufeinander.

»Schuft!« sagte Heinz, als sie auf dem Bahnsteig standen.

»Wollte Bienchen nicht mit?«

»Man sollte dich ohrfeigen! Habt ihr euch versöhnt?«

»Aber nein! Wir haben uns gegenseitig betrogen.«

»Einer von uns ist ein Idiot!«

»Es wird nicht schwerfallen, dies festzustellen. Kommst du mit zum Gare du Nord?«

»Natürlich. Ich werde die Stunde nie vergessen, in der du Paris verlassen hast! Hoffentlich für lange Zeit!«

Im Gare du Nord stand der Zug nach Köln bereits abfahrbereit. Peter fand noch ein leeres Abteil 1. Klasse und ließ sich von Heinz die Koffer durchs Fenster angeben. Dann beugte er sich hinaus und ergriff die Hand des Freundes.

»Im Grunde bist du ein guter Kerl, Heinz«, sagte er. »Und nun wein' nicht gleich, wenn ich es sage! Wenn es dir bis zum Hals steht und du nicht mehr aus und ein weißt, dann komm zu uns nach Düsseldorf. Du kannst jederzeit kommen. Auch in der Nacht. In irgendeiner Ecke ist immer Platz für einen nichtsnutzigen Menschen.«

»Das soll ein Wort sein.« Heinz grinste breit. »Aber das ist nur möglich, wenn du das Fahrgeld schickst.«

»Wie kann ein Mann wie du nur ständig pleite sein?« Die Zugschaffner eilten die Wagen entlang und schlossen die Türen.

Heinz streckte Peter die Hand empor. Peter Sacher drückte sie und hielt sie fest. »Versprich mir eins!«

»Wenn's zu halten ist.«

»Paß auf Coucou auf! Sie ist ein gutes Mädchen. Sie liebt dich wirklich! Du hast sie gar nicht verdient.«

»Ich bringe sie mit nach Düsseldorf.«

»Einverstanden! Aber um Coucous willen, arbeite mal etwas Vernünftiges und verdiene selbst Geld!«

»Wie sich unsere Gedanken gleichen.« Lachend griff Heinz v. Kletow in die Rocktasche und holte einen Zettel hervor. Es war ein Bankauszug der Nationalbank Paris, neuesten Datums, ausgestellt auf Monsieur v. Kletow. Eine hohe runde Summe stand am Ende des Kontenauszuges.

436000 Francs.

Peter starrte auf die Zahl und dann in das breit lachende Gesicht Heinz v. Kletows. Er riß ihm den Auszug aus der Hand, zerknüllte ihn und warf ihm den Papierball ins Gesicht.

»Du Kanaille!« rief Peter. »Und warum das ganze Theater in Nizza? Zeltburg, Geldpumpen, jeden Tag Thunfisch?«

Heinz lachte noch immer. Der Zug ruckte sachte an und fuhr langsam aus der riesigen Halle. Heinz lief neben dem Fenster her.

»Das Leben ist langweilig!« rief er. »Man muß es ab und zu aufpulvern! Eigentlich erlebt nur der arme Mann wirklich etwas. Der Reiche sitzt im Sessel und schreibt Ansichtskarten! Leb wohl, Peterlein! Und gute Fahrt!«

»Ersticken sollst du!« schrie Peter.

Der Zug fuhr schneller. Sie winkten sich gegenseitig zu, bis eine Biegung der Schienen sie trennte.

Peter Sacher ließ sich wie erlöst in das Polster fallen. Er kurbelte die Scheibe hoch und starrte hinaus auf die schmutzigen Hinterhöfe von Paris.

»Nie mehr allein!« sagte er laut. »Die nächste Reise nur noch mit Sabine.«

Die Ile de France flog vorüber. Dann rollte der Zug in den rotgoldenen Abend hinein.

An der belgischen Grenze gab es einen kleinen Aufenthalt. Peter verschlief ihn. Niemand weckte ihn auf. Vor Aachen kamen Zollbeamte und sahen seinen Paß nach. Sie fragten nicht, sondern verschwanden schnell. Auf deutscher Seite wurde Peter Sacher aus dem Schlaf gebrüllt.

»Papiere bitte!« kommandierte eine geschulte Feldwebelstimme. »Was zu verzollen?!«

»Ja«, sagte Peter blinzelnd.

»Was?«

»Drei Zentner Schlaf aus Paris.«

»Wenn Sie blöde Witze machen, kommen Sie mit!« brüllte jemand. »Ich habe meine Zeit nicht gestohlen!«

Eine Tür krachte. Peter schlief sofort wieder ein. Er war beruhigt. Er war wieder in Deutschland.

In Köln weckte ihn der Schaffner. Peter Sacher stieg aus und taumelte über die Treppen und Bahnsteige zu seinem Düsseldorfer Zug.

Gewaltsam hielt er sich wach, trank vor der Abfahrt an einem fahrbaren Erfrischungswagen eine Cola und kam gegen ein Uhr nachts in Düsseldorf an.

Sabine wird längst im Bett liegen, dachte er. Sie ist vier Stunden früher angekommen als ich. Und sie weiß nicht, daß ich auch komme.

Er überlegte, wie er sie überraschen konnte. Ins Schlafzimmer kommen und sagen: Da bin ich, konnte zu einem Schock führen. Sie im Schlaf küssen, könnte ebenso fatal werden. Am besten war, man kam ins Haus, machte Lärm, stellte das Radio an, sang dazu und wartete ab, was Sabine tun würde.

Zunächst rief er von einer Telefonzelle des Hauptbahnhofes seinen Anwalt und Freund Dr. Portz an. Die Uhrzeit beachtete Peter dabei nicht. Freunde haben immer zur Stelle zu sein.

Dr. Portz meldete sich nach einigem Klingelkonzert. Er war verschlafen, wütend und ungenießbar, aber als er Peters Stimme hörte, bekam er ein flaues Gefühl in der Magengegend und setzte sich gerade ins Bett.

»Peter! Mensch!« stammelte er. »Wo steckst du denn? Ich habe versucht, dich zu erreichen. Seit Tagen! Aus Paris warst du verschwunden.«

»Über Nacht gewissermaßen«, lachte Peter.

»Sag, von wo aus rufst du an?« fragte Dr. Portz todernst.

»Vom Bahnhof«, antwortete Peter wahrheitsgemäß.

»Das ist gut! Gare du Nord, ja? Setz dich sofort auf den nächsten Zug und komm zurück nach Düsseldorf! Sofort! Ohne Gepäck!«

»Aber warum denn?« Peter begann das Spiel großen Spaß zu machen.

»Das erkläre ich dir später. Warum bist du denn aus Paris verschwunden?«

»Weil ich nach Nizza fuhr.«

»Nach Nizza?! Was wolltest du denn dort?«

»Eine herrliche Frau lieben lernen.«

»Mein Gott!« Dr. Portz schlug die Hände zusammen. Er lehnte den Kopf gegen die Rückwand des Bettes und seufzte. »Hätte ich euch zwei Dickköpfe doch nie fahren lassen! Jetzt haben wir den Salat! Sabine . . .«

»Ist etwas mit Sabine?« fragte Peter Sacher schnell.

»Ja, Peterchen.«

»Ist sie verunglückt?« schrie Peter.

»Wie man's nimmt. Sie ist ausgerutscht.«

»Hat sie sich was gebrochen?!«

»Weder Arme noch Beine. Aber vielleicht das Herz!«

Peter schüttelte den Kopf. »Laß den Unsinn, Ernst«, sagte er feierlich. »Um ein Uhr nachts solche faden Witze zu machen.«

Dr. Portz nahm allen Mut zusammen. Er drückte den Hörer eng an den Mund und sagte deutlich artikulierend:

»Sabine ist weg aus Borkum!«

»Sieh an!« Peters Stimme war fröhlich. »Was du nicht sagst.«

»Sie ist in Kopenhagen.«

»Welch ein tolles Reisetempo.«

»Bist du besoffen?« brüllte Dr. Portz. »Begreif es doch: Wegen eines Mannes ist sie fort!«

»Igittegitt! Wegen eines Mannes. Nach Kopenhagen! Hat der Mann einen guten Geschmack!«

»Du blöder Hund!« Dr. Portz hieb auf das Oberbett und keuchte. »Sie ist mit einem Mann auf und davon, der sie eigentlich bewachen sollte! In deinem Auftrag! Sie ist mit meinem Assessor Bornemeyer durchgebrannt!«

»Laß dir diese Filmidee patentieren!« schrie Peter fröhlich.

»Bornemeyer reist mit deiner Sabine durch die Welt und nennt sich Ermano Ferro.«

»Wie nennt er sich?« Peter Sacher wurde plötzlich ernst. Ferro! So hieß doch der lange Genuese! Ferro, das war doch . . . »Du bist verrückt«, sagte er kleinlaut.

»Ich weiß nicht mehr, wie ich die Situation retten soll! Komm morgen zu mir. Wir wollen alles in Ruhe überlegen. Fahr auf jeden Fall sofort von Paris ab.«

Peter nickte. »Einen Augenblick«, sagte er. Dann machte er laut: »Rrrrrrr!« und sagte wieder: »So, jetzt bin ich schon in Düsseldorf! Ging schnell, was?«

Dr. Portz starrte seinen Telefonhörer an. »Ich lege auf«, sagte er steif. »Du bist stockbesoffen!«

»Ich stehe hier in einer Telefonzelle des Düsseldorfer Hauptbahnhofes und rief dich an, um dir mitzuteilen, daß ich gleich nach Hause gehe, dort Sabine in die Arme nehme und für die nächsten Tage wegen Flitterwochen nicht zu sprechen bin.«

»Aber Sabine ist doch ...«

»Zu Hause! Sie war nie in Kopenhagen. Sie war in Nizza!«

»Mit dir?«

»Mit Ferro!«

»Du hast Bornemeyer gesehen?« brüllte Dr. Portz.

»Aber nicht erkannt! Ich hätte ihn vor Eifersucht erwürgen können!«

»Hättest du's doch getan!«

»Und dann habe ich Sabine betrogen!«

»Vor ihren Augen? Hat sie's gesehen?«

»Gespürt.«

»Ge ...«

»Ich habe sie mit ihr betrogen.«

Dr. Portz knallte den Hörer auf die Gabel, legte sich zurück, deckte sich bis zum Kinn zu und schloß die Augen.

»Besoffener Affe!« sagte er laut. »Wenn er nüchtern ist, sieht's anders aus.«

Doppelt beschwingt ließ sich Peter mit einer Taxe hinaus zu seiner Villa am Rhein fahren.

Ferro war kein anderer als der zur Bewachung abgesandte Bornemeyer. Das war eine Tatsache, die ihn fast zum Jubeln anregte. Bisher war dieser Ferro der einzige dunkle Punkt in Sabines Gegenwartsgeschichte gewesen. Daß er sich so erhellen würde, übertraf alles, was Peter heimlich zur Entschuldigung seiner Frau sich selbst vorgetragen hatte.

Schon von weitem sah er sein Haus. Es war hell erleuchtet. Die Lampen an der Einfahrt brannten, die Leuchten auf der Terrasse, sogar die versteckten Lampen im Garten. In allen Räumen war Licht, es war, als gebe Sabine ein Fest.

Peter Sacher blickte auf die Uhr. Fast 2 Uhr morgens.

Er ließ vor der Einfahrt halten, bezahlte den Fahrer und ging langsam über den breiten Weg dem Eingang zu.

Kurz vor der Tür machte er einen Bogen. Ein Gedanke war ihm gekommen. Er umschlich das Haus, kletterte über die geschlossene Gartenpforte, die den Vorgarten vom hinteren Park trennte, und pirschte sich an die Terrasse heran.

Auch hier vollste Beleuchtung. Sogar Musik klang aus dem Kaminzimmer. Das ist doch unmöglich, dachte Peter. Sie muß vor vier Stunden angekommen sein, und schon gibt sie eine Party? Irgend etwas stimmt da nicht im Zeitablauf und in der Logik des Geschehens.

Er schlich auf die Terrasse, blickte ins Zimmer. Es war leer. Nur das Radio spielte. Tanzmusik. Auf dem Tisch vor dem Kamin sah er in einem Sektkühler eine Flasche Sekt stehen und davor zwei Gläser. Eine Gebäckschale. Rosen in einer schlanken Vase. Von Sabine war nichts zu sehen.

Peter drückte die Klinke der Terrassentür hinunter. Sie war nicht verschlossen. Leise trat er ins Zimmer, ging schnell zu den Gläsern, schnupperte an ihnen. Sie waren noch ungebraucht.

Zwei Gläser nachts bei einer sich allein und unbeobachtet dünkenden schönen Frau sind immer ein Verdachtsmoment von großer Durchschlagskraft. Auch in Peter klomm wieder ein häßlicher Gedanke hoch. Die Eifersucht fraß wieder an ihm. Er war zu ängstlich, ins Schlafzimmer zu gehen. Wenn wirklich ein Mann bei Sabine ist? Der Anblick würde mich wahnsinnig machen, dachte er. Eiskalt durchzog es ihn. Daß jemand hier sein mußte, war unwiderruflich. Die Sektflasche war geöffnet! Zwar hatte noch keiner etwas in die Gläser geschüttet, aber man entkorkt nur dann eine Flasche, wenn man sie trinken will. Vielleicht zur Abkühlung, dachte er gehässig und ballte die Fäuste.

Er sah sich um. In der Tür zum Herrenzimmer stand Sabine. Schlank, herrlich, in einem weißen Abendkleid. Um den Hals trug sie das Rubincollier. Es funkelte im Licht, als strahle es selbst Helle aus.

»Du«, sagte Sabine gedehnt. »Sieh an!«

»Ich dachte, du wärst in Borkum«, sagte Peter mühsam. Dabei starrte er unauffällig auf das Collier. Sabine sah den Blick und legte die Hand auf den gleißenden Schmuck. »Welch ein Collier«, sagte er hart.

»Ein Narr hat es mir geschenkt.«

»Und du hast diesen Narren am ›See des Vergessens‹ geküßt und ihm deine Zimmernummer genannt . . .«

Sabine senkte den Kopf. Sie lächelte. »Noch nicht einmal einsteigen konnte er, dieser Depp.«

»Und wenn er es getan hätte?« schrie Peter.

»Dann hätte ich gesagt: Guten Abend, Peterlein. Wie gelenkig bist du geworden.«

Peter rang nach Atem. Er wich zum Radio zurück und hielt sich an ihm fest. »Du, du hast gewußt, wer ich bin?«

Sabine nickte. »Glaubst du, eine Maske könnte dich verbergen? Ich erkenne dich aus Millionen heraus, am Schritt, an deiner Kopfbewegung, an den Händen, am Klang der Stimme, an allem. Ich kenne dich so genau.«

»Sabine!« Peter würgte es im Hals. Er wollte zu ihr stürzen, aber sie hob abwehrend beide Arme. Ihr Gesicht war steinern.

»Aber du hast einen Schmuck wie diesen, der ein Vermögen kostet, einer fremden Frau geschenkt. Einer Frau, die du eine Stunde lang kanntest und die du dir mit diesen Rubinen erobern wolltest!«

Peter nickte. Wie schön sie ist, wenn sie wütend ist. Er hatte es bisher nie bemerkt.

»Es war eine ganz fremde Frau«, sagte er leise. »Sie wohnte im Hotel Majestic in Begleitung eines Herrn Ferro.« Sabine wurde blaß und wollte etwas sagen. Aber Peter hob abwehrend seine Hand. ». . . hatte sich als Frau Sacher eingetragen und wurde von zwei Männern hinter der Scheibe eines Cafés beobachtet, wie sie auf der Promenade von Nizza spazierenging.«

»Du weißt alles?« fragte Sabine leise.

»Fast alles.«

»Und warum, warum dieses Spiel im Park. Am ›See des Vergessens‹, dieser Schmuck?«

»Ab und zu sollen gute Ehemänner ihre Frauen überraschen.«

Er ging zu dem Sektkühler, hob die Flasche aus dem Eis und goß die beiden Gläser voll.

Mit den gefüllten Gläsern in den Händen kam er zu Sabine zurück.

»Warum hast du die Flasche kaltgestellt und zwei Gläser dazugesetzt? Für wen?«

»Für dich«, sagte sie kaum hörbar.

»Für mich?«

»Ich wußte, daß du kommst. Ich habe vorher den Fahrplan studiert.«

Er hielt die beiden Gläser fest. Nirgendwo konnte er sie in der Mitte des Zimmers absetzen.

»Küß mich!« sagte er laut. »Komm sofort her und küß mich, oder ich werfe die Gläser an die Wand!«

»Aber nein! Die guten Tapeten!« sagte sie.

Sie nahm Peters Kopf in beide Hände und küßte ihn. Innig, lange. Er hielt die Sektgläser zur Seite, steif, damit nichts überschwappte.

Wenig später gingen im ganzen Haus und auch draußen die Lichter aus.

Dr. Portz wartete zwei Tage auf den Besuch Peter Sachers. Sooft er anrief, hörte er das Besetztzeichen. Die Leitung muß gestört sein, dachte er. Oder Peter hat Selbstmord begangen vor Gram.

Am dritten Tag machte er sich auf den Weg und fuhr zu Sacher hinaus. Es war ein herrlicher Sonnentag. Warm, wolkenlos. Sogar der Rhein schimmerte blau.

Dr. Portz sah vor dem Haus Peters völlige Öde. Kein Wagen, kein Hausmädchen, kein Gärtner. Nichts. Auch als er an der Außentür des Vorgartens schellte, rührte sich nichts in der Villa.

Er drückte das Tor auf und eilte über den Zufahrtsweg zur Haustür. Genau hatte Dr. Portz alles durchdacht. Er kam mit einem fertigen Schriftsatz: Sacher kontra Sacher wegen Scheidung. Beiderseitiges Verschulden. Eine glatte Sache.

Dr. Portz wollte gerade auf die Klingel drücken, als er ein Schild bemerkte. Es war an die Tür geklebt und mit Rotstift geschrieben.

›Bis auf weiteres verreist.‹

Unmöglich, dachte Dr. Portz. Ich müßte es wissen.

Er klingelte trotzdem. Dreimal, fünfmal, zehnmal. Er drückte den Daumen einige Minuten lang auf den Knopf. Der schrille Ton im Haus mußte Scheintote wecken.

Aber es blieb still.

Eine unheimliche Ahnung schlich in Dr. Portz empor. Ein Drama entstand vor seinen Augen. »Mein Gott!« murmelte er. »Mein Gott. Das sieht dem Jungen doch nicht ähnlich.«

Mit weichen Beinen schwankte er zum Gartentor. Noch einmal las er das Schild: ›Bis auf weiteres verreist.‹

Der Park war leer. Nur dort, wo die Terrasse überging in die

Rosenbeete, standen zwei Liegestühle unter einem bunten Schirm in der Sonne.

Sabine und Peter lagen in ihnen, und als Dr. Portz sie bemerkte, hatten sie sich gerade umschlungen und küßten sich.

»O Gott!« sagte Dr. Portz noch einmal.

Er klappte seine Aktentasche auf, nahm den Schriftsatz Sacher kontra Sacher wegen Ehescheidung, zerriß ihn in kleine Stücke und streute die Schnipsel in eine leere Regentonne. Dann nahm er einen Bleistift und schrieb unter das Schild

Bis auf weiteres verreist

kurz und knapp: *Viel Glück*

Dr. Portz und Bornemeyer

Als er wieder abfuhr, wandte Peter Sacher den Kopf und sah dem Wagen nach, der über die Rheinstraße zurück nach Düsseldorf raste.

»Dort fährt Ernst«, sagte er. »Er glaubt auch, daß wir verreist sind.«

Sabine legte den Arm um seinen Kopf.

»Wir sind ja verreist, Peter.«

»Und wo sind wir?«

»Im siebenten Himmel unseres siebten Jahres.«

Peter Sacher nickte. Er konnte nicht sprechen.

Warum nicht, das mag der Leser bitte erraten ...